读客®

读客三个圈经典文库

经典就读三个圈　导读解读样样全

凡尔纳过去是，现在仍然是科幻的代名词，他的作品充满科幻最本原的精神，以纯真和明丽的笔触，表现了对大自然的好奇心和探索的愿望，以及用新技术创造新世界的激情，成为一代又一代人科幻想象力起飞的地方。凡尔纳想象的未来技术大多已经变为现实，但他的科幻小说却经受住时间的考验，拥有越来越大的魅力。

2018.7.22

刘慈欣，中国科幻文学里程碑式的人物。

2015 年 8 月 23 日，他凭借科幻小说《三体》获得第 73 届雨果奖最佳长篇故事奖，这是亚洲人首次获得雨果奖。

刘慈欣在采访中多次坦言凡尔纳是他科幻想象的起点，他读的第一本科幻小说，正是凡尔纳的《地心游记》。

凡尔纳科幻经典

格兰特船长的儿女

上

[法] 儒勒·凡尔纳 著

陈筱卿 译

读客三个圈经典文库

经典就读三个圈　导读解读样样全

江苏凤凰文艺出版社
JIANGSU PHOENIX LITERATURE AND
ART PUBLISHING

Les Enfants du capitaine Grant

Jules Verne

目　录

第一卷

第二卷

1868年法国首版封面。

《格兰特船长的儿女》是儒勒·凡尔纳最负盛名的"海洋三部曲"的第一部（后两部分别是《海底两万里》和《神秘岛》），于1867—1868年间出版。最初的版本由赫泽尔出版，附有117幅由法国著名插画家 Édouard Riou 绘制的精美插图。由于年代久远，原版插画大多无法达到印刷标准，本书精选了最具观赏价值的 8 幅进行细描。

第一卷

第一章

双髻鲨

　　1864 年 7 月 6 日，东北风呼啸，一艘豪华游轮开足马力，在北海峡[1]全速航行着。桅樯上悬挂着的英国国旗在迎风招展；主桅杆上悬挂着一面小蓝旗，用金线绣着两个鲜艳夺目的字母：E. G.[2]。字母上方还有公爵的徽记。该游轮名叫"邓肯号"，船主爱德华·格里那凡爵士不仅是英国贵族院苏格兰十二位元老中的一位，而且是享誉英伦三岛的大英皇家泰晤士河游轮协会的最有名的一名会员。

　　此刻，格里那凡爵士及其年轻的夫人海伦以及爵士的一位表兄弟麦克那布斯少校都在邓肯号上。

　　邓肯号刚刚造好下水，在进行它的处女航。它已驶到了克莱德湾[3]外几海里处，正要返回格拉斯哥[4]。当船驶近阿兰岛附近海面时，瞭望台上的水手突然报告说，一条大鱼正在船后的水波中翻

1　指爱尔兰与苏格兰之间的海峡。——译注（如无特别说明，本书中注释均为译注）
2　E. G. 系船主 Edward Glenavan（爱德华·格里那凡）的姓名缩写字母。
3　位于苏格兰以西。
4　位于克莱德海湾。

跃。船长约翰·孟格尔立刻派人把这一情况报告给了格里那凡爵士。后者便带着麦克那布斯少校一起来到船尾，询问船长那是一条什么鱼。

"说真格的，阁下，"约翰·孟格尔回答道，"我想那是一条巨大的鲨鱼。"

"这片海域也有鲨鱼！"格里那凡爵士惊呼道。

"肯定有，"船长又说，"这种鲨鱼叫天秤鱼[1]，它出没于任何温度的海域。倘若我没看错的话，那就是一条天秤鱼！如果阁下恩准，如果尊夫人也想观赏一番奇特的捕鱼方法的话，我们立刻就能得知它是何物了。"

"您意下如何，麦克那布斯？"格里那凡爵士问少校，"不妨试一试？"

"您愿意的话，我也赞成。"少校平静地回答道。

"另外，"约翰·孟格尔又说道，"这种可怕的鲨鱼数量极多，捕杀不尽，我们正好遇上这个机会，既可除去一害，又可观赏到动人的一幕。何乐而不为呀？"

"那好吧，就捕捉它吧。"格里那凡爵士回答道。

爵士随即派人前去通知夫人。海伦夫人对此也颇感兴趣，便兴冲冲地来到了船尾准备观赏这动人的一幕。

海上风平浪静，海水清澈，大家清楚地看到那条大鲨鱼在海里蹿上蹿下地迅速游动着。只见它忽而潜入水下，忽而又跃出水面，动作矫健，勇猛无比。约翰·孟格尔船长逐一地下达命令。水手们按照船长的命令，把一条粗粗的绳子从右舷抛入水中，

---

1 天秤鱼系英国水手对这种鲨鱼的称谓，因为它的头像天秤，确切地说，像是双头铁锤，在法国被称之为"锤头鲨"，学名为"双髻鲨"。——作者注

绳头上有一只大钩子，钩子上串着一大块腊肉。那鲨鱼虽远在五十码¹以外，但却立即闻到了腊肉那诱人的香味，只见它如离弦之箭一般地冲了过来。霎时间，它便游到游轮附近。只见它那灰黑灰黑的双鳍在猛烈地击打着海水，尾鳍则在保持着身体的平衡，径直地冲那块腊肉而去。它的那两只突出的大眼睛，欲火直冒，贪婪尽显其中。当它翻转身子时，只见它那张大嘴大张开来，四排大白牙显现在人们的眼前。它的脑袋又宽又大，如同一把安在长柄上的双头铁锤。约翰·孟格尔船长没有看错，它果然就是鲨鱼中最贪馋的那种鲨鱼，英国人称它为"天秤鱼"，而法国普罗旺斯²地区的人则称它为"犹太鱼"。

邓肯号上的乘客们和水手们全都直勾勾地盯着那头大鲨鱼，只见它一下子便冲到钩子旁，突然一个打挺，身子一滚，吞下鱼钩，腊肉落入口中，粗绳被拉直，鲨鱼被钩住了。水手们赶忙转动帆架末端的辘轳，把那庞然大物吊了上来。鲨鱼发现自己已脱离水面，便更加奋力地挣扎起来，蹦跳不止。水手们见状，立刻又用另一根粗绳，打成一个活结儿，套住它的尾部，使之动弹不得。随即，鲨鱼很快地被吊上船来，抛在甲板上。一个水手小心翼翼地走上前去，猛地一斧头下去，砍断了鲨鱼的尾巴。

捕捉巨鲨的一幕宣告结束。那庞然大物失去了威风，没什么可怕的了。水手们报仇雪恨的心情得以平复，但是，他们的好奇心却尚未得到满足。按照惯例，捕捉到鲨鱼之后，必须给它开膛破肚，在它的肚子里寻觅一番，因为鲨鱼什么都吃，水手们希望

---

1 码：长度单位，美制1码等于3600米到3937米；而在英国，1码则等于保存在威斯敏斯特商务部标准局的青铜棒两个金塞子上横线标记之间的距离，为0.9144米。
2 位于法国南部地中海地区。

能够从其肚腹之中寻找到一点意外之物，再说，他们的这种希望并非次次落空的。

格里那凡夫人不愿意观赏这种恶心的"搜索寻觅"，便独自回到自己的舱房中去了。鲨鱼仍躺在甲板上喘息着：它身长约有十英尺 [1]，体重大约有六百磅，这在鲨鱼中并不算太长太重，但是，天秤鱼仍旧可以归于鲨鱼中最凶猛的一种。

水手们三下五除二地便把这头鲨鱼给开了膛。鱼钩倒是被吞进了肚里，却不见它肚里有什么东西，足见这只庞然大物已经许久未曾进食了。水手们大失所望，正要将其残骸抛入海中，水手长却突然发现它的肚腹中有一个粗糙的东西。

"嗨！那是什么？"水手长叫喊道。

"那个嘛，那是块石头，"一个水手回答道，"它吞下石头好保持身体平衡。"

"瞎说！"另一个水手说道，"那是一枚连环弹 [2] 打进这浑蛋的肚子里，它还没来得及消化哩。"

"你们都在胡猜什么呀，"大副汤姆·奥斯丁反驳道，"你们难道没有发现，这家伙是个醉鬼，它喝光了酒不算，还把酒瓶子给吞进肚里去了。"

"什么！"格里那凡爵士惊呼道，"鲨鱼肚子里有只瓶子？"

"货真价实的一只瓶子，"大副回答道，"不过，这只瓶子显然不是从酒窖里取出来的。"

1　英尺为英类制长度单位，1英尺为0.3048米。书中以后出现的英寻（=1.8288米）、英里（=1.6093公里）、海里（=1.8532公里）以及重量单位磅（=0.4536公斤）就不再另做解释了。
2　旧时的一种炮弹，用铁链连着，双双打出，以击断敌船桅杆。

"那好，奥斯丁，"格里那凡爵士说道，"您把瓶子取出来，要小心点儿，海上找到的瓶子里往往都装着重要的信件。"

"你还真的相信呀？"麦克那布斯少校说道。

"至少我认为这是很有可能的。"

"嗨！我不同您抬杠了，"少校回答道，"也许瓶子里有什么秘密。"

"这我们很快就能知晓。"格里那凡爵士说完又连忙问道，"怎么样，奥斯丁？"

"喏，瞧。"大副抬着他没少费周折刚从鲨鱼肚子里取出来的那件没模没样的东西说。

"好，"格里那凡爵士说道，"让人把它洗洗干净，送到艉楼来。"

奥斯丁受命照办，把那东西洗洗干净，送到方形厅，放到桌子上。格里那凡爵士、麦克那布斯少校、约翰·孟格尔船长，围桌而坐。一般而言，女人比男人更好奇，所以海伦夫人也围了上来。

在海上，一点点儿小事也会被看作是件了不起的大事。大家寂然无声地待了一会儿，都在以目探视，心想这玩意儿里面究竟装的是个什么东西呀？是遇难船只的求救信，还是一个航海者寂寞难耐，胡乱写的一封无关紧要的信？

格里那凡爵士立刻动手检查瓶子，想弄个水落石出。他就像是一位在寻找重要案件线索的英国检察官似的，认真仔细、专心致志地检查着。格里那凡爵士并不是在故弄玄虚，他这么仔细小心是对的，因为表面看上去并不重要的东西，往往会藏有破案的重大线索。

格里那凡爵士先从瓶子的外部检查起。这是一只细颈瓶，瓶口玻璃很厚，上面还缠着铁丝，只是铁丝已经生锈了。瓶壁也很厚，能承受好几个大气压力，一看就知道那是法国香槟省[1]生产的，阿依[2]或埃佩尔奈[3]的酒商常爱拿这种酒瓶敲击椅衬档，椅衬档被敲断了，可酒瓶却仍然完好无损。现在的这只瓶子在海上不知漂了多久了，不知被撞击了多少次，但却仍旧没有破裂，可见其结实程度有多么惊人。

"这是克里格酒厂的酒瓶。"少校脱口而出。

少校是这方面的行家，他的判断没有人会怀疑的。

"亲爱的少校，"海伦夫人答道，"如果不知它从何处而来，光知道它的出处，看来并不重要。"

"很快就会弄清楚的，我亲爱的海伦，"爱德华爵士回答道，"我们已经可以肯定它是从很远很远的地方漂过来的。您看，瓶子外面这层固化物质，它已经接近于矿石了，那是因为长期在海里泡着，受到腐蚀的缘故。它在被鲨鱼吞进肚子里去之前，就已经在海里漂流了很长的时间了。"

"我完全同意您的分析，"少校接着道，"瓶子外面结了厚厚的杂质，就表明它已经漂流了很久很久了。"

"它究竟是从哪儿漂来的呀？"格里那凡夫人急切地问道。

"您先别着急，我亲爱的海伦，先得等一等，研究这瓶子得有耐心。除非我判断错了，否则这个瓶子很快就会给我们解开谜团的。"

格里那凡爵士一边这么说着，一边开始刮擦封在瓶口的那层

---

1 位于法国东北部，系著名的香槟酒产地。
2 均为香槟省内的地名。
3 均为香槟省内的地名。

格里那凡爵士一边这么说着，一边开始刮擦封在瓶口的那层坚硬的物质。没多一会儿，瓶塞便露了出来，不过，已经被海水侵蚀得不成模样了。

坚硬的物质。没多一会儿，瓶塞便露了出来，不过，已经被海水侵蚀得不成模样了。

"真可惜，"格里那凡爵士说，"即使瓶子里藏着信函，字迹也一定模糊难辨了。"

"很有可能。"少校附和道。

"不过，我倒也认为，"格里那凡爵士又说，"如果瓶口塞得不紧，瓶子扔进海里会立即沉底的，幸好鲨鱼把它吞进肚子里去，带到了邓肯号上来。"

"这是肯定的，"约翰·孟格尔船长应声道，"不过，要是我们在它漂在大海上时将它捞上来的话，就能确定其经纬度，可以研究一下气流和海流的方向，判断出瓶子在海上漂流的路线来了。可是，我们是从鲨鱼肚子里把它取出来的，这就无法推断其漂流路线了。"

"我们先看看再说吧。"格里那凡爵士回答道。

这时候，他便小心谨慎地动手拔出瓶塞，一股海腥味立刻在艉楼里弥漫开来。

"是什么东西？"海伦夫人以她那女性惯有的急切心情迫不及待地问道。

"没错！"格里那凡爵士说道，"我没有猜错！是信件！"

"信件！信件！"海伦夫人惊呼道。

"可是，"格里那凡爵士说，"因为纸受潮，全都粘在瓶塞上了，没法取出来。"

"那就把瓶子砸碎。"麦克那布斯少校提议说。

"我倒是希望让瓶子保持原样，完好无损。"格里那凡爵士说。

"我赞成这个意见。"少校随即转变了态度。

"当然，不砸碎瓶子更好，"海伦夫人说，"不过，瓶子里面的信要比瓶子本身更加重要，因此，应该退而求其次。"

　　"阁下只须将瓶颈敲掉，里面的东西就可以完完整整地取出来了。"约翰·孟格尔提议道。

　　"说得对！就这么办，我亲爱的爱德华。"海伦夫人大声说道。

　　其实，也只能采取这个办法了。所以，尽管格里那凡爵士很不乐意，也只好把那只宝贵的瓶子的瓶颈敲掉。还必须用榔头来敲，因为瓶子上的那层杂质已经坚硬得如同花岗岩一般了。不一会儿，瓶颈被敲碎，散落在桌子上，大家立刻看到有几张纸粘在了一起。格里那凡爵士小心翼翼地把它们从瓶中抽出来，一张一张地揭开，摊放在桌子上。海伦夫人、少校和船长围在了他的身旁。

第二章

三封信件

　　这几张纸经海水侵蚀，字迹模糊，只能辨清一些单个的字词。格里那凡爵士仔仔细细地看了好几分钟，颠过来倒过去地看，对着阳光看，每个字的一笔一画全都仔仔细细地研究一遍，然后，他才抬起头来目光焦急地看着他的朋友们说道："这儿是三封不同的信件，很可能是一封信的三张信纸，是用三种不同的文字写的———一封是英文，一封是法文，一封是德文。从那些没被侵蚀掉的字迹来看，这一点是毫无疑问的。"

　　"不过，剩下的那些字至少总反映点意思吧？"格里那凡夫人急切地问。

　　"这我难以说清，我亲爱的海伦，信上的字太不完整。"

　　"这三封信上所留下的字也许可以互为补充吧？"少校说道。

　　"应该是的，"约翰·孟格尔说道，"海水不可能把三封信上的同一行的同一个字给侵蚀掉的。我们可以把那些断句残词相互拼凑在一起，应该可以猜测出大概意思来。"

　　"好的，就这么干，"格里那凡爵士说，"我先来看看英文的。"英文信件上的断句残词是这样的：

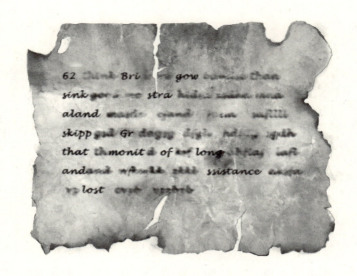

"这些字看不出是个什么意思。"少校颇为失望地说。

"不管怎么说,"约翰船长回答道,"这总还是地地道道的英语单词嘛。"

"这一点是肯定无疑的,"格里那凡爵士说,"sink（沉没）, aland（登陆）, that（这）, and（以及）, lost（死亡）等这些词还都是很完整的。而 skipp,显然是 skipper（船长）;至于 Gr,大概是一位名叫 Gr……（格……）什么的人,也许是遇难船只的船长的名字。"

"另外,"约翰·孟格尔说,"monit 和 ssistance 的意思也很明显:monit 应该是 monition（文件）,而 ssistance 应该是 assistance（救助）。"

"嗯!这么一看,就有点意思了。"海伦夫人说。

"可惜的是,"少校说道,"缺少整行整行的字。是什么船?在哪儿出的事?这我们就搞不清楚了。"

"我们会弄清楚的。"爱德华爵士颇为自信地说。

"这是当然的，"总是附和大家意见的少校应答道，"可是，怎么弄清楚呢？"

"把三封信相互补充着来看就行了。"格里那凡说。

"对，就这么办！"海伦夫人大声赞同道。

第二封信比第一封信侵蚀得更加厉害，只剩下如下的几个孤立的字：

"这是德文。"约翰·孟格尔一看便说。

"您懂德文吗，约翰？"格里那凡爵士问道。

"懂点，爵士。"

"那好，您告诉我们一下，这几个字是什么意思。"

约翰船长仔细地看了看那张信纸，说道："首先，出事的时间确定了，7 Juni，也就是6月7日，与英文信上的62合起来，就是1862年6月7日。"

"太好了！"海伦夫人惊呼道，"您继续说，约翰。"

"在同一行上，还有一个 Glas，"年轻船长接着说道，"与英文信上的 gow 拼接起来，也就是 Glasgow，很显然，这是一条格拉斯哥港的船。"

"我也这么认为。"少校赞同道。

"信上的第二行全侵蚀掉了，"约翰·孟格尔接着说道，"但在第三行上，有两个重要的字，zwei 意为'两个'，而 atrosen 应该是 matrosen，也就是'水手'的意思。"

"这么说，"海伦夫人说，"有一名船长和两名水手遇难了？"

"很有可能。"格里那凡爵士回答道。

"阁下，我实话实说，下面的那个 graus 把我难住了。也许再看一下第三封信，比照一下，可以弄明白这个字是什么意思。至于最后的那两个字，不难理解，bringt ihnen 意为'盼望给予'，与英文信上第六行的那个'救助'拼凑起来，就是'盼望给予救助'，这一点十分清楚。"

"是的！盼望给予救助！"格里那凡爵士说，"但是，那几个遇难者究竟是在什么地方遇难的呢？到目前为止，确切地点仍是个谜，出事的地点仍旧一无所知。"

"但愿法文信件能说得明白一点。"海伦夫人说。

"咱们就来看看法文信件吧，"格里那凡爵士说，"我们都懂法文，研究起来就方便得多了。"

第三封信剩下的是如下的字迹：

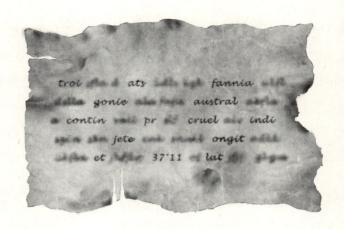

  "信里有一些数字,"海伦夫人惊呼道,"瞧呀,先生们,你们瞧!……"

  "我们还是逐一地加以研究吧,"格里那凡爵士说,"咱们从头弄起。我来把这些残缺不全的字按顺序逐一地提出来。头几个字我看就是'三桅船'的意思,再与英文信件拼凑起来,应该是'不列颠尼亚号三桅船'。下面的两个字 gonie 和 austral,只有后一个字有意义,你们都明白,是指'南半球'。"

  "这已经很有意思了,"约翰·孟格尔说道,"这就是说,该船是在南半球遇难的。"

  "这仍旧不太明确。"少校说道。

  "听我继续说,"格里那凡爵士接着说道,"你们看,abor 这个字写全了应该是 aborder,也就是'到达''登陆'的意思。遇难的那些人到达了某一处地方。到底到了哪儿了呢? contin! 是不是 continent(大陆)呀? 而 cruel!……"

  "cruel!"约翰·孟格尔嚷叫道,"这正好与德文信件上的那个 graus……grausam 是同一个意思,是'野蛮的'这个形容词!"

"咱们继续往下看！继续往下看！"格里那凡爵士说道，他显然因这些残缺不全的字逐渐显示出意思而极度地兴奋起来，"indi 是不是 inde（印度）这个字呀？那些水手是不是被抛到印度去了？那个 ongit 又是什么意思呀？是不是 longitude（经度）呀？下面是纬度：三十七度十一分。好极了！我们总算有了一个确切的方向了。"

"可是，经度仍旧不得而知呀！"麦克那布斯说。

"我们不可能一下子全都知道的，我亲爱的少校，"格里那凡爵士说道，"知道精确的纬度就已经很不错了。显然，这封法文信是三封信中最完整的了。不用说，这三封信彼此是互为译文的，而且是逐字逐句直译出来的，因为这三张纸上的行数都是一样的。我们现在要做的是，把这三封信合并为一封信，用一种文字表达出来，然后再研究它的最有可能、最为合理、最清晰明确的意思。"

"您打算用法文、英文还是德文来把这封信统一起来呢？"少校问道。

"用法文，"格里那凡爵士回答道，"因为法文信上的意思最为明确。"

"阁下说得对，"约翰·孟格尔说，"再说，我们大家又都更加熟悉法文。"

"这是毫无疑问的。我现在就用法文把这三封信上的断句残词拼凑出来，字与句中的空白依然保留，把确定无疑的字补全，然后，我们再加以分析研究。"

格里那凡爵士立刻拿起一支鹅毛笔，不一会儿，便写好了，拿给朋友们看。他写出来的是下面的几行字：

7 juin 1862 trois——mats Britannia Glasgow

（1862 年 6 月 7 日）（三桅船不列颠尼亚号）（格拉斯哥）

Somber gonie austral

（沉没）（戈尼亚）（南半球）

à flerre deux mafelots

（登陆）（两名水手）

Capitaine Gr abor

（船长格）（到达）

Contin pr cruel indi

（大陆）（被俘于）（野蛮的） 印地

jeté le document de longitude

（抛此信件）（经度）

et 37° 11′ de latitude pontey——leur seeours

（纬度三十七度十一分）（企盼救助）

perdu

（死去）

这时候，一名水手前来向船长报告说，邓肯号已经驶入克莱德湾，听候船长命令。

"阁下意欲何为？"约翰·孟格尔冲着格里那凡爵士问道。

"先尽快赶往丹巴顿，约翰。然后，等海伦夫人回玛考姆府去时，我便前往海军部，把这些信件呈送上去。"

约翰·孟格尔立刻遵命，对水手下达了指令，后者飞快地跑去向大副传达。

"现在，朋友们，"格里那凡爵士说道，"让我们来继续进行分析研究吧。我们已经获得了一件大海难的线索了。有几条人命在依靠着我们的判断能力，因此，我们必须开动脑筋，破解这个谜团。"

"我们已准备就绪了，亲爱的爱德华。"海伦夫人应声道。

"首先，"格里那凡爵士接着说道，"我们得把这封信分成三个不同的部分加以处理：一、已知的部分；二、可猜测的部分；三、未知的部分。我们现在已经知道的是什么呢？我们知道的是：1862 年 6 月 7 日，格拉斯哥港的一条三桅船不列颠尼亚号沉没了；两名水手及其船长把这三封信放在漂流瓶里，在纬度三十七度十一分处抛入海中，请求援救。"

"完全正确。"少校应答道。

"我们能够猜测到的又是什么呢？"格里那凡爵士又自问道，"我们所能猜测得出的首先是：出事地点在南半球海面上。然后，我提醒大家注意 'gonie' 这个字。它是不是在指某个地名呀？它是某个地名的组成部分吗？"

"是不是 Patagonie[1] 呀？"海伦夫人大声说道。

"想必是的。"

"但是，巴塔哥尼亚是位于南纬三十七度上吗？"少校问道。

"这不难查证，"约翰·孟格尔说着便摊开一幅南美洲地图，"一点没错。巴塔哥尼亚正是位于南纬三十七度线上。南纬三十七度线先横穿阿罗加尼亚[2]。然后，沿着巴塔哥尼亚北部穿过南美大草原，进入大西洋。"

"好。咱们继续进行推测。两名水手及其船长 abor，也就是 abordenr（到达）什么地方了呢？contin……就是 continet（大陆），请注意，是'大陆'，而不是海岛。然后，他们又怎么样了呢？有两个字母——pr——具有揭示作用，可解开谜团。这两个字母是 pris（被俘），还是 prisonniers（当了囚徒）了呢？这几个人是被何人掳走的呢？被 Cruels indiens（野蛮的印第安人）劫掳走了。这种解读，你们以为如何？空缺处的词是不是跃然纸上了？你们觉得这封信的意思不是一清二楚的吗？你们脑子里仍旧存有疑团吗？"

格里那凡爵士说得十分肯定，目光中充满自信。众人也都被他的热情所感染，异口同声地大声说道："显然如此！显然如此！"

停了片刻之后，格里那凡爵士继续说道："朋友们，我觉得我们的这些推测是完全可信的。出事地点就是在巴塔哥尼亚海岸附近。我要让人去格拉斯哥港打听一下，当初不列颠尼亚号驶出港口之后，将开往何处。这样，我们就可以得知它是否有被迫驶

1　巴塔哥尼亚，阿根廷南部地区名。

2　位于智利南部。

向巴塔哥尼亚海域的可能。"

"哦！我们不必跑那么老远去打听，"约翰·孟格尔说道，"我这儿就有《商船日报》的汇编本，查一下就知道了。"

"太好了！太好了！"海伦夫人欢叫道。

约翰·孟格尔取来了一大摞 1862 年的报纸，飞快地在翻查着。他没有翻查太长的时间，一会儿便兴奋不已地说道："1862 年，5 月，30 日。秘鲁！卡亚俄[1]！满载货物，驶往格拉斯哥港。船名不列颠尼亚号，船长格兰特。"

"格兰特！"格里那凡爵士惊呼道，"就是那位雄心勃勃的苏格兰人，他曾想在太平洋上创建一个新苏格兰！"

"是的，就是他，"约翰·孟格尔说道，"1862 年驾驶着不列颠尼亚号驶离格拉斯哥港，随后就音信全无了。"

"没什么好怀疑的了！没什么好怀疑的了！"格里那凡爵士说道，"确实就是他。不列颠尼亚号于 5 月 30 日驶离卡亚俄，八天之后，于 6 月 7 日在巴塔哥尼亚海面遇难。这几封残缺不全的信里记述的就是该船的全部历史。朋友们，你们看，我们的推测完全正确，而我们现在尚未知晓的只有一点：它的经度。"

"出事地点已经知道，知不知道经度并无大碍，"约翰·孟格尔说，"只要知道了纬度，我就保证能找到出事地点。"

"这么说，我们全都弄清楚了？"格里那凡夫人问道。

"全都弄清楚了，我亲爱的海伦，信件上被海水侵蚀了字迹后所留下的空白，我可以毫不犯难地给填补上，如同格兰特船长亲自口述，我在做记录一般。"

---

1 秘鲁西海岸的一大商港。

格里那凡爵士说着便拿起笔来，毫不犹豫地做了如下的记录：

> 1862年6月7日，隶属于格拉斯哥港的三桅船不列颠尼亚号，在靠近巴塔哥尼亚一带海岸的南半球海域沉没。两名水手及其船长急忙登上大陆，被野蛮的印第安人俘获。特地下这三封信件于经……纬度三十七度十一分处。企盼救援，否则将必死于此处！

"妙极了！妙极了！我亲爱的爱德华，"海伦夫人说，"如果那几个落难之人能够重返祖国的话，他们会感谢您的。"

"他们定能返回自己的祖国，"格里那凡爵士回答道，"这些信件说得明明白白、清清楚楚、准确无误，英国政府绝不会把自己的三个孩子扔在那荒凉之地而弃之不顾。英国政府曾经营救过富兰克林[1]以及其他许多遇险的船员，它今天也必然会去援救

1　约翰·富兰克林（1786—1847）：英国航海家，在北极探险时遇难。

不列颠尼亚号的遇难船员。"

"这几位落难之人想必也有自己的家庭，他们的家人一定在为他们的失踪而痛哭，"海伦夫人悲戚地说，"也许那位可怜的格兰特船长就有妻室儿女……"

"您说得没错，我亲爱的夫人，我会想法儿告诉他们，他们的亲人还活着，还没有完全失去希望。现在，朋友们，咱们回到顶楼上去吧，我们快要驶入港口了。"

邓肯号的确是在加大马力，于傍晚六点，停泊在丹巴顿的雪花岩脚下，岩顶上矗立着苏格兰英雄华莱士[1]的那座有名的宅邸。

在那儿，已经有一辆马车准备好了，在恭候着海伦夫人，准备把她和麦克那布斯少校送回玛考姆府。然后，格里那凡爵士拥抱了自己年轻的妻子之后，便跳上了开往格拉斯哥的快车。

不过，在他动身之前，他给《泰晤士报》和《纪事晨报》分别拍发了内容相同的一份启事：

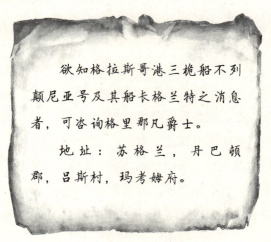

> 欲知格拉斯哥港三桅船不列颠尼亚号及其船长格兰特之消息者，可咨询格里那凡爵士。
>
> 地址：苏格兰，丹巴顿郡，吕斯村，玛考姆府。

1　华莱士：13世纪苏格兰解放战争中的群众领袖，后被英国人杀害。

第三章

玛考姆府

玛考姆府系高地 [1] 的最富有诗情画意的城堡之一，坐落在吕斯村附近，俯瞰着吕斯村的那个美丽的小山谷，依傍着乐蒙湖清澈的湖水，其花岗岩基即浸在湖水之中。自很久很久之前，这座城堡便属于格里那凡家族所有。在这罗布·罗伊 [2] 和弗格斯·麦克格里高 [3] 的故乡，格里那凡家族仍旧保留着沃尔特·司各特 [4] 的小说中的那些古代英雄的好客之遗风。当社会革命 [5] 在苏格兰爆发的时候，许多佃户因无力缴纳过高的地租而被赶走，背井离乡，有的因饥寒交迫而死去，有的则当了渔夫，有的则到处流浪。其情其景十分悲惨，凄凉悲切不堪。在所有的贵族中，唯有格里那凡家族不忘贵族的荣誉，一如既往地善待农民，所以他家的佃户没有一个背井离乡，没有一个挨冻挨饿，依然忠心耿耿地

1　苏格兰南部一地区名。
2　罗布·罗伊：苏格兰著名的侠盗，司各特曾以他为蓝本写成小说。
3　弗格斯·麦克格里高：苏格兰16世纪末的农民革命领袖。
4　沃尔特·司各特：英国19世纪著名的历史小说家，苏格兰人。
5　指詹姆斯六世（1566—1625）时代的农民革命，革命失败后，贵族便变本加厉地压迫剥削农民。

为格里那凡家族耕地种田。因此，即使在那动荡的年代，在那风雨飘摇的乱世之中，格里那凡家族的玛考姆城堡仍旧像是在邓肯号上一样，始终只有清一色的苏格兰人居住着。这些苏格兰人都是麦克格里高、麦克法伦、麦克那布斯、麦克诺顿等老领主们的佃户们的子孙后代，都是世代相传、土生土长在斯特林和丹巴顿两郡的孩子。他们全都忠厚老实，勤奋劳动，对主人忠心耿耿，而且，其中还有一些人会讲古喀里多尼亚语[1]。

格里那凡爵士家底殷实，一向乐善好施，仗义疏财；而且，他的仁爱之心远远超过其慷慨大度，因为慷慨是有限度的，而仁爱却是无限的。这位身为吕斯村绅士的玛考姆城堡的城堡主，是英国贵族院的元老，是其所在郡的代表。但是，他的思想倾向属于雅各宾派[2]，又不愿逢迎宫廷，因而受到英国政客们的歧视。尤其是，他始终坚持其先辈的本色，坚决抵御"南方人"[3]的政治侵略，故而更加遭到歧视。

格里那凡爵士并不是一个心胸狭隘、思想平庸而落后的人，他一向敞开大门，迎接一切进步的东西，但是，在他的内心深处，总不免把自己的苏格兰放在首位，他在皇家泰晤士河游船俱乐部所进行的竞赛中，用他的快船与他人一决高低，无非是为苏格兰争口气，他的苏格兰情结可以说是根深蒂固的。

格里那凡爵士现年三十二岁，他身材魁梧，表情较为严肃，但目光却极其温和，整个仪容带有高地的那诗情画意。人人

1　苏格兰的旧称。
2　指英国詹姆斯二世或1688年后斯图亚特王室的党派（支持者）。
3　指英格兰人，因为英格兰岛位于苏格兰南面；英格兰人在政治上不断地压迫北方的苏格兰人和南方的爱尔兰人。

都知道他为人豪爽，行侠仗义，颇具古代骑士遗风，是地道的 19 世纪的弗格斯[1]。但是，其尤为突出的特点则是他的慈悲为怀，仁爱至极，这一点他甚至远胜于圣·马丁。[2]

格里那凡爵士与海伦小姐刚刚结婚三个月。海伦小姐是著名的旅行家威廉·塔夫内尔的女儿，其父威廉是为研究地理并热衷于勘察而牺牲的众多学者中的一位。

海伦小姐并非出身贵族家庭，但她却是地地道道的苏格兰人，光凭这一点，在爱德华·格里那凡看来，就足以与任何一个贵族家庭相媲美了。

海伦小姐人很秀气，为人勇敢而热情，吕斯村的爱德华一眼便相中了她，与她结成了终身伴侣。他第一次见到她时，她是个无父无母的孤女，几乎一无所有，孤独地住在基巴特里克其父的一座房子里。格里那凡爵士明白，这个可怜的少女会成为一个贤妻良母，所以他便娶了她。海伦小姐才二十二岁，金发碧眼，柔情似水。她对丈夫的爱超过她对他的感激之情。她那么深爱着自己的丈夫，好像她是绣户侯门女，富有的女继承人，而丈夫却像是个无父无母的孤儿。而她的佃户和仆人们都称她为"我们仁爱的吕斯夫人"，心甘情愿地为她服务，为她献身。

格里那凡爵士和海伦夫人在四周环绕着高地的那片原始而美丽的大自然中幸福地生活着。他们漫步在湖边枫树和栗树的浓荫之中，耳听着湖岸上有人在唱着古老的战歌，遥望着峡谷里苏格兰人的古建筑群，对苏格兰历史之厚重的光荣感油然而生。今天，他们走进了白桦树和落叶松那浓荫密布的金黄色灌木丛里；

1　弗格斯：中古时期的苏格兰郡主，骑士们的领袖和典范。

2　圣·马丁：中世纪基督教圣贤。

明天，他们又登上乐蒙山的峻岭之中，或骑上骏马奔驰在阒无人迹的幽谷深处。他们醉心于那充满着诗情画意、至今仍被称之为"罗布·罗伊之乡"的美景，以及沃尔特·司各特所歌颂的那些风光美景之中。傍晚时分，当"麦克·法伦之灯"[1]在天边闪烁之时，他俩便会沿着自家城堡外的城垛"闲庭信步"。他俩走走停停，时而坐在一块孤零突出的石头上，沉思默想，沉浸在大自然之中，沉浸在淡淡的月光之下，仿佛世界上只有他们两个人一般，两颗相知相爱的心紧紧地融合在一起。只有他们这两颗心心相印之心才能领略到这出神入化的大自然的秘密。

他们新婚燕尔的头三个月就是这么度过的。但是，格里那凡爵士并没有忘记自己的妻子是一位大旅行家的女儿。他心想，海伦夫人心中肯定仍怀有其父的种种愿望，不用说，他的猜想完全正确。邓肯号造好了，它将载着格里那凡爵士夫妇前往世界上最美丽的那些地方，经由地中海，直到希腊群岛一带。当丈夫把邓肯号交由她支配时，可想而知，海伦夫人心里是多么高兴呀！啊，前往人间仙境般的希腊去继续度蜜月，世界上还有什么能比这更加幸福的呢！

可是，现在，格里那凡爵士已经前往伦敦了。他是为了援救那几个不幸之人而去的，因此，海伦夫人心中多的是焦急不安，而不是忧愁烦闷。第二天，丈夫拍来一封电报。她盼着丈夫很快就能归来，但是，晚上却收到了丈夫的一封来信，言明归期推迟，因为他的建议遇到一些阻碍。第三天，海伦夫人又接到丈夫的一封信，丈夫在信中流露出对海军部的不满。

1　麦克·法伦所建的灯塔。

这一天，海伦夫人心中开始忐忑不安了。晚间，她独自一人待在房间里，突然，城堡总管哈伯尔先生前来禀报，说有一个女孩和一个男孩求见格里那凡爵士。

"是本地人吗？"海伦夫人问。

"不是，夫人，"管家回答道，"因为我从未见过他们，他们是刚乘火车到巴乐支，再从巴乐支徒步走到吕斯村的。"

"快请他们上来，哈伯尔。"格里那凡夫人说。

管家出去了。不一会儿，那个姑娘和小男孩便被领到海伦夫人的房间里来。从二人的面容来看，便知是姐弟俩。姐姐年方二八，漂亮的面庞上显露着些许疲惫，一双大眼似乎哭得肿肿的，但面部表情却是沉着又坚定，穿着打扮整洁素雅，让人看着心生怜爱。她拉着自己的弟弟。弟弟虽小，一脸坚定勇敢，仿佛是姐姐的保镖一样。我敢说，谁胆敢冒犯他姐姐的话，他是绝对饶不了对方的。姐姐来到海伦夫人面前时，略显迟疑。海伦夫人见状，立刻先开口说道："你们有事找我？"她边说边以目光鼓励女孩照实说来。

"不是的，"男孩以坚定的口吻代姐姐回答，"我们不是来找您的，我们是要找格里那凡爵士。"

"请您原谅他说话不知深浅，夫人。"姐姐瞪了弟弟一眼，连忙说道。

"格里那凡爵士现在不在，"海伦夫人回答道，"我是他的妻子。如果你们愿意跟我说的话……"

"您就是格里那凡夫人？"女孩问道。

"是的，小姐。"

"您就是就不列颠尼亚号遇难一事在《泰晤士报》上登了一

则启事的那位玛考姆府的格里那凡爵士的夫人？"

"是的，我就是。"海伦夫人连声答道，"您二位是……"

"我是格兰特小姐，夫人，他是我的弟弟。"

"啊！是格兰特小姐！是格兰特小姐！"海伦夫人惊呼道，一边把少女拉到自己身旁，攥住她的双手，一边吻着那小小男子汉的小脸蛋。

"夫人，"格兰特小姐问道，"关于家父沉船的事，您都知道些什么情况？他还活着吗？我们还能见到他吗？我求求您了，跟我说说吧。"

"我亲爱的姑娘，"海伦夫人说道，"就目前的情况来看，我不想让你们空欢喜……"

"请您直说吧，夫人，有什么说什么！我很坚强，我能忍受得了痛苦，我不怕听到坏消息。"

"我亲爱的孩子，"海伦夫人回答她说，"希望不是很大，不过，也有可能你们有一天会与令尊重逢的。"

"上帝呀！我的上帝！"格兰特小姐痛苦地呼唤着，泪水忍不住哗哗地流了出来，与此同时，小男孩罗伯特抓起格里那凡夫人的双手吻个不停。

这最初的有喜有悲的激动情绪过去之后，格兰特小姐禁不住提了一连串的问题。海伦夫人便把捞到漂流瓶，从中发现三封信件的情况告诉了他们，然后，又根据那三封信说明不列颠尼亚号如何在巴塔哥尼亚附近海面沉没，只有船长和两名水手得以逃生，随即游上陆地，发出求救的信号。

海伦夫人在如此这般地叙述时，小罗伯特一直眼巴巴地看着她，仿佛他的生命就系于海伦夫人的嘴唇上。他那少年儿童的想象力在他的脑海里为他刻画出他父亲必然会遇上的种种危险：他仿佛看见自己的父亲站在不列颠尼亚号的甲板上，看见他在海浪中拼命地挣扎，他仿佛同父亲在一起，扒住了海边的岩石，然后，气喘吁吁地在海滩上缓缓地爬动着，离开了那汹涌澎湃的大海……在听海伦夫人讲述的过程中，他不止一次地脱口惊叫着：

"啊！爸爸！我可怜的爸爸！"他一边这么痛苦地呼唤着，一边紧紧地依偎着姐姐。

而格兰特小姐则是双手合十，一声不响，静静地听着，直到海伦夫人讲完，她才问道："啊，夫人！那些信件呢？那些信件呢？"

"信件不在我这儿，我亲爱的孩子。"海伦夫人回答道。

"不在您这儿？"

"是的，不在我这儿。格里那凡爵士为救您父亲，把那些信件带到伦敦去了。不过，信的内容我已经一字不落地告诉你们了，我把我们根据信件上的断句残字拼凑起来的意思也都告诉你们了。只可惜只知道纬度，而不知道经度……"

"用不着知道经度的！"那男孩大声说道。

"是的，罗伯特先生，是用不着经度了，"海伦夫人边回答边看着那男孩的满脸坚定的神情，说着竟然禁不住微笑起来，"因此，您看，格兰特小姐，信的内容您连细枝末节都知道了，您已经同我所知道的一样多了。"

"是的，夫人，"少女答道，"可我想看看家父的笔迹。"

"那您就等一等，说不定格里那凡爵士明天就能回来了。我丈夫是想带着这几封确凿无疑的信件，让海军部的官员们看看，好让他们下决心派人乘船前去寻找格兰特船长。"

"真的呀，夫人？你们真的去为家父奔走呼号呀？"格兰特小姐不禁惊叹起来，心存十二万分的感激。

"是的，我亲爱的孩子，"海伦夫人回答道，"不用谢，任何人处于我们的位置，都会在所不辞的。但愿我的一番话让你们心中升起的希望得以实现！你们可以住在我们的城堡里，等着格里那凡爵士归来……"

"夫人，"格兰特小姐答道，"您的心肠真好，但我们不能过分叨扰了。"

"这话太见外了，亲爱的孩子，你们姐弟俩在这个家里已不算是外人了。你们既然已经来了，那就在此等候格里那凡爵士归来，听听他告诉你们——格兰特船长的儿女，人们将怎样设法去援救你们的父亲。"

海伦夫人如此诚恳，姐弟二人不便再拒绝，因而格兰特小姐便同意与弟弟留下来，等着格里那凡爵士带来好消息。

第四章

格里那凡夫人的建议

格里那凡夫人在同两个孩子交谈时，并未提及其丈夫在来信中对海军部长官们的那份焦虑的心情，也闭口未谈格兰特船长有可能在南美洲已被野蛮的印第安人掳走了的事。因为这些情况说了并没什么用，反而会让这两个可怜的孩子为自己父亲的命运担忧，使他们怀有的希望顿失。既然有百害而无一利，海伦夫人也就决心对这一点守口如瓶，只字不提。她在回答了格兰特小姐所提的一大堆问题之后，便主动地询问起格兰特小姐的生活状况来。言谈话语之中，她感觉到格兰特小姐仿佛是她弟弟罗伯特在这个世界上唯一的保护人。

格兰特小姐向海伦夫人讲述了他们姐弟俩的简单动人的生活和处境，这更增加了海伦夫人对他们的同情和怜爱。

玛丽·格兰特和罗伯特·格兰特是格兰特船长仅有的一双儿女。格兰特船长全名为哈利·格兰特，他的妻子在生下小罗伯特时便去世了。当他前去远航时，他便把两个孩子托付给一位慈祥的老堂姐照料。格兰特船长是个勇敢坚强的水手，既善于航海，又很懂得经商，真是个难得的人才。他住在苏格兰珀思郡的敦提城，是本地土生土长的人。他的父亲是圣·卡特琳教堂的牧师，从小就让自己的儿子哈利受到全面的教育，因为他认为让孩子受到全面教育是终生受益之事，即使是对一个去远洋航行的船长也是大有裨益的。

哈利·格兰特开始时是个大副，后来升任船长。在开始的几次远洋航行中，业绩突出，生意很好，等到罗伯特诞生之后的几年，他已经家底厚实了。

正是在这个时候，他脑海中浮现出一个伟大的计划，使他在苏格兰闻名遐迩。他与格里那凡家族中的人一样，并且也与低地 [1] 的一些望族世家一样，对于侵蚀北方的英格兰人始终心里怀有强烈的愤懑。他认为，他的家乡苏格兰的利益就是苏格兰人的利益，而不是盎格鲁-撒克逊人 [2] 的利益，因此，他想要凭借自己个人的实力去促使苏格兰利益得以发展扩大，想要在澳大利亚一带找到一片陆地使苏格兰人可以移民。他是不是梦想着也像北美合众国那样，并且也像印度、澳洲总有一天也必然会做的那样，争取苏格兰人的独立，脱离大英帝国？也许他真的是这么想的。也许他把自己的心思透露了出去，因此，很显然，政府当局对他的这种移民设想是不会给予支持的，非但不予以支持，还要给他制造种种困难；在别的国家，这若干的困难，也许会让有此设想的人送命的。但是，哈利·格兰特并不气馁。他号召自己的同胞们发扬爱国主义精神，而他自己则以身作则，带头将自己的家产全部拿出来，建造了一艘船，组成了一支精干的水手队伍，并把一双儿女托付给了自己慈祥的老堂姐，毅然决然地前

---

1 位于苏格兰中部。
2 居住在英格兰岛而掌控着全英实际权力的民族。

往太平洋诸岛去探险了。那是 1861 年的事。在这一年中，直到
1862 年 5 月，他都有消息传回国内，但是，到了 6 月，他离开卡
亚俄之后，关于不列颠尼亚号的消息就不再为人所知了，连《航
海日报》也都未再提及格兰特船长的下落。

屋漏偏逢连阴雨，就在这个时候，哈利的慈祥老堂姐也仙逝
了。自此之后，两个孩子就孤零零地活在世上。

当时，玛丽·格兰特只有十四岁，虽小小年纪，却心高气
傲，十分坚强，不畏艰难，把全部精力都用在了小弟弟的身
上，不但要养活弟弟，还得教育培养弟弟。由于她的克勤克
俭，聪明能干，日夜操劳，愿为弟弟牺牲一切，这个年幼的姐姐
竟然把养活培育小弟弟的重任扛了下来，尽到了姐代母责。他
们的事迹让人听了既心酸又感动。总之，这姐弟俩就这样在教提
活了下来。他们安贫乐苦，坚定不移地为生活奋斗着。姐姐玛丽
心中只装着弟弟，一心一意地考虑着弟弟的前途、幸福。她一直
认为不列颠尼亚号已经出事了，没有希望了，父亲永远也回不来
了。可是，突然间，她却偶然地看到《泰晤士报》所刊登的那则
启事，她的心又从绝望之中复活了，她的那份激动兴奋之情，非
笔墨所能描述。

她一点也没有耽搁，立刻跑来打听消息。即使明确地得知父
亲格兰特船长抛尸于荒凉海滩边的一只船底里，也要比生死不
明、永远牵肠挂肚好受一些。

一看到这则启事，她便立刻把情况与想法全都跟弟弟说了。
姐弟二人当天便搭上开往珀思的列车，当晚便来到了玛考姆府。
得知情况之后，玛丽在长期的忧伤之后，心儿又活泛了，又开始
心存希望了。

以上就是玛丽·格兰特小姐对格里那凡夫人讲述的那个痛苦的经历。她在讲述时，语气平淡而真切，但从这段经历之中，在这漫长的艰难岁月里，我们不难看出这女孩的坚毅勇敢，令人感佩。海伦夫人在听她讲述时，眼泪止不住地流，她禁不住把格兰特船长的这双儿女紧紧地搂在自己的怀里。

而小罗伯特，他也是头一次听到姐姐所说的这段经历，只见他瞪着一双大眼，专心致志地听姐姐讲述。他现在才明白姐姐为自己所做的一切，才知道姐姐所经受的一切痛苦，他禁不住一把抱住姐姐，呼喊道："啊！妈妈！我亲爱的妈妈！"这声真情的呼唤是发自内心深处的，他是真心实意地把姐姐当作母亲了。

他们这么谈着谈着，不觉夜已深了。海伦夫人怕两个孩子过于疲乏，不愿再继续聊下去，便把玛丽·格兰特和罗伯特·格兰特领到已经为他们准备好了的客房里去。姐弟俩头一挨着枕头便睡着了，在做着好梦。然后，海伦夫人便让人把少校请来，把她与格兰特船长的两个孩子交谈的情况一五一十地告诉了他。

"真是个了不起的小女孩！"少校听了海伦夫人的讲述之后惊叹道。

"愿上苍保佑我丈夫能成功地办成与海军部的交涉！"海伦夫人说，"不然的话，这姐弟俩就真的完全绝望了。"

"他会交涉成功的，"麦克那布斯应声道，"否则海军部的老爷们的心真的比波特兰[1]的岩石还要硬了。"

尽管少校说得斩钉截铁，但海伦夫人仍旧心存疑虑，一宿都没有睡踏实。

---

[1] 英国的一个岛屿城市，全城满是巉岩。

第二天，一大清早，玛丽·格兰特和她弟弟便急忙起来了。他们正在城堡院子里散步，突然听见一阵马车的隆隆声响。格里那凡爵士快马加鞭地赶回了玛考姆府。几乎与此同时，海伦夫人在少校的陪伴下也来到了院子里，向着丈夫奔了过去。格里那凡爵士脸色阴沉、不悦，一脸愤懑。他拥抱了一下自己的夫人，但没有说一句话。

"怎么样，爱德华？怎么回事？"海伦夫人连声问道。

"哼，那帮人简直没有心肝，我亲爱的海伦。"格里那凡爵士回答道。

"他们不肯？……"

"是的！他们不肯给我派一条船！他们竟然说，为了寻找富兰克林，已经白白地浪费了几百万了！他们硬说那几封信语义含混，不明不白！还说什么那几个不幸的人都已经有两年杳无音信了，没什么可能找到他们的。还说什么，他们既然已经落入了印第安人手里，肯定被带到内陆深处了，怎么能为了三个人——三个苏格兰人！——搜寻整个巴塔哥尼亚呀！这么做既于事无补又十分危险，说不定牺牲的人要比获救的人还要多！总而言之，他们打心底里就不同意，把所有的不成其理由的理由全都搬了出来。他们仍旧记得格兰特船长的那些计划，所以，可怜的格兰特看来是没有希望了！"

"我的父亲！我可怜的父亲！"玛丽·格兰特扑倒在格里那凡爵士的面前，大声地呼唤道。

"您的父亲！怎么回事呀，小姐……"格里那凡爵士看见女孩跪倒在自己的面前，不禁惊讶地问道。

"哦，爱德华，这是玛丽小姐和她的弟弟，"海伦夫人回答道，"是格兰特船长的一双儿女。海军部这么干，是真的要让他们成为孤儿了！"

"啊！小姐，"格里那凡爵士连忙扶起玛丽·格兰特说，"如果我早知道你们在这儿的话……"

他没能说下去。院子里一片难耐的沉寂，不时地为断断续续的哽咽啜泣声打破。格里那凡爵士、海伦夫人、少校以及静悄悄地围在那儿的仆人们，全都紧咬着嘴唇，对英国政府的这种态度感到无比愤慨。

过了一会儿，少校打破了沉寂，开口问格里那凡爵士道："这么说，一点希望都没有了？"

"是的，没有了。"

"那好呀！"小罗伯特大声嚷道，"我去找那帮人去，我倒要看看他们……"

没等小罗伯特把话说完，他姐姐便制止住了他。只见他气鼓鼓的，小拳头握得紧紧的，一脸的愤怒。

"不许这样，罗伯特，"玛丽·格兰特说道，"千万别这样！这些仁慈热心的大人已经为我们尽力了，我们应该好好谢谢他们，要永远记住他们的恩德。咱们走吧。"

"玛丽！"海伦夫人叫住了她。

"小姐，您这是要到哪里去呀？"格里那凡爵士问道。

"我要去跪求女王，"玛丽·格兰特回答道，"我想看看女王陛下是否对我们这两个为父求救的孩子也一样无动于衷。"

格里那凡爵士摇了摇头，他并不是怀疑女王陛下的仁慈，而是他认为玛丽·格兰特根本就见不到女王。因为请求女王恩典的人很难走近御座前的石阶，王宫大门上同轮船上的舵盘上一样，都明明白白地写着：

请勿与舵手交谈。

海伦夫人明白丈夫的意思。她知道玛丽·格兰特求见女王的愿望是无法实现的。当她发现这两个孤苦伶仃的孩子又要过上绝望生活的时候，她的脑海里突然闪现出一个伟大而慷慨的念头来。

"玛丽·格兰特，"她大声说道，"你们先等一等，我的孩子，听我说。"

少女本打算拉起她弟弟的手准备要走，听到海伦夫人的一声叫喊，她便立刻停了下来。

这时，海伦夫人眼含热泪，声音坚定，神情激动地走到她丈夫的身旁。

"爱德华，"她冲着丈夫说道，"格兰特船长把信写好，放进漂流瓶里，扔进海里，他是把自己交付给上帝了。是上帝把他的信转交给我们的。很显然，上帝这是要我们负责去搭救那几个落难的人呀！"

"您到底想说什么呀，海伦？"格里那凡爵士问她道。

众人全都静默着。

"我的意思是，"海伦夫人继续说道，"新婚夫妇如果做了善行义举，肯定会非常幸福的。亲爱的爱德华，您为了让我幸福快乐，曾制订了一个远游的计划，可是，天底下的事，有哪一件事能够比去援救一些被其国家遗弃的不幸之人更加让人幸福快乐，更加有价值呢？"

"我的海伦！"格里那凡爵士欢呼道。

"啊！您总算明白我的意思了，爱德华！邓肯号是一条坚固结实而又轻快的好船，它能抗得住南半球大洋上的狂风巨浪！如果需要的话，它能够做环球航行。我们就乘船出发吧，爱德华！我们去寻找格兰特船长！"

格里那凡爵士听了年轻夫人的这番话，不禁激动地张开双臂，把她紧紧地搂抱在自己的怀里。玛丽和罗伯特见状，也抓住了海伦夫人的双手，狂吻不止。仆人们见到这动人的一幕，无不激动万分，兴奋不已，不由自主地从心底里发出了欢呼："万岁！万岁！万岁！吕斯夫人万岁！格里那凡爵士和吕斯夫人万岁！"

第五章

邓肯号起航

我们已经说过，海伦夫人是个慷慨侠义之人，具有一颗金子般的心。她刚才的那种表现就是一个很好的证明。格里那凡爵士看到自己有这么一位贤惠善良的妻子了解他、追随他，心里有说不出的高兴。当他在伦敦向海军部提出自己的请求，遭到无情的拒绝时，他心中便萌发了要亲自去援救格兰特船长的念头，只不过他没有在海伦夫人面前透露而已，因为他思前想后，总是舍不得离开自己新婚的娇妻。现在，海伦夫人倒先提出来了，一切疑虑全都化为乌有了。家里的仆人们也都欢喜雀跃，完全拥护夫人的这个提议，因为主人要去援救的是苏格兰人，是他们的同胞兄弟。当仆人们为吕斯夫人的英明决策欢欣鼓舞时，格里那凡爵士也跟着向自己的夫人表示赞赏和敬意。

既然已经决定出发，就必须着手准备，不能浪费一分一秒。当天，格里那凡爵士便派人去吩咐约翰·孟格尔，让他把邓肯号开到格拉斯哥港，并作好有可能要环绕地球一周的下南海的航行准备。说实在的，海伦夫人在提出自己的伟大建议时，也充分地考虑到了邓肯号的坚固而轻快的特点，知道它可以胜任一次远洋航行的重任。

邓肯号是一艘式样新颖别致、配有蒸汽发动机的游艇，载重量为两百一十吨，而最初抵达新大陆的那几艘船，如哥伦布[1]的、威斯普奇[2]的、品吞[3]的、麦哲伦[4]的，都比邓肯号的吨位小得多[5]。

邓肯号有两个主桅杆：前桅有主帆、梯形帆、小前帆、小顶帆；大桅则有纵帆、樯头帆。不过，它还有三角帆、大触帆、小触帆以及许多的辅帆。船上的帆是足够的，因此它可以与普通的快帆船相比拟，可以利用各种风向的风力，但它主要的还是靠着其本身的机器动力。它的机器是最新式的产品，有一百六十匹马力，并且还配备着增大气压的蒸汽机，那是一台具有高压性能的机器，可以加大气压，加快双螺旋桨的速度。邓肯号如果开足马力的话，可以达到一个极高的速度，超过当时所有轮船的最高时速。在克莱德湾试航时，根据航速仪的测试，它的最高时速达到了十七海里。具有如此高的速度，它做环球航行是毫无问题的。而孟格尔船长所要做的也就是把舱房加以改装一下即可。

孟格尔船长首先把煤舱进行扩大，尽量多装一些煤，因为途中补充燃料并不容易；与此同时，他也把粮仓扩大了，足够装上两年的储备粮。钱的问题是不存在的，他甚至还购置了一门有转轴的炮，安装在船头甲板上，以防意外，应不时之需。该炮能够

1　哥伦布（1451—1506）：意大利人，美洲大陆的发现者。

2　阿美利哥·威斯普奇（1451—1512）：意大利航海家，曾两度去新大陆探险，因此新大陆被人们称之为"亚美利加洲"。

3　品吞（1509—1583）：葡萄牙旅行家，曾经在东印度探过险。

4　麦哲伦（1480—1521）：葡萄牙航海家，曾去东印度和摩洛哥探过险。

5　哥伦布第四次航行时，率领着四条船，他自己所乘坐的指挥船最大，载重量为70吨，而最小的一条船载重量只有50吨，简直就是一些只能在沿海海岸边航行的小船而已。——作者注

发射一颗八磅重的炮弹到四海里远的地方，威慑力很大。

必须指出，约翰·孟格尔是个航海高手，他虽说是只指挥一条游船，但他却是格拉斯哥港少有的一位优秀船长。他刚满三十岁，表情严肃，既勇敢又善良。他是在格里那凡家里长大的。格里那凡家里把他抚养成人，并把他培养成一名优秀的水手。在以往的那几次远航中，他都一再表现出自己的勇敢机智、坚毅沉着来。当格里那凡爵士请他担当邓肯号船长时，他真的是打心眼里感到高兴，因为他爱戴这位玛考姆府的主人，如同弟弟崇敬兄长一样，他早就想着要为哥哥效劳、出力，只是一直都未能找到机会。

大副汤姆·奥斯丁是一名老水手，是个可以完全信赖的人。邓肯号上的全体人员，包括船长、大副在内，一共是二十五人；他们都是丹巴顿郡人氏，都是饱经风浪的水手，是世世代代都在为格里那凡家族服务的佃户人家的子弟。这样一来，邓肯号上就形成了一种诚实可信的人的组合，个个身怀绝技，连传统的风笛手[1]都不缺乏。格里那凡爵士所拥有的这样一支船员队伍，犹如拥有着一支精兵良将的队伍。他们人人热爱自己的工作，个个热诚勇敢，善于使用武器，精于驾驶船只，而且追随主人冒险远航，人人奋勇，个个争先。听到将要出海远航，欢呼声不断，响彻丹巴顿的山谷。

约翰·孟格尔在忙着改造舱房、储粮备煤的同时，并未忘记为格里那凡爵士夫妇装饰供远航所用的卧房。同时，他还要考虑安排格兰特船长的两个孩子的舱室，因为海伦夫人已经答应玛丽·格兰特姐弟俩跟随邓肯号一同远航。

1　风笛手是一种专吹风笛的人，现在高地部队里仍每队配有一名风笛手。——作者注

至于小罗伯特，即使不让他跟着去，他也会偷偷地藏到货舱里，随同前往的。即使让他与富兰克林或纳尔逊[1]小时候一样，去过见习水手的艰苦生活，他也会毫不犹豫地跟着去的。像他这么个小大人、硬汉子，能拗得过他吗？大家都非常清楚他的决心，所以没人会阻拦他的。而且，还得同意他不以乘客的身份登船，而是要在船上服务，干什么活儿都行，做见习水手、小水手或大水手，他都乐意。于是，约翰·孟格尔便承担起教给他航海知识的重任。

"好极了，"小罗伯特说，"如果我学得不好，您尽管用皮鞭抽我。"

"这倒不必，我的孩子。"格里那凡爵士严肃认真地说，而且，他也不必去强调指出，船上早就禁止使用"九尾猫"[2]了，邓肯号上根本就用不着这种刑具。

麦克那布斯少校也在乘客名单上。少校年约五旬，稳重老成，仪表堂堂，为人谦和，让干什么就干什么，无论对什么事或对什么人，总是以别人的意见为重，从不与人争辩，从不与人发火，凡事都镇定自若，泰然处之。此外，他还是个胆大勇敢的人，即使炮弹落在身旁，连眉头都不皱一皱，绝不会擅离岗位。如果非要说出他有什么短处的话，那就是他是个彻头彻尾、地地道道的苏格兰人，是个纯血统的喀里多尼亚人，他固执地抱着故乡的旧习俗不放。因此，他不愿意为大英帝国服役，他的少校军衔还是在高地黑卫队第四十二团获得的。黑卫队是一支纯粹由苏

1　纳尔逊（1758—1805）：英国海军著名将领。
2　木柄末端装有九条皮鞭，俗称"九尾猫"，英国船上常用这种刑具鞭笞见习水手。——作者注

格兰贵族组成的队伍。麦克那布斯以表兄的身份长住在玛考姆府，现在，他觉得以少校的身份登上邓肯号是顺理成章的事。

以上便是邓肯号上的全体人员的情况。邓肯号这条游船是因为一个意想不到的机缘巧合，正在准备去做一次当代举世皆惊的远航。当船驶入格拉斯哥港之后，便引起了社会各阶层人士和民众的好奇。前来参观的人，每天络绎不绝。人人都在关心它、谈论它，致使停泊在该港口的其他船只的船长们心里妒羡，尤其是苏格提亚号的勃尔通船长，看了更是眼红。这苏格提亚号也是一条极其漂亮的船，就停泊在邓肯号的旁边，正准备驶往加尔各答。

就船的大小而言，苏格提亚号完全有资格把邓肯号看作是个小弟弟，可是人们却并不注意它，只把目光集中在格里那凡爵士的那条游船上，而且关注的热情日甚一日。

启程的日子一天天地迫近。约翰·孟格尔精明干练，很有办法：邓肯号在克莱德湾试航后仅仅一个月，却完全改装完毕，燃料和粮食也都已储备充足，一切都安排妥当，只等出海远航了。出航日期定在 8 月 25 日，这样的话，在开春之前，它就可以驶入南纬海域了。

格里那凡爵士的伟大计划传开之后，有人便前来劝阻他，声称这么做太辛苦、太疲劳、太危险。但是，爵士却不为所动，已经横下了心来，决定离开玛考姆府。其实，劝阻他的人中，许多人是由衷地钦佩他的，而且，舆论也对这位苏格兰爵士一致表示赞赏，除了政府的官方报纸以外，其他所有的报纸都在一致谴责海军部的老爷们对这件事所持的态度。再者，格里那凡爵士为人忠厚，从不计较个人得失，只知潜心于自己的职责，其他的一概不予理会。

8 月 24 日，格里那凡夫妇、麦克那布斯少校、格兰特姐弟俩、船上司务长奥比内先生，以及侍奉格里那凡夫人的奥比内太太，在城堡众仆人的热烈欢送下，离开了玛考姆府。几小时后，他们便在船上安顿下来。格拉斯哥的群众怀着崇敬的心情欢送海伦夫人，因为大家都为她抛弃奢华安逸的生活前去救援自己受难的同胞所感动，把这位年轻女子视为勇敢的女性，视为他们的骄傲！

格里那凡爵士夫妇被安顿在邓肯号船尾的楼舱里，拥有两间卧室、一个客厅和两间洗漱间。紧挨着他们的是一个公共的方形大厅，两侧是六个舱房，分别由格兰特姐弟俩、奥比内夫妇和麦克那布斯少校住着。而约翰·孟格尔和奥斯丁的舱房则在方形大厅的另一头，背朝方形大厅，朝着中甲板。船员们则住在统舱里，地方也很宽敞舒适，因为船上除了燃料、粮食、武器而外并没装运其他东西。船上很空，空地儿不少，孟格尔船长须巧妙地利用这些空地加以布置。

邓肯号决定在 8 月 25 日凌晨三点，趁着落潮起航。在起航前，格拉斯哥市民们还看到了一幕十分动人的仪式。晚上八点钟，格里那凡爵士及其旅途伙伴们，包括从厨师到船长的全体船员，凡是参加这次救援行动的人，全都下了船，前往格拉斯哥古老的圣蒙哥教堂。这是宗教改革运动大破坏之后仅存的一座完好无损的古教堂。沃尔特·司各特曾用他那生花妙笔描绘过它。此刻，它正敞开正门，恭迎邓肯号的乘客与船员。在这座古老的教堂里，在那儿建有一座座古冢的圣堂前，摩尔顿牧师在为他们祈福，求神明保佑他们远航顺利，一路平安。偶尔可以听见玛丽·格兰特那少女的响亮声音在大殿里回荡，她是在为自己的恩人们祈祷，在上帝的面前尽情地流着兴奋的、感激的泪水。随后，全体人员怀着无限的深情走出了教堂。夜晚十一点左右，众人回到了船上。孟格尔船长和船员忙着做起航的最后准备。午夜时分，锅炉生火，船长命令加足燃料，烧旺炉火。不一会儿，只见大股浓烟滚滚冒出，与黑夜中的海上迷雾混杂在一起。船上所有的船帆全都卷起，藏于帆罩里，以免被煤烟熏黑，因为当时正在刮西南风，无法扬帆航行。

凌晨两点时，邓肯号在轮机的震撼下开始颤动起来；气压计标示出压力为四级；蒸汽在汽缸中哧哧作响，与大海的潮汐相互呼应；微弱的夜光中，可以辨别出那条夹在浮标和石标之间的克莱德航道来。浮标和石标上的信号灯已经渐渐地在晨曦中暗淡下去，可以起航了。

孟格尔船长派人去请格里那凡爵士，后者立刻跑到甲板上来。不一会儿，潮水往后退去；邓肯号拉响了汽笛，呜呜地叫起来；缆绳松开，螺旋桨转动，邓肯号缓缓开动，驶离周围的船只，进入克莱德湾的航道。船长没有找领航员，因为他对克莱德湾了如指掌，对它的深浅弯曲十分清楚，比任何一个领航员都要强得多。他熟练地一手操纵机器，一手掌着舵把儿，技术娴熟，沉着镇定。很快，最后的几座工厂已脱离了视线，河岸边丘陵地上，一座座别墅疏疏落落，城市的喧嚣越离越远，最后终于听不见了。

一小时过后，邓肯号已经贴靠着丹巴顿的巉岩在行驶；又过了两小时，它便驶入克莱德湾了。清晨六点，邓肯号绕过康太尔岬，出了北海峡，航行在大西洋上。

第六章

六号舱房的乘客

进入大西洋的第一天，风大浪急。将近傍晚时分，风越来越猛，浪也越发大了。邓肯号颠簸剧烈；妇女们都没有到甲板上来，全都在舱房里躺着，这对她们有好处。

第二天，风向转了。孟格尔船长让把主帆、纵帆和小前帆扯起，邓肯号能够压住点波涛，颠簸得没有头一天厉害了。海上，一轮红日喷薄而出，蔚为壮观。海伦夫人和玛丽·格兰特一大早就跑到了甲板上来，与格里那凡爵士、少校、船长聚在一起，欣赏日出。那红红的太阳宛如一只硕大的镀金铜盘，缓缓地从海面升起。邓肯号沐浴着清晨那灿烂的阳光，在海面上滑行，仿佛船帆被阳光给照射得鼓了起来一样。

众人都为这壮丽的景色所陶醉，看得如痴如醉。

"好美啊！"海伦夫人终于呼唤起来，"今天一定是个大晴天，但愿风向始终保持不变，一直吹送着我们的邓肯号。"

"是的，这风向再合适不过了，我亲爱的海伦，"格里那凡爵士应声道，"我们真走运，远行开端如此之好。"

"这次远航需要很长时间吗，我亲爱的爱德华？"

“这得问我们的船长了，”格里那凡爵士回答道，“船运行得如何？您对这条船感到满意吗，约翰？”

“非常满意，阁下，”约翰·孟格尔回答道，“这条船真是棒极了，任何一个水手上了这条船都会感到十分高兴的。机器运转良好，船体结构巧妙，您看，船尾的浪迹多么均匀，船在轻快地避开浪头。现在的时速是十七海里。如果保持这一速度的话，十天后就可以穿越赤道，用不了五个星期就可以绕过合恩角¹了。”

“您都听见了吗，玛丽？”海伦夫人说，“用不了五个星期！”

“是的，夫人，我听见了，”玛丽·格兰特回答道，“船长的话真让我高兴万分。”

“这么长的海上航行，您能适应吗，玛丽小姐？”格里那凡爵士问道。

“能适应，爵士，没觉得有什么不适，而且，待长了也就习惯了。”

“那您弟弟小罗伯特呢？”

“啊！您别担心他了，”约翰·孟格尔回答道，“他不是钻到轮机舱里，就是爬到桅杆顶上去了。我敢说，那孩子根本不知道什么叫晕船。喏，他在那儿，您看见了吗？”

船长手一指，大家都朝前桅杆看去，只见小罗伯特正吊在小顶帆的帆索上，悬于一百英尺高的空中。玛丽见状，不由得大惊失色。

“啊！放心吧，小姐，”孟格尔船长说，“我敢保证，过不了

---

1 南美洲最南端的海角。

多久，我就可以向格兰特船长推荐一个了不起的小水手了。可钦可佩的格兰特船长，我们很快就能寻找到他的。"

"愿上帝听到您的这句话了，船长先生。"少女回答道。

"我亲爱的孩子，"格里那凡爵士说，"这就是天意，会有希望的。我们这并不是在自己航行，而是有人在为我们领航；我们并不是去瞎寻乱找，而是有人在指点着我们。您看看我们的这些精兵良将，都是为着这一壮举善行聚合在一起的，您会明白，我们这次远航不仅能够成功，而且不会遇到什么大的困难。我以前答应过海伦夫人要做一次海上游览，我相信我的这句话应验了。"

"爱德华，"格里那凡夫人说道，"您真好。"

"不是我真好，而是我有一支最好的船员队伍，有一条最棒的船。您不赞赏我们的邓肯号吗，玛丽小姐？"

"怎么能不赞赏呀，爵士！"少女回答道，"我赞赏它、赞美它，并且是以内行的眼光在赞赏它、赞美它。"

"啊！真的？"

"我自小便在父亲的船上玩耍，也许父亲本想把我培养成一名水手哩。有必要的话，我可以帮着调整帆面、编编帆索什么的，我想这些活儿我还是应付得了的。"

"啊！小姐，您此话当真？"约翰·孟格尔惊呼道。

"如此看来，您马上就要成为孟格尔船长的好朋友了，"格里那凡爵士说道，"因为他认为世界上没有哪种职业能够与当水手相提并论。即使是个女子，也只有当水手才是最好最美的。我没说错吧，约翰？"

"当然没错，阁下，"年轻船长回答道，"不过，我倒是觉得格兰特小姐在楼舱内做贵宾比在甲板上拉帆索更合乎她的身份。

话虽这么说，我听了她的那番话，仍旧觉得非常开心。"

"尤其是您听到她赞美邓肯号，您就更加开心。"格里那凡爵士接了一句。

"邓肯号本来就值得赞美嘛。"约翰·孟格尔回答道。

"说实在的，我看你们这么赞赏、这么赞美、这么喜爱邓肯号，"海伦夫人说，"我倒真想下到舱底去参观一下，看看我们的水手们在中甲板下面住得如何。"

"他们住得很好，"约翰·孟格尔回答道，"就像住在自己家里一样。"

"他们确实是住在自己的家里呀，我亲爱的海伦，"格里那凡爵士帮腔说，"这条船就是我们古老的喀里多尼亚的一部分，它就是丹巴顿郡所分离出来的一块土地，只是凭借特殊的天意在海上漂流着，所以说，我们并没有离开我们的家乡！邓肯号就是玛考姆城堡，大洋就是乐蒙湖。"

"那么，我亲爱的爱德华，就请您领我们参观一下您的府邸吧。"海伦夫人说。

"好啊，夫人，"格里那凡爵士说，"不过，先让我通知一声奥比内。"

邓肯号上的这位司务长是府上的好厨师，他虽然是个苏格兰人，却能做出一手像法国厨师做出的那样的好菜来，而且，他做起事来既聪明能干又满腔热情。听到主人传唤，奥比内立刻跑上前来。

"奥比内，早饭前，我们要先去溜达一会儿，"格里那凡爵士说，仿佛平日里他要去塔尔白或卡特琳湖边去散步一样，"我希望在我们回来时，早餐已经摆好了。"

奥比内严肃地鞠了个躬。

"您也陪我们去看看吗，少校？"海伦夫人问。

"如果您要我去的话，我就去。"麦克那布斯回答道。

"啊！"格里那凡爵士说，"少校抽着雪茄，吞云吐雾，飘然若仙，别让他扫兴了。玛丽小姐，我跟您说吧，少校可是一管烟枪，一天抽到晚，连睡觉都不忘抽烟。"

少校不住地点头称是。因此，众人撇下少校，走到中甲板下面去了。

麦克那布斯少校独自留了下来，与平时一样地在沉思默想，但却从来不去想令自己不愉快的事。他一个劲儿地在抽烟，把自己裹在烟雾之中。他待在那儿一动不动，眼望着船后所留下的浪迹。他默默地看了一会儿之后，猛一回头，突然发现面前站着一个陌生人。他真的是从未像现在这么惊讶过，因为他没有见过这位乘客呀。

此人身材高挑，清癯干瘦，年约四十岁，像根竹竿儿。他的脑袋又大又宽，额头高高，鼻子长长，嘴巴大大，戴着一副又大又圆的眼镜，目光闪烁不定，看上去这是个聪明而快乐的人。世界上有一种人，看上去十分庄重，不苟言笑，严肃的外表下面掩盖自己的卑鄙龌龊，但这位陌生人却让人看着并不生畏，却显得洒脱可爱，像个好好先生。还没等他开口，别人就能感觉得到他善于交谈。看着他那副视而不见听而不闻的架势，就知道他是个很粗心的人。他头上戴着一顶旅行便帽，脚蹬一双厚厚的黄皮靴，靴子上还有皮罩子。他身上穿的是栗色呢绒裤、栗色呢绒夹克；夹克上有好多的口袋，好像装满了记事本、皮夹子等一类物件，身上还斜背着一个很大的望远镜。

这个陌生人活泼开朗，与沉默悠闲的少校形成鲜明的反差。他围着麦克那布斯走来走去，看着他，打量他，而少校却不予理会，也没想去问问此人来自哪里，去往何方，为何登上邓肯号。

这位不知什么来头的陌生人见他的举动并未引起少校的关注，只好举起望远镜，对着远方水天相连处望去。他的望远镜可以拉长到四英尺，只见他叉开双腿，站稳脚跟，举镜望了一会儿之后，又把它放下，手握住望远镜上端，像是拄着一根拐杖似的。但是，望远镜的活动节立刻动了起来，一节一节往里套去，缩了起来，陌生乘客突然失去重心，差点儿直愣愣地摔倒在大桅杆脚下。

换了任何人，见到此情此景，一定会笑出声来的，可是麦克那布斯少校却连眉头都未动一下，仍然无动于衷。陌生人无奈，只好先开了腔。

"司务长！"他喊了一声，口音里带着外国腔。

他等了片刻，不见司务长前来。

"司务长！"他又叫喊了一声，声音比头一声更响。

奥比内先生刚好从那儿经过，准备去前甲板的厨房，突然听见这个陌生的大个子在喊他，不禁惊异万分。

"这人哪儿来的？"他心里感到纳闷儿，"是格里那凡爵士的朋友？不可能呀。"

他虽这么琢磨，但仍旧爬上甲板，走向那陌生人。

"您就是船上的司务长？"陌生人见他走过来，便问他道。

"是的，先生，"奥比内回答道，"不过，请教先生，您是……"

"我是六号舱房的乘客。"

"六号舱房？"

“是呀。您贵姓？”

“奥比内。”

“很好，奥比内，我的朋友，”陌生乘客说道，“您得开早饭了，而且越快越好，我都三十六个小时没吃东西了，或者说，我已经整整睡了三十六个小时了。我从巴黎一口气跑到格拉斯哥，没吃没喝，想吃点东西，该不为过吧？请问，您几点钟开早饭呀？”

“九点。”奥比内机械地回答道。

陌生乘客想看看几点钟了，但他摸来摸去，直到摸到第九只口袋才摸着自己的表。

“好，”陌生乘客说道，“现在刚八点。您先给我来点饼干、白葡萄酒好吗，奥比内？我实在是饿得浑身乏力了。”

奥比内听着简直一头雾水。可这个陌生乘客仍在东一句西一句地乱扯，说个不停。

“我还想问一句，船长在哪儿？他还没有起来呀！那么，大副呢？他也还在睡大觉？幸好今天天气很好，顺风顺水，没人管，船照样可以行驶。”

陌生人正这么说着，约翰·孟格尔出现在楼舱的梯子上。

“这就是我们的船长。”奥比内说。

“啊！很高兴，勃尔通船长，”陌生乘客说道，“认识您真高兴。”

约翰·孟格尔非常惊讶。他不仅看到这个陌生人感到惊奇，更因为对方把他称之为“勃尔通船长”。

陌生乘客打开了话匣子，继续说道：“请允许我向您致意。前天晚上，我未能向您表示敬意，是因为船正要起航，不便打扰您，但现在，我可以向您致意了。认识您，非常之荣幸。"

约翰·孟格尔眼睛睁得老大，看看奥比内，又看看陌生乘客。

"现在，"陌生乘客又说道，"亲爱的船长，我们已经认识了，就算是老朋友了。咱们随便聊聊吧。请您告诉我，您对苏格提亚号感到满意吗？"

"什么苏格提亚号呀？"约翰·孟格尔也忍不住开口了。

"就是这条船，这条载着我们的船呀！这可是一条很棒的船呀，有人对我夸赞道，这条船坚固而轻快，勃尔通船长待人宽厚而热情。有一位在非洲旅行的大旅行家也姓勃尔通，他是不是您的本家呀？那可是个勇敢的人，祝贺您有这么一位本家。"

"先生，"约翰·孟格尔回答道，"我非但不是什么旅行家勃尔通的本家，而且我也根本不是什么勃尔通船长。"

"是吗？"陌生乘客回答道，"那么我现在是同苏格提亚号上的勃内斯大副交谈啰？"

"勃内斯？"孟格尔船长开始猜到是怎么一回事了。但是，这个陌生人到底是个疯子还是个冒失鬼，他尚不清楚。他正要跟他说个明白，格里那凡爵士及其夫人，以及玛丽·格兰特小姐这时却从底舱回到了楼舱甲板上来了。那陌生人一见他们，便立即叫喊起来："啊！有男乘客！有女乘客！真是太好了！勃内斯先生，请您给我介绍一下……"

他边说边文质彬彬地走上前去，没等约翰·孟格尔开口，便对格兰特小姐称呼"夫人"，对海伦夫人称呼"小姐"，又转向格里那凡爵士叫了一声"先生"。

"这位是格里那凡爵士。"孟格尔船长介绍道。

"爵士，"陌生人随即改口称呼道，"请允许我做个自我介绍。在船上，大家就别太拘于礼节了。我希望我们大家能很快地熟识，与夫人们同乘苏格提亚号远航，是十分惬意的，不会觉得单调乏味，时间漫长。"

海伦夫人和格兰特小姐不知如何作答。她们很纳闷儿，在邓肯号的楼舱里怎么会冒出这么个宝货来。

"先生，"格里那凡爵士开口说道，"敢问……"

"我叫雅克·艾利亚桑·弗朗索瓦·玛丽·巴加内尔，巴黎地理学会秘书，柏林、孟买、达姆施塔特、莱比锡、伦敦、彼得堡、维也纳、纽约等地的地理学会的通信会员，东印度皇家地理和人种学会的名誉会员。我在书房里研究了二十年的地理，现在想搞点实地考察，想到印度去把此前许多的地理学家的事业向前推进一步。"

第七章

巴加内尔的来龙去脉

这个地理学会的秘书应是个很可爱的人，他的那段自我介绍说得生动有趣。另外，格里那凡爵士也知道他面前的这个雅克·巴加内尔是何许人也，他对他的大名与声誉并不生疏。他著述的地理方面的著作，他在地理学会会刊上所发表的有关当代地理的多次新发现的报告，他和全世界地理学界的通信，已经让他成为一名最卓越的学者之一，闻名全法国。所以，格里那凡爵士十分诚恳地向这位不速之客伸出手去，并且说道："现在，我们彼此已经相识，我可否请教您一个问题？"

"问二十个问题都行，爵士，"雅克·巴加内尔回答道，"我觉得与您交谈永远是一件十分愉快的事。"

"您是前天晚上登上这条船的吗？"

"是呀，爵士，是前天晚上八点钟上的船。我从喀里多尼亚来的火车上跳下来之后，就跳上了一辆马车，又从马车上跳下来，登上了苏格提亚号。我是在巴黎预订好苏格提亚号上的六号舱房的。当晚天很黑，我上船时未见到一个人。我赶了三十个小时的路，疲惫不堪，而且我也知道，要想不晕船，最好一上船就躺下睡觉，头几天先别起来，别走动，所以我上了船之后，马上就躺下睡了，足足睡了三十六个钟头。我说的全都是老实话，请您相信我。"

大家听了他的这番话之后，终于明白他是怎么跑到这条船上来的。这位法国旅行家上错了船。当邓肯号上的人在圣蒙哥教堂做出行祈祷时，雅克·巴加内尔便上了他们的这条船。大家都明白是怎么回事了，可这位博学的地理学家仍蒙在鼓里。假若立即告诉他，他乘的是什么船，要开往何方，他会作何反应呢？

"这么说，巴加内尔先生，"格里那凡爵士说道，"您是选定加尔各答作为您将来在印度的考察旅行的起始点了？"

"正是，爵士。我一生的愿望就是游历印度。这是我的美好幻想，是我的夙愿，我马上就可以在那个神秘的大象国实现自己的梦想了。"

"那要是换个地方游历一番又如何呢，巴加内尔先生？"

"那怎么可以呀，爵士！换个地方绝对不行，而且我还带有给驻印度总督索莫塞爵士的介绍信哩。我还带有地理学会的一项任务需要完成哩。"

"哦！您还带有使命？"

"是呀，我还想尝试做一次既有价值又十分有趣的探险旅行，该旅行计划是我的一位博学的友人与同事威维安·德·圣马尔丹先生替我制订的，目的是要追随施拉金维兄弟，追随沃格上校，追随韦伯、郝德逊，追随于克和加伯两位传教士，追随牟克罗、雷米先生以及其他许许多多著名的旅行家，沿着他们的足迹，继续他们的探险事业。我要在克里克教士1846年不幸失败的地方完成他未竟的事业。总之，我要踏勘雅鲁藏布江的沿岸，这条江沿着喜马拉雅山北麓，在西藏境内绵延流淌一千五百公里，我想弄清楚，它是不是在阿萨姆东北部与布拉马普特拉河相汇合。这是地理学上的一大悬疑问题，谁要是弄清楚了这个问题，爵士，就会获得一枚金质奖章。"

巴加内尔真的了不起。他说起来眉飞色舞，津津乐道。他像是扇动起想象的翅膀在翱翔。他口若悬河，好似莱茵河在沙夫豪森[1]地区奔流不息一样。

"巴加内尔先生，"格里那凡爵士沉默片刻后说道，"您的探险计划真的非常了不起，科学界会感激您的。不过，我不想再让您继续蒙在鼓里了。至少，在目前来说，您只能放弃您游历印度的计划了。"

"放弃！为什么？"

"因为您正背向印度在航行。"

"什么？！勃尔通船长……"

"我不是勃尔通船长。"约翰·孟格尔回答道。

"可是，苏格提亚号……"

"这不是苏格提亚号！"

巴加内尔闻听，一下子便惊呆了。他看看格里那凡爵士，爵士始终严肃正经；他又看看海伦夫人和格兰特小姐，她们一脸的同情与无奈；他又朝孟格尔船长看去，约翰·孟格尔脸上挂着微笑；他转向麦克那布斯少校，后者仍然一副无动于衷的表情。他实在是不知如何是好，把眼镜往额头上推去，呼喊道："这开的是什么玩笑啊！"

1　瑞士的一个行政区域名。

这时候，他的目光落在了舵盘上，看见上面写有两行大字：

邓肯号

格拉斯哥

"邓肯号！邓肯号！"巴加内尔大声地号叫着。

然后，他飞快地冲下楼梯，回到自己的舱房去了。

这位不走运的学者跑开之后，除了少校而外，船上的人实在是憋不住了，包括水手们在内，全都笑得前仰后合。如果是上错了火车，这还说得过去！譬如，您要前往丹巴顿，却搭上了去爱丁堡的火车，这也还算是情有可原的。可是，怎么会上错了船呢！要去印度，却上了去智利的船，这不是糊涂到家了嘛！

"不过，巴加内尔这样的人干出这种傻事来，我并不觉得奇怪，"格里那凡爵士说，"关于他的这类粗心大意的错，被人传作笑话的，多的是。有一次，他发布了一幅著名的美洲地图，竟然把日本也给画进去了！不过，这并不妨碍他成为一位优秀卓越的学者，一位法兰西的著名地理学家。"

"可是，现在却让这位可怜的学者怎么办好呀？"海伦夫人焦急地说，"我们总不能把他带到巴塔哥尼亚去吧！"

"为什么不能？"麦克那布斯严肃认真地说，"是他自个儿粗心，又不是我们的责任。如果他上错了火车，也让火车给他停下来不成？"

"让船停下来是不可能的，只能是到了下一个码头，让他下船去。"海伦夫人说。

"嗯，如果他愿意的话，这倒是可以的，"格里那凡爵士说，"等船驶到下一个码头，就让他下去好了。"

这时候，巴加内尔已经查明自己的行李都在这条船上，既羞惭又可怜地回到楼舱甲板上来，嘴里不停地在唠叨那倒霉的船名："邓肯号！邓肯号！"仿佛不会说别的话，只学会这一句似的。他踱来踱去，仔细观看船上的帆樯设备，观望着远方的那条默然无声的海平线。最后，他又走到格里那凡爵士的面前，询问道："这邓肯号是驶往……"

"驶往美洲，巴加内尔先生。"

"确切的地点是……"

"康塞普西翁 [1]。"

"啊！是到智利去！是到智利去！"这位倒霉的地理学家嚷叫道，"那我去印度的使命怎么办呀？地理学会主席加特法兹先生该对我十分恼火了！还有达弗萨先生、高丹伯先生、威维安·德·圣马尔丹先生，都该责备我了！我还有什么脸去参加学会的会议呀！"

"您先别着急，巴加内尔先生，"格里那凡爵士对他说道，"还是有希望的，有办法可以解决的，只是您得耽搁点时间了。不过，也没多大关系，反正雅鲁藏布江仍在西藏的深山密林中等着您去。我们很快就会驶往马德拉 [2]，在那儿靠岸，您可以从那儿乘船返回欧洲。"

"也只好如此了，不过，我还是得谢谢您，爵士。说实在的，我也真够倒霉的，这种怪事总是发生在我的身上，那么，我在苏格提亚号上订的舱房怎么办呀？"

1　智利的一个省会城市名。

2　大西洋中的一个岛屿名，以产名酒著称。

"苏格提亚号嘛，您就别去考虑它了。"

"唉！"巴加内尔又仔细地看了看邓肯号之后说道，"这可是一条游船呀！"

"是的，先生，"孟格尔船长回答道，"它属于格里那凡爵士所有。"

"您在船上就安心地待着吧，不用客气。"格里那凡爵士说。

"非常感谢，爵士，"巴加内尔回答道，"谢谢您的盛情。不过，请允许我说点自己的小小想法：印度可是个好去处，去那儿旅行游览的人会发现许多奇妙惊人的事物的，反正女士们也没去过印度……倒不如把舵盘转一转，向加尔各答驶去与向康塞普西翁航行一样容易。既然都是观光旅行……"

巴加内尔见大家直摇头，也就不好再往下说了。

"巴加内尔先生，"海伦夫人向他解释道，"如果只是为了游览，我一定会答应您一起前去印度的。格里那凡爵士也不会反对我的意见。可是，邓肯号有其使命要去完成，它得前去救援几个遇上海难之后被遗弃在巴塔哥尼亚海岸的海员，这样一个伟大的正义之举是绝对不可以更改的……"

没几分钟工夫，法国旅行家巴加内尔便了解了全部情况：漂流瓶中的几封信、格兰特船长的情况、海伦夫人的慷慨计划等。巴加内尔听了之后，为之动容。

"夫人，"旅行家说道，"我要对您的善行义举、慷慨侠义表示最大的赞颂。让你们的邓肯号继续它的航程吧，我不愿意让它有片刻的耽搁。"

"那您愿不愿意同我们一道去寻访落难的人呢？"海伦夫人问他道。

"那不太可能，夫人，我也有自己的使命要去完成。到前面的第一个停泊点，我就下船好了。"

"那就在马德拉岛下吧。"

约翰·孟格尔说道。

"在马德拉岛下可以。马德拉岛离里斯本只有一百八十法里[1]，我就在那儿等船，前往里斯本。"

"那好，悉听尊便，巴加内尔先生，"格里那凡爵士说，"就我而言，得以在我的船上留您小住数日，我感到不胜荣幸。希望您在船上不必客气，不必拘束。"

"啊！爵士，"学者回答道，"我糊里糊涂地乘错了船，却得到了这么惬意的结果，真是太幸运了！不过，说实在的，这也是个天大的笑话：想去印度，却上了去美洲的船！"

他说到这里，心里免不了有些许遗憾，迫于无奈，他也只好忍耐几日了。这之后，他表现得十分可爱，活泼开朗，有时仍不免表现出点粗心大意来。他的兴致特别好，女士们感到很高兴。不到一天的工夫，他与每个人都成了朋友。他要求看看那几封信，别人也满足了他。他拿到信件后，仔细地研究了很久，一点点地加以分析研究，认为不可能有其他的解释。他对玛丽·格兰特和她弟弟十分关心，给了他们极大的希望。他对前景的预测，以及他肯定地说邓肯号一定能顺利地抵达目的地，使玛丽·格兰特听了露出了笑容。说实在的，要不是他有任务在身，他是会同大家一起前去寻找格兰特船长的。

当他得知海伦夫人是威廉·塔夫内尔的女儿时，他忍不住一

1　法国古里，1法里约等于444米。

连声地叫嚷起来，又惊叹又赞美。他认识她的父亲。她父亲是个具有远见卓识的学者，是巴黎地理学会的通信会员，他们相互间没少信件交往！还是他巴加内尔和另一个会员马特伯朗先生介绍威廉·塔夫内尔加入巴黎地理学会的。真是太巧了！与威廉·塔夫内尔的女儿同船旅行真是太让他高兴了！

最后，他要求吻一下海伦夫人的额头，海伦夫人愉快地答应了，尽管这么做稍有点"不太合适"[1]。

1　原文为英文。英国与法国礼节有所不同。巴加内尔初识海伦夫人，便以长辈身份吻她，在英国人看来，这么做是"不太合适"的。

第八章

邓肯号上又添了一位侠肝义胆的人

此刻，邓肯号正被非洲北部的海流推送着，飞快地驶往赤道。8 月 30 日，马德拉群岛已经遥遥在望了。格里那凡爵士信守诺言，让船靠岸，让他的那位客人下船。

"我亲爱的爵士，"巴加内尔说道，"我想问一句，在我错搭上此船之前，您是否就已经有意要在马德拉群岛停泊？"

"不是的。"格里那凡爵士回答道。

"那么，就请您允许我将错就错吧，反正马德拉群岛已经被人们研究透了，对地理学家来说，已经没有做进一步研究的必要了。该说的都说过了，该写的也全都写了，而且以种植葡萄而闻名于世的马德拉群岛，现在的葡萄生产已一落千丈，无法与当年相比了。1813 年，其葡萄酒的产量高达两万两千桶 [1]，而到了 1845年，已跌至两千六百六十九桶。到现在，连五百桶也达不到了！真让人痛心！如果您不觉得有所不便的话，可否到加那利群岛停泊呢？"

1　每桶容量为5000升。

"没有问题，就去加那利群岛停泊好了，"格里那凡爵士答道，"这并未偏离我们原先的航线。"

"这我知道，亲爱的爵士。加那利群岛中有三组岛屿值得研究，而且我一直都想观赏一下那儿的特纳里夫山峰。这正好是个机会，我想趁此机会，在等船返回欧洲之前，攀登一下这座山峰。"

"悉听尊便，亲爱的巴加内尔。"格里那凡爵士不禁微微一笑地回答道。

格里那凡爵士这么莞尔一笑是有道理的。

加那利群岛与马德拉群岛相距不远，也就两百五十海里[1]，对于邓肯号这样的一条快船，那简直是小菜一碟。

8月31日午后两点，孟格尔船长和巴加内尔在甲板上散步。那个法国人一个劲儿地向孟格尔船长询问有关智利的情况。突然间，约翰·孟格尔打断了对方的絮叨，指着南面海平面上的一个点，说："巴加内尔先生……"

"什么，亲爱的船长？"

"请您往那边看。您看到什么了吗？"

"什么也没看到呀。"

"您没看对地方。不要看海平面，往上看，往云彩里看。"

"往云彩里看？可是我……"

"喏，您朝着触桅的辅帆架看过去。"

"什么也没看见呀。"

"您没认真看。总之，尽管相距四十海里，仍可以清晰地看

1　90法里左右。——作者注

到特纳里夫山峰就在海平面上方。您该明白我的意思了吧？"

不管巴加内尔是否认真地看了，反正几小时过后，特纳里夫山峰就已经呈现在他的面前，除非他是个盲人，对什么都视而不见。

"这一下您该看清楚了吧？"约翰·孟格尔问道。

"看见了，真真切切地看见了，"巴加内尔回答道，"那就是特纳里夫山峰呀？"他鄙夷不屑地补了一句。

"正是。"

"看上去并不高啊。"

"它可是高达海拔一万一千英尺呀。"

"没有勃朗峰[1]高。"

"这有可能。不过，您若往上爬的话，就会觉得它太高了。"

"啊！攀登它！亲爱的船长，汉宝先生和朋伯朗先生都曾经攀登过，我再爬又有什么意思呀！那位汉宝先生真的非常伟大，他爬过这座山峰，他把这座山峰描绘得淋漓尽致、无一遗漏。他对它做了考察，发现它有五种地带：葡萄地带、月桂地带、松林地带、阿尔卑斯山系灌木地带和最高处的荒瘠地带。他一直爬到山尖尖上去，那儿几乎无处下脚，无地方可坐。他在山尖上放眼望去，看到了一片广阔的土地，有四分之一个西班牙大。另外，他还观赏了那儿的那座火山，下到火山口内，直探到那已熄灭了的喷火口的最深处。这位伟大的科学家做了这么完美的考察之后，我再爬上去又有何用呀？"

"这倒也是，"约翰·孟格尔说，"确实也没什么可做的了。只是挺遗憾的，既无事可做，又得在特纳里夫干等着船返回，又

1　欧洲东部阿尔卑斯山的最高峰。

没什么可以散心解闷的地方！"，

"散心是谈不上了，粗心的机会倒有的是，"巴加内尔自嘲地笑道，"我亲爱的孟格尔船长，佛得角群岛是否有停泊站呀？"

"有呀，在维拉普伊亚搭船就很便当。"

"在那儿下船有个很大的便利，"巴加内尔又说道，"佛得角群岛离塞内加尔不远，我可以在那儿遇到一些法国同胞。我知道，人们常说该群岛没什么意思，很荒凉，很不洁净；不过，在一个地理学家眼里，什么都是有意思的。观察就能长知识，长学问。许多人就不懂得观察，他们旅行时就像海螺和蛤蚌一样，只知道蒙着头往前走。您放心，我可不是这种人。"

"悉听尊便，巴加内尔先生，"约翰·孟格尔回答道，"我相信您在佛得角群岛的逗留对地理学一定会有所贡献的。我们正好要在那儿停船加煤，所以您在那儿下船对我们的航程并没有什么妨碍的。"

说完之后，孟格尔船长便把船朝着加那利群岛西边驶去，把那座赫赫有名的山峰抛在了左舷一边。邓肯号在继续向前疾驶着，于9月2日清晨五点驶过了夏至线。一过夏至线，天气便发生了变化，成了雨季那潮湿闷热的天气，被西班牙人称之为"水季"。对旅客来说，这种天气实在难熬，但对非洲各岛屿上的居民来说却是很有利的，因为岛上没有树木，水资源缺乏，全指望老天爷下雨才有水喝。这时候，海上风大浪急，甲板上根本待不住人，大家只好回到方形厅内，照样在谈笑风生。

9月3日，巴内加尔在整理自己的行李，准备下船。此时，邓肯号正在佛得角群岛诸岛之间钻来绕去。它穿过似大沙冢般的荒凉贫瘠的盐岛，绕过大片的珊瑚礁，从侧面驶过圣雅克岛。圣雅克岛被一条雪花岩般的山脉从北到南地纵贯着，两端兀立着两座高山。越过圣雅克岛后，孟格尔船长让船驶入维拉普伊亚湾，很快便停在了维拉普伊亚城前的八英寻深的海面上。天气十分恶劣，虽然海风无法吹进海湾里来，但海浪却猛烈地在拍击堤岸，浪高声大。这时候，大雨倾泻，城市隐没在雨帘之中，只影影绰绰地看到它坐落在平台似的一处高地上，下面是三百英尺高的太山岩在支撑着它。隔着密实的雨幕看去，该岛显得一片凄凉。

海伦夫人本想进城看看的，现在只好作罢。船在加煤，进度很不顺利。邓肯号上的乘客因为天上的大雨与海上的波涛汇合成一片洪流，只好躲在甲板下面。大家自然而然地把话题集中到天气上来。每个人都怨声载道，只有少校是个例外，因为他对这大雨这海浪毫不在意。巴加内尔踱来踱去，一个劲儿地摇头。

"这不是在故意跟我过不去吗！"他说。

"大概是风雨波涛在向您宣战哪。"格里那凡爵士说道。

"我一定得战胜它们。"

"雨大风急浪高，您千万别去冒险。"海伦夫人劝道。

"我吗？夫人，我才不会去铤而走险哩。我担心的只是我的行李和仪器，被雨一淋就全完了。"

"麻烦的也就是下船的那一会儿，"格里那凡爵士又说道，"进了维拉普伊亚城之后，您住得就不会太差。虽然不算干净清洁，与猴子呀、猪呀，住在一起，但是，对于一个旅行家而言，就没那么多的讲究了。希望您七八个月之后能够搭上船回到欧洲。"

"七八个月！"巴加内尔嚷道。

"至少得七八个月。佛得角群岛一到雨季很少有船只往来。

不过，您倒是可以充分利用您等船的这段时间。该群岛尚不为人们所熟悉，在地形学、气象学、人种学、高度测量等方面还有许多事情可做的。"

"您还可以踏勘一番一些大的河流。"海伦夫人也说道。

"根本就没有什么大河，夫人。"巴加内尔纠正道。

"没有大河，那也该有小河呀？"

"小河也没有。"

"这么说，只有小溪了？"

"连小溪也没有。"

"那么，"少校插言道，"您就到森林里去研究一番吧。"

"那儿连一棵树也没有，哪儿来的森林呀！"

"这地方可真叫美呀！"少校说道。

"您别气馁，我亲爱的巴加内尔，"格里那凡爵士又说道，"至少还有一些大山呀，您还是可以去考察一番的。"

"哼！大山！没什么大的山，而且早就有人考察过了，爵士。"

"早就有人考察过了？"格里那凡爵士感到十分惊讶。

"是呀，我总是这么倒霉，干什么都让人抢了先。在加那利群岛，汉宝先生捷足先登；在这里，地质学家德维尔先生又先我一步。"

"不至于吧？"

"真的是这样呀，"巴加内尔可怜兮兮地说道，"这位学者当年就乘坐法国的舰船坚毅号在佛得角群岛下来，实地考察了群岛中最值得勘察的山峰——佛哥岛上的那座大山。他既然已经做过观察研究了，我还去干吗？"

"唉，真遗憾！"海伦夫人说，"那您下了船之后，又怎么办呢，巴加内尔先生？"

巴加内尔默不作声。

"这么看来，您还真不如在马德拉下船了，"格里那凡爵士又说道，"尽管马德拉已不再生产葡萄酒了！"

巴加内尔仍旧沉默不语。

"换了我，我就在船上等候机会再说。"少校说道，看他的那个表情，意思是说：换了我，我就不下船了。

"亲爱的格里那凡爵士，"巴加内尔终于开口了，"您下一站还打算在哪儿停泊呀？"

"啊！这之后嘛，到康塞普西翁之前就不准备停泊了。"

"哎呀！那可是让我离印度太远了！"

"这倒不一定，绕过合恩角，您不就一天天地接近印度了吗？"

"这倒也是。"

"再说，"格里那凡爵士更加郑重其事地说，"只要是到印度，是去东印度还是去西印度[1]都没多大关系的。"

"什么！没有多大关系！"

"是呀！而且，巴塔哥尼亚草原上的居民不也同旁遮普的居民一样，也都是印度人[2]吗？"

"啊！对呀！亲爱的爵士，"巴加内尔嚷道，"您要是不

[1] 哥伦布欲往西驶往印度，无意之中发现了新大陆，并把它误以为是印度，所以称美洲为印度。后来，人们为避免与亚洲的印度混淆，便称美洲为西印度，而把亚洲的印度称为东印度。

[2] 巴塔哥尼亚草原上的居民是印第安人，亦即西印度人。

说，我差点儿就忘了这一点了。"

"再有，亲爱的巴加内尔，想要荣获金质奖章，在随便什么地方不是都可以获得吗？世界上值得人们去研究的事物多的是，到处都有新事物可以去探究，可以去发现，在西藏的深山密林中与在高低岩[1]的群山峻岭中不是一样吗？"

"那雅鲁藏布江呢？"

"您就拿科罗拉多河[2]代替它就行了吗！大家对科罗拉多河知道得也不多，它在地图上完全视地理学家们的兴致所至，爱怎么画就怎么画的。"

"这一点我也知道，亲爱的爵士。在地图上，这条河往往会偏离好几度。唉！我相信，我当初要是提出要求的话，地理学会也会像同意我去印度一样，同意我去巴塔哥尼亚的。唉，我怎么早没想到呢？"

"您一向粗心大意，所以想不到。"

"还是别扯远了，巴加内尔先生。您就说说，愿意不愿意跟我们一道去呀？"海伦夫人用极其诚恳的态度问他道。

"夫人，那我的使命又如何完成呢？"

"我还要先告诉您一声，我们还要穿越麦哲伦海峡哪。"格里那凡爵士补充道。

"爵士，您总是在诱惑我呀！"

"我还要告诉您，我们还要游历饥饿港哩！"

"饥饿港！"这位法国地理学家嚷道，他只觉得爵士在想方设法地从各个方面向他发起攻击，让他改变想法，"这座海港，

1　此系南美土语，意为"大山脉"，专指纵贯南美的安第斯山脉。

2　美洲共有三条科罗拉多河，此处系指南美洲的那一条。

太著名了，许多地理书籍都把它写得神奇无比……"

"您再想想，巴加内尔先生，"海伦夫人补充道，"您若是参加到我们的这个事业中来的话，您就把法兰西的名字和苏格兰的名字结合在一起了啊！"

"您说得太对了，夫人！"

"您就相信我好了，将错就错吧，或者更确切地说，您就顺应天意吧。请您像我们一样地去做。是天意让我们得到了那些信件，我们也就按照天意起航出发了；天意又把您给送到了邓肯号上，所以您也就不必离开了。"格里那凡爵士劝说道。

"诸位，我的好朋友们，你们这是真心实意地在挽留我呀！"巴加内尔终于松口了。

"您自己的意思呢，巴加内尔？我看您自己也很想留下来的。"格里那凡爵士说。

"是呀，没错，"博学的地理学家嚷道，"我没敢早点说出来，是担心自己太过冒昧了！"

第九章

麦哲伦海峡

众人得知巴加内尔愿意留下之后，无不高兴异常。小罗伯特更是兴奋不已，一下子跳了起来，搂住巴加内尔的脖子，几乎把我们的这位可敬可爱的秘书先生弄得站立不稳，说道："好个可爱的孩子，我要教教他地理学方面的知识。"

我们知道，约翰·孟格尔已经在负责把小罗伯特培养成一名好水手，格里那凡爵士要把他培养成一个勇敢的人，少校则要把他训练成一个沉着稳重的孩子，海伦夫人要把他教育成一个慷慨大度的人，玛丽·格兰特则要把弟弟培养成一个知恩图报、决不辜负这些热心仁爱的老师的学生。如此看来，小罗伯特将来一定会成为一个完美无瑕的绅士。

邓肯号很快便加满燃料，离开了这片凄风苦雨的海域，向西驶去，沿着巴西海岸航行着。9月7日，突然刮起一阵顺风，把它吹送过了赤道线，驶入了南半球。

横渡大西洋的航行就这样顺利地在进行着。船上的人一个个都怀着极大的希望。在这寻找失踪的格兰特船长的远航中，成功的希望在日益增长。最有信心的当属孟格尔船长。不过，他的信心源自他的愿望——真心实意地要让玛丽·格兰特小姐得到幸福与安慰。他对这位少女格外关怀，他想把自己的这份感情隐藏起来，但是，到头来，除了玛丽·格兰特和他两人并不觉得以外，其他的人全都心知肚明。

而我们的那位知识渊博的地理学家巴加内尔先生，他也许是南半球上最幸福的人。他成天地在研究地图，把方形厅的桌子全都铺满了，致使奥比内先生每天都因为无法布置餐桌而与他发生争执。不过，楼舱里的人全都支持巴加内尔，当然，少校不在此列，因为少校对地理学方面的问题不感兴趣，尤其是到了用餐的时候。另外，巴加内尔还在大副的箱子里发现了一大堆破旧书籍，其中有几本西班牙文著作，于是，他便下决心学习塞万提斯的语言，而这种语言，船上的人全都不懂。他觉得学会西班牙文有利于他在智利沿海地区的调查研究。他具有语言天分，希望到康塞普西翁之后，能够流利地运用这种语言。因此，他在抓紧时间拼命地学，大家一天到晚听见他在叽里呱啦地练着这种语言。

每当他闲下来时，他就教小罗伯特一些实用的科学知识，并把邓肯号途经的那一带海岸的历史讲给他听。

9 月 10 日，邓肯号正驶经南纬五度七十三分、西经三十一度十五分的海面。这一天，格里那凡爵士听到了也许连知识渊博的人都不一定知道的历史事实。巴加内尔在给大家讲解美洲发现史。他在讲述邓肯号所追寻其足迹的那些大航海家时，首先提及了哥伦布。讲到最后，他说这位著名的热那亚[1]人一直到死都不知道自己发现了一片新大陆。

1　热那亚为意大利西海岸的一城市名，哥伦布是热那亚人。

大家都感到不可思议，惊讶不已，但巴加内尔却言之凿凿地说道："这一点是绝对确实无疑的，我这并不是想要抹杀哥伦布的光荣业绩，但是，事实该怎么样就应该是怎么样。在15世纪末，人们一心一意地只想着一件事：如何找到一条前往亚洲的更便捷的道路？如何更方便地从西方走到东方？总之，如何才能找出一条捷径，前往'香料之国'[1]？这就是哥伦布想要解决的问题。他一共航行了四次。他到达了美洲，在库马纳、洪都拉斯、莫斯基托、尼加拉瓜、维拉瓜、哥斯达黎加、巴拿马[2]一带登陆，而他却把这一带海岸全都误以为是日本和中国的地方。所以一直到死，哥伦布都还不知道自己已经发现了一个新大陆，死后连他的名字都未能留给这新大陆作为纪念！"

　　"我打心底里愿意相信您所说的这番话，亲爱的巴加内尔，"格里那凡爵士说道，"可是，您毕竟还是让我感到惊讶。我倒想请问您，对于哥伦布的这一发现，后来是哪些航海家给弄明白了的呢？"

　　"是哥伦布死后的那些人。其中，首先是与哥伦布一起航行的奥热达，还有品吞、威斯普奇、门多萨、巴斯提达斯、加伯拉尔、索利斯、巴尔伯等。这些航海家都沿着美洲东海岸航行，由此向南地勘测美洲海岸的情况。他们早在三百六十年前，就同我们今天一样，被这股海流推着，向前行驶着。你们知道不，朋友们，我们穿越的赤道线的地方，正是15世纪末品吞所驶过的地方。我们现已接近南纬八度，而品吞当年正是在南纬八度驶抵巴西陆地的。一年后，葡萄牙人加伯拉尔一直往下，抵达色居

1　古代，印度以产香料闻名于世，因此被欧洲人称之为"香料之国"。
2　上述这些地方均位于中美洲。

罗港。后来，威斯普奇在他 1502 年的第三次远航过程中，更加向南边驶去。而到了 1508 年，品吞和索利斯共同航行，探测了美洲沿岸各地。1514 年，索利斯发现了拉巴拉塔河口，在那儿被当地土著人给吃掉了，绕过美洲南端的光荣业绩只好留给麦哲伦去完成了。伟大的航海家麦哲伦于 1519 年率领着一支由五条船组成的船队，沿着巴塔哥尼亚的海岸往南驶去，终于发现了德塞多港、圣朱利安港。在圣朱利安港停泊了很长一段时间之后，麦哲伦又率队航行到南纬五十二度的海域，发现了一千一百童女峡，即现今以他的名字命名的麦哲伦海峡。1520 年 11 月 8 日，麦哲伦穿过海峡，进入了太平洋。他看见天边有一片新的海面在阳光下闪烁，其喜悦、激动简直难以用语言来描述。"

"啊，我真想生活在那个时候，巴加内尔先生。"小罗伯特听了这番描述，掩饰不住自己的激动心情说道。

"我也与您具有同感呀，我的孩子。如果老天让我早生三百年，我想我是绝对不会错过这个机会的！"

"如果真的如此的话，我们就要深感遗憾了，巴加内尔先生，"海伦夫人说道，"如果您早生三百年的话，也就不可能在这儿跟我们讲述这段动人的故事了！"

"这倒无伤大雅，夫人，没有我，也会有别人代替我来讲述的。此人甚至还会告诉您，西海岸的探险应归功于皮萨尔[1]兄弟。这两位勇敢的探险家创建了许多宏伟的城市：库斯科、基多、利马、圣地亚哥、比利亚里卡、瓦尔帕莱索，以及邓肯号将要抵达的康塞普西翁。当时，皮萨尔兄弟的发现与麦哲伦的发现正好联

---

1 两位西班牙探险家。

系起来了，因此地图上才有了美洲的海岸线，旧大陆的学者们对此非常高兴。"

"哼！要是我，我就不会高兴。"小罗伯特嘟囔着。

"那为什么呀？"玛丽眼睛紧盯着自己那爱听这类探险故事的弟弟问道。

"是呀，我的孩子，您为什么会不高兴呀？"格里那凡爵士面带微笑地问道。

"因为要是我的话，我就一定还要看看麦哲伦海峡南边都有些什么。"

"对极了，小朋友，"巴内加尔说道，"我也是呀，我也想要知道美洲大陆是否一直延伸到南极，还是像德勒克所推测的那样，与南极中间还隔着一片海洋……这位德勒克是您的同乡，爵士……所以，假若罗伯特·格兰特和雅克·巴加内尔生在17世纪的话，他们肯定是会跟随着索珍和勒美尔一道出发的，因为这两位荷兰航海家正是想要揭开地理学上的这个谜的。"

"他俩也是大学者吗？"海伦夫人问道。

"不，他们是两个大胆的商人，他们并没有考虑到探险在科学上的意义。当时，荷兰有个东印度公司，该公司对穿过麦哲伦海峡的所有贸易往来都拥有绝对的控制权。你们知道，在当时，西方国家到东方的亚洲，只有穿越麦哲伦海峡这一条通道，所以这种控制权成为一种实实在在的垄断。有一些商人便想摆脱这种垄断，另辟蹊径，想另找一个海峡通过。其中有一位，名叫伊萨克·勒美尔，是一位受过教育的十分聪慧的人。他便出资组织一次远航，让他的侄子雅各伯·勒美尔和一位优秀的水手来指挥，这个水手名叫索珍，祖籍霍恩。这两位勇敢的航海家于 1615 年 6 月起航，大约比麦哲伦晚了近一百年，他们在火地岛和斯达腾岛之间发现了勒美尔海峡。1616 年 2 月 16 日，他们绕过了有名的合恩角，亦称'风暴角'，比好望角[1]更加名副其实。"

"说真的，我好想去那儿探探险啊！"小罗伯特羡慕地说。

"你要是去了那儿，孩子，你肯定会高兴得不得了的，"巴加内尔说得愈加带劲儿，"你想想呀，有什么能与一个航海家在自己的海图上把自己的新发现一点一点地标出来更令人高兴的呀！他看看陆地在逐渐地出现在自己的面前，一个一个的小岛，一个一个的海岬，仿佛是从波涛之中涌现了出来似的！开始时，标出的界线十分模糊，断断续续，互不连贯！这儿是一片隔离开的土地，那儿是一个孤立的小港，稍远处是一个偏僻的海湾。随后，陆陆续续新发现的陆地渐渐补充进去，这些孤立的地方便连成了线，海图上的虚线转而成了实线，海岸线呈现出了弓形，海角也与实实在在的海边陆地连接了起来。最后，一片新的大陆呈现在地球上，有湖泊，有河流，有山峦，有峡谷，有平原，有村落，有乡镇，有都市，瑰丽壮观，煞是好看！啊！朋友们，新大陆的发现者真的是非常了不起，他们同发明家一样，功不可没！只是非常可惜，现在，这种伟大的事业，如同矿山一样，被人家开采殆尽了。新大陆，新世界，全都被人家找到了，被人家踏勘过了，我们是地理学上的迟到者，已经是无用武之地了！"

"这话可不能这么说，我亲爱的巴加内尔。"格里那凡爵士

1　好望角位于非洲的最南端。

说道。

"哪里还有用武之地嘛！"

"我们现在所进行的事业就大有用武之地呀！"

此时此刻，邓肯号正在威斯普奇和麦哲伦等伟人所经过的航道上疾速行驶着。9 月 15 日，邓肯号越过了冬至线，正对着那著名的麦哲伦海峡的入口。巴塔哥尼亚的南部海岸曾不止一次地遥遥相望，但只是呈现出一条细线，影影绰绰地浮现在水天相连处。邓肯号在十海里之外沿着这一带的海岸往南驶去，即使举起巴加内尔的那架大望远镜，也只能看见那美洲海岸的一个模模糊糊的轮廓。

9 月 25 日，邓肯号已经驶抵与麦哲伦海峡同一纬度的地方。它毫不犹豫地驶进了海峡。一般来说，汽船都喜欢经由这条路线进入太平洋。海峡的真正长度只有三百七十六海里，海水都很深，即使大吨位的船只也都可以靠近海岸行驶，而且海底平坦，淡水站又很多；内河湖泊也不少，鱼类资源丰富，森林遍布，猎物众多；停泊点也很多，而且安全而便利。总而言之，这个海峡优点多多，是勒美尔海峡和多暗礁多风暴的合恩角所无法比拟的。

驶入海峡的最初几个小时，也就是说，在开头的六十至八十海里的航程中，一直到驶抵格利高里角为止，海岸都是既低矮又平坦的，而且多沙。雅克·巴加内尔贪婪地观察着这个海峡，没有漏掉它的任何一点。在海峡中得行驶三十六个小时，两岸风光旖旎，令人赏心悦目，我们的这位学者是不会在南半球那灿烂阳光下对观赏感到厌烦的。北岸没有人烟，而南边火地岛的光秃秃的岩石上有几个穷兮兮的火地岛人在游荡。巴加内尔没有看到巴塔哥尼亚人，不免感到有点失望，但他的同伴们却并不以为然。

"在巴塔哥尼亚不见巴塔哥尼亚人，那还叫什么巴塔哥尼亚呀！"他说道。

"您先别着急，我可敬的地理学家，"格里那凡爵士说，"我们总会见到巴塔哥尼亚人的。"

"那可不一定。"

"为什么呀？巴塔哥尼亚人是存在的呀！"海伦夫人说。

"我表示怀疑，夫人，因为我并没有看见他们。"

"至少，巴塔哥尼亚这个名称源自西班牙文的'巴塔贡'，而'巴塔贡'也就是'大脚板'的意思。巴塔哥尼亚人既然被人称作'大脚板'，那就说明他们是存在的，并非出自人们的想象。"

"哎，名字是无关紧要的，"巴加内尔回答道，他像是故意坚持己见以引起争论似的，"何况，别人并不知道这些人究竟应该叫什么名字！"

"这叫什么话嘛！"格里那凡爵士反驳道，"少校，您知道是怎么回事吗？"

"我不知道，"麦克那布斯少校回答道，"我对这种事不感兴趣。"

"您真是对什么都漠不关心，少校，"巴加内尔又说，"您最终会知道的。这地方的土著人被称为巴塔哥尼亚人，是麦哲伦给他们取的名字，而火地岛人则称他们为提尔门人，智利人称他们为高卡惠人，卡门一带的移民称他们为特惠尔什人，阿罗加尼亚人称他们为惠利什人，旅行家波根维尔称他们为寿哈，法尔克纳称他们为特惠尔里特。他们自己则称呼自己为伊纳肯，'伊纳肯'在古地方言中也就是'人'的意思。我倒想请问你们，这么多称谓有谁能弄得清楚？再说，一个民族竟然会有这么多名称，那它是否真的存在，岂不令人怀疑？"

"好一番感慨！"海伦夫人说。

"就算我们的朋友巴加内尔的议论是不无道理的，"格里那凡爵士说道，"但他总不能不承认，巴塔哥尼亚人的名称虽然很多，颇有问题，可他们的身材之高大起码是为大家所确认的吧！"

"这种看法是错误的。"巴加内尔回答。

"他们的身材确实很高呀。"格里那凡爵士说。

"是不是很高，我不清楚。"

"那是不是很矮小呀？"海伦夫人问。

"没有人敢肯定。"

"那就是不高不矮啰？"麦克那布斯以息事宁人的态度说道。

"这我仍然不清楚。"

"您这也太过分了，"格里那凡爵士大声说道，"亲眼见到过巴塔哥尼亚人的旅行家们就……"

"亲眼见到过巴塔哥尼亚人的旅行家们的说法就不尽相同，"地理学家坚持己见，回答道，"麦哲伦就说过，他的头还到不了巴塔哥尼亚人的腰间哩！"

"这不就说明他们身材极其高大吗？"

"是呀，可是德勒克却说，最高的巴塔哥尼亚人还没有普通的英国人高。"

"哼！跟英国人比个什么劲儿呀。"少校没好气地说。

"加文迪施肯定地说，巴塔哥尼亚人高大魁梧，"巴加内尔又说道，"霍金斯说他们宛如巨人一般。勒美尔和索珍说他们身高达十一英尺。"

"这不就对了吗？这些人的话总是可信的吧？"格里那凡爵士说。

"是的。但是，伍德、纳波罗和法尔克纳却说他们是中等身材，这话也不能不信呀！拜伦·拉吉罗德、波根维尔、瓦利斯、卡特莱说巴塔哥尼亚人身高一般为六点六英尺，而了解这一带地域的学者多比尼先生则说他们是中等身材，身高为五点四英尺，他们的话也不可不信的吧？"

"那么，这些相互矛盾的说法中，哪一种接近事实呢？"海伦夫人问道。

"哪一种接近事实？"巴加内尔说，"真实的情况是，巴塔哥尼亚人上身长下身短。因此，有人打趣地说，巴塔哥尼亚人坐着有六英尺高，站着却只剩下五英尺了。"

"哈哈！这话十分俏皮，我亲爱的学者。"格里那凡爵士说。

"更俏皮的话应该是，他们并不存在，这么一来，各种矛盾的说法就统一起来了。为了结束这场辩论，朋友们，我想再说一句，让大家都觉得开心：麦哲伦海峡漂亮极了，即使没有巴塔哥尼亚人，它也不失其美丽的！"

此刻，邓肯号正绕着布伦瑞克半岛行驶，两边的风景美不胜收。邓肯号绕过了格利高里角后又行驶了七十海里，把奔德·亚利纳大监牢给抛在了右舷外边了。在有一段航行的过程中，可以看到智利国旗和教堂的钟楼在森林中隐现。此刻，海峡两边突兀着花岗岩巉岩，让人望而生畏；无数的高山，山脚隐没在森林之中，山巅覆盖着终年不化的皑皑白雪，高耸入云；西南面的塔尔恩峰，凌空兀立，高达六千五百英尺；入夜时分，黄昏暮霭时间很长；阳光渐渐地融为多种色度，柔和温馨；天上逐渐变得群星灿烂；南极的星座为航海者指引着道路。在朦胧的夜色中，星光代替了文明海岸的灯塔，邓肯号并未在沿途许多的方便港湾停泊，而是大胆地继续向前驶去。有时，它的帆架掠过俯临水面的南极榉的枝梢；有时，它的螺旋桨拍击着水波，惊起了各种水鸟。不一会儿，眼前出现了一些断垣残壁，几座坍塌了的建筑物在夜色中显得格外庞大，这都是殖民地废弃的凄凉遗迹，在向那片丰饶的海岸和猎物多多的森林表示着抗议。邓肯号此刻正行驶在饥饿港前。

1581年，西班牙人萨明多带着四百个移民来到这儿定居，建立起圣菲利普城。由于严寒和饥饿，定居者纷纷死去。到了1587年，这儿只剩下了一个人。他在废墟的荒凉寂寥之中，苦苦地挣扎了六个年头！

日出时分，邓肯号在重重的山峡中行驶着，两岸是茂密的森林，榉树、榛树、枫树交错混杂地生长在一起。密林中不时地冒出一座座青葱翠绿的圆圆的山岭，野花野草在散发着清香，弥漫在空中！远处可见布兰克纪念塔高高地矗立着。邓肯号经过了圣尼古拉湾口，此湾原本由波根维尔命名为"法国人湾"。海湾远处，可见大群的海豹和鲸鱼在水中嬉戏；鲸鱼看来体积庞大，因为在四海里之外都能看见它们喷出的水柱。最后，邓肯号绕过了佛罗瓦德角，角上还密密麻麻地满布着尖利的残冰。海峡对岸，火地岛上，高达六千英尺的萨明多峰突兀而立。那是一丛巉岩，被带状的云层给分隔开来，宛如一座座"空中岛屿"。到了佛罗瓦德角，美洲大陆就真的走到了尽头，因为合恩角只不过是位于南纬五十七度的荒凉海域中的一块大石岩罢了。

绕过尖端，海峡变得狭窄了。它的一边为布伦瑞克半岛，另一边是德索拉西翁岛。后者系一长形岛，两边为成百上千的小岛所环绕，如同一头大鲸鱼搁浅在卵石滩上一样。如此支离破碎的南美洲的顶端，与非洲、澳洲和印度的整齐而清晰的尖端相比，真有天壤之别！延伸至两大洋之间的这个大土角，不知当年是遭到了什么天灾，竟变得如此支离破碎。

离开这片肥地沃土之后，眼前所见的是连绵不断的光秃秃的海岸，满目荒凉，被一片似迷宫般的成千上万的港汊啃啮成了月牙形。邓肯号在这迷宫般的航道中转来绕去，但没有迟疑，也未出错，把喷出来的一股股的浓烟排出，混杂在被巉岩划破的海雾之中。在这片荒凉的海岸上，有一些西班牙人开设的商行，邓肯号并未减速地从这些商行前驶过。绕过塔马尔角之后，峡道变宽，邓肯号有了旋转的余地了。它绕过了纳波罗群岛的陡峭岸壁，靠近南岸行驶。最后，在进入海湾航行了三十六个小时之后，它终于见到了皮拉尔角的巉岩突然崛起在德索拉西翁岛的末端。邓肯号面前呈现出一片大海洋，波光闪烁。雅克·巴加内尔激动不已，挥动着手臂，尽情地欢呼着，如同麦哲伦当年在他的那条"三位一体号"被太平洋上的微风吹得倾斜时的心情一样。

第十章

南纬三十七度线

绕过皮拉尔角之后八天，邓肯号便开足马力，进入塔尔卡瓦诺湾。这是一个绝妙的海湾，长十二海里，宽九海里，天气晴和。此地，从 11 月到第二年的 3 月，天空无云，万里晴空，整个海岸因有安第斯山脉作为屏障，经常刮的是南风。约翰·孟格尔遵照格里那凡爵士的指示，让邓肯号紧贴着济罗岛和美洲西海岸的众多零零星星的陆地行驶着。但凡一块破船板、一根断桅杆、一块经人加工过的小木料，都会给邓肯号提供不列颠尼亚号沉没的线索。可是，大家什么都没有发现，邓肯号只好继续向前驶去，最后停泊在塔尔卡瓦诺港内。此时，邓肯号离开克莱德湾那浓雾笼罩的海面已经有四十二天了。

邓肯号一停，格里那凡爵士便命人放下小艇，带上巴加内尔，划到水栅跟前上了岸。我们的这位地理学家很想利用这个机会试试自己多日来勤学苦练的西班牙语，可是，他说的话，当地土著人根本就听不明白，弄得他十分尴尬，惊讶不已。

"难道我的语音语调不对？"他怀疑道。

"走吧，咱们去海关。"格里那凡爵士对他说。

到了海关，人家连说几个英文单词连带着用手比画着，告诉他们英国领事住在康塞普西翁，骑马前往，一小时可到。格里那凡爵士立刻找到两匹快马，他和巴加内尔很快便来到了康塞普西翁城。这可是一座大城，是皮萨尔兄弟勇敢的同伴、天才的冒险家瓦第维亚所建造起来的。

当初，该城可谓繁荣昌盛，可如今却是一片萧条。该城常常遭到土著人的劫掠侵袭，而且 1819 年又突遭大火，焚毁了无数的屋宇，连城墙都被烟火熏得黑乎乎的。它已经被塔尔卡瓦诺港所取而代之，城中居民已不足八千人，面对满目疮痍的城市，人人无精打采，没有了一点生机。家家阳台上都传出曼陀林乐器的乐曲，垂着的窗帘里传出软绵绵的歌声，昔日的康塞普西翁这座男人们的古城，如今已变成了妇孺们的村落，商贸往来已不复存在，街道上已是荒草遍地了。

格里那凡爵士无心去研究这座城市之所以会如此萧条的原因，虽然巴加内尔在一旁一再地问来问去，他也全然不顾，片刻工夫也不耽搁地赶往英国领事彭托克的府邸。彭托克礼貌地接待了他，听说他是为了格兰特船长遇难之事前来的，便答应负责在沿海一带展开调查。

可是，三桅船不列颠尼亚号是不是在智利或阿罗加尼亚海岸的三十七度线附近出的事，他却从未听说过，他同其他国家的领事都未曾接到过有关该船出事的或类似的报告。格里那凡爵士并不气馁。他回到塔尔卡瓦诺，通过各种渠道去打听，不吝钱财，不畏辛劳，派人四处探访查询，结果却一无所获。最后，只能做出如下判断：不列颠尼亚号在这儿没有留下任何失事的痕迹。

格里那凡爵士把自己没有结果的调查情况告诉了船上的同伴们。玛丽·格兰特姐弟二人闻听此言，不禁痛苦万分。到目前为止，邓肯号驶抵塔尔卡瓦诺港已经有六天了。此刻，大家都聚集在楼舱里。海伦夫人在竭力地安慰格兰特船长的一双儿女。她是在用自己的怜爱而非话语在安慰他俩，因为她也找不出什么话来安慰他们了。这时候，雅克·巴加内尔又把那几封信给拿了出来，专心致志地在进行研究，想从中探出什么新的秘密来似的。他如此这般地研究了足足有一个小时，突然听见格里那凡爵士在叫他："巴加内尔先生！请您运用您的智慧判断一下，是不是我们对这几封信的解释有误呀？我们按照那些残缺的字句所做的解释是不是不太合乎逻辑呀？"

　　巴加内尔没有回答，他仍旧在继续思考着。

　　"难道我们把出事地点给判断错了？"格里那凡爵士又问道，"'巴塔哥尼亚'这几个字不是明摆着的吗？再笨的人也能猜测出来的呀！"

　　巴加内尔仍旧没有应声。

　　"还有，'indien'不就是印第安人吗？我们的判断并没有失误呀！"格里那凡爵士又说。

　　"绝对没错。"麦克那布斯帮腔道。

　　"这不是明显地在告诉我们，那些出事的船员在写这几封信的时候，已知道自己要成为印第安人的俘虏了？"

　　"对不起，我亲爱的爵士，我想打断您一下，"巴加内尔终于开腔了，"您的判断，其他的我觉得都很正确，唯独这最后一点恐怕不太合理。"

　　"那您的意思呢？"海伦夫人连忙问道，其他人也都把目光集中到地理学家身上。

"我的意思是，格兰特船长在写这几封信的时候，已经沦为印第安人的俘虏了，"巴加内尔特别强调地回答道，"而且，我还得补充一句，关于这一点，这些信说得一清二楚，不容置疑。"

"请您给解释一下好吗，先生？"格兰特小姐请求道。

"这很容易解释的，亲爱的玛丽。信上的空白，我们不应该理解为'将被俘于'，而应该理解为'已被俘于'，这样一来，不就全都明白了吗？"

"那不可能！"格里那凡爵士大声反对道。

"不可能！怎么不可能，我尊贵的朋友？"巴加内尔笑问道。

"因为漂流瓶只能在船触礁时才会扔进海里呀，因此，信上的经纬度必然是指船只出事的地点。"

"您这么判断是毫无根据的，"巴加内尔立即反驳道，"我不明白，那些遇难的船员难道就不能在被印第安人掳到内陆去之后，想法丢下一只瓶子，让人知晓他们被囚禁的地点吗？"

"这很容易解释，我亲爱的巴加内尔。要把瓶子扔到海里，就必须有海才成呀！"

"没有海，难道就不能扔到入海的河流里吗？"巴加内尔反诘道。

众人闻言，全都沉默不语了，觉得巴加内尔的这个道理实出意料，可却又完全合情合理。巴加内尔见众人眼中闪着激动的光芒，便知道人人又都燃起了一个新的希望。只听见海伦夫人首先开言道："这倒不失为一个见解！"

"一个绝妙的见解。"地理学家得意地补充道。

"那么，您的意思是……"格里那凡爵士问道。

“我的意思是先要把南纬三十七度线与美洲海岸的切入点测定出来，然后，沿着这三十七度线向内陆纵深处去寻找，不能偏离半度，一直寻找到大西洋。也许，我们因此就可以在三十七度线上找到不列颠尼亚号的船员。”

“希望微乎其微！”少校说道。

“哪怕存在一点点希望，我们也不能放弃，”巴加内尔反驳道，“万一我的推断是正确的，漂流瓶的确是从一条河流流入大海的，那我们就一定可以寻找到俘虏的线索。你们看一看这一带的地图，朋友们，你们一定会完全相信我说的是对的。”

巴加内尔说着，便把一张智利和阿根廷的地图摊开在桌子上。

“你们看，”他说道，“咱们一起来一次横穿美洲大陆的旅行。我们将越过这狭长的智利，越过安第斯山脉那一带的高低岩，下到南美大草原去。这一带，大江大河大川很多。这是内格罗河，这是科罗拉多河，这是两条河的众多支流，它们都被南纬三十七度线穿过，都可以把漂流瓶送到海洋中去的。在这些地方，也许就在一个土著人部落里，在一些定居的印第安人手中，在这些不为外界知晓的河岸上，在这些山坳坳里，我们所称之为‘我们的朋友’的那些人很可能正在等待着凭着上帝的意愿前来搭救他们的人！我们难道可以让他们大失所望吗？你们是否赞成沿着我在地图上所画出的这条直线穿越这一地带呀？即使我判断错了，我觉得我们也不能放弃，必须沿着三十七度线彻查，决不放过任何一个点。”

巴加内尔的话说得铿锵有力、掷地有声，众人为之动容，纷纷起身与他握手。

“没错，我父亲就在那一带！”罗伯特·格兰特大声说道，眼睛贪婪地死死盯着地图。

"您父亲在哪里，我们就会寻到哪里，我的孩子，"格里那凡爵士对他说，"我们的朋友巴加内尔的阐释完全正确，毋庸置疑。现在，我们应该毫不迟疑地沿着他所划定的路线去寻找。格兰特船长不是落在大部落土著人村子里，就是落在小部落土著人村子里。如果落入小部落手中，我们直接就可以把他救了出来；如果落入大部落手中，我们就得先摸清情况，再走到东海岸，回到船上，去布宜诺斯艾利斯[1]招点人马，由麦克那布斯少校组织起来，加以训练，就足以对付阿根廷境内所有印第安人了。"

"好，就这么着，阁下！真是太好了！"约翰·孟格尔说，"我还可以补充一句，横穿美洲的旅行会安全走完的。"

"不但安全，还不太疲劳，"巴加内尔补充道，"有许多人，装备不如我们，又没有伟大事业的驱动，也都横穿过南美大陆了！1782年，有一位名叫维拉摩的人，就从卡门走到了高低岩；1806年，智利人、康塞普西翁省的法官堂路易就是从安杜谷出发的，他越过安第斯山脉，走了四十天，走到了布宜诺斯艾利斯；还有卡西亚上校、多比尼先生以及我们可敬的同事穆西博士，都踏遍了这个地区。他们为了科学研究可以这么做，我们为了救人不是更应该这么做吗？"

"先生，"玛丽·格兰特感动不已，声音颤抖着说，"您真是侠肝义胆，不畏艰险，我们该如何感激您才好？"

"危险！"巴加内尔大声说道，"哪有'危险'？"

"反正我没说！"罗伯特·格兰特眼睛瞪得老大，流露出坚定不移的神情说道。

---

1 阿根廷首都名。

"哼！"巴加内尔继续说道，"哪有什么危险？我们不就是去旅行吗？不就是三百五十英里的一趟路程吗？我们走的是直线，所经过的纬度与在北半球的西班牙、西西里岛、希腊等地的纬度完全相同，因此气候条件相差不大。这趟旅行顶多也就是一个月，我们等于是去散了一趟步！"

"巴加内尔先生，"海伦夫人插言道，"您认为失事的船员们落入印第安人之手之后，生命仍然无虞吗？"

"那还用说吗，夫人！印第安人又不是吃人的生番！绝对不是！在地理学会时，我认识了一个法国人，名叫季纳尔先生，他曾被大草原上的印第安人掳去了三年。当然，他吃了不少苦，受了不少罪，但是，他都扛过来了，终于返回了祖国。一个欧洲人被这个地区的印第安人视为有用的动物，他们知道他的价值，爱护他就得像爱护一头值钱的牲畜一般。"

"既然如此，我们就不必再犹豫了，"格里那凡爵士说道，"我们应该去，而且应该立即动身。我们该怎么走呢？"

"走一条既便捷又好走的路，"巴加内尔说道，"先经过山势不高的山路，然后经由安第斯山脉东麓的小山坡，最后到达大草原，整条道上没有崎岖山路，如同逛大花园一般。"

"还是看看地图吧。"麦克那布斯说。

"地图在这儿，亲爱的麦克那布斯。我们将从智利海岸的鲁美那角与卡内罗湾之间的三十七度线的一端出发。穿过阿罗加尼亚之后，再翻过安杜谷火山一侧绵延的山坡，涉过内乌康河和科罗拉多河，便进入了帕潘大草原了。再经过盐湖、瓜米尼河、塔巴尔康，就到了布宜诺斯艾利斯的省界了。然后，越过布宜诺斯艾利斯，爬上坦迪尔山，沿途仔细寻找，一直找到大西洋岸边的马达那斯角。"

巴加内尔边说边用手比画着，一眼也不看放在面前的地图。他根本用不着查地图，因为他曾经仔细地阅读过佛勒雪、毛里纳、洪宝、米艾尔、多比尼等人的著作，一切都熟记于心。他在列举完这一连串的地名之后，接着又说道："所以说，亲爱的朋友们，这条路笔直好走，三十天工夫就能走完。如果遇上逆风，邓肯号定会在我们之后才能驶抵东海岸的。"

"按您这么说，"约翰·孟格尔说道，"邓肯号应该在哥连德角和圣安托尼角之间巡航，是吗？"

"正是。"

"那让谁参加这次长途跋涉呢？"格里那凡爵士问。

"人越少越好，因为我们并不是去找印第安人开仗，而是去打探一番格兰特船长的情况。我想，格里那凡爵士是必须去的，而且应该是我们理所当然的领导者；少校也肯定要算上一个的。当然，少不了你们忠实的朋友兼仆人，巴加内尔……"

"还有我一个！"小罗伯特大声喊道。

"不许乱喊，罗伯特！"玛丽制止道。

"为什么不让他去呀？"巴加内尔帮腔道，"旅行是对青年人最好的锻炼。所以，请我们四个人，外加邓肯号上的三名水手……"

"怎么，就没有我的份儿呀！"约翰·孟格尔说。

"我亲爱的约翰，"格里那凡爵士说，"我们的女乘客们都撇在船上了，也就是说，我们把我们最亲爱的人都留在了船上，不由您这位热情的船长来照料，又能托付给谁呢？"

"我们陪你们一起去不行吗？"海伦夫人说道，一边眼望着爵士，一副担心的神情。

"我亲爱的海伦，"格里那凡爵士回答道，"这次远行时间不会太长的，我们只是暂时分别几日而已，而且……"

"那好吧，我知道的，你们去吧，"海伦夫人说，"我预祝你们马到成功！"

"而且，这连旅行都谈不上。"巴加内尔接着格里那凡爵士的那句话茬儿说。

"旅行都谈不上，那又算是什么呢？"海伦夫人追问道。

"走马观花地疾速而过罢了，既不考察又不访古探幽。"

巴加内尔说完之后，谈话也就结来了，大家并未发生争论，意见完全一致。就在当天，大家便开始忙着作出行的准备。大家决定，先别大事声张，免得惊动了印第安人。

出发的日子定在10月14日。在准备挑选随行水手时，一个个都争着要去，弄得格里那凡爵士不知如何决定才好。迫于无奈，他便决定以抽签的方式来决断，结果，有三个人有幸被选中：大副汤姆·奥斯丁、水手威尔逊和穆拉迪。威尔逊膀大腰圆，力气过人，而穆拉迪则比汤姆·塞约斯[1]都要厉害。

格里那凡爵士在积极地准备着，他要求一定要按时出发。孟格尔船长也毫不懈怠，他立刻储备燃料，以便尽快下海航行。他一心想着要赶在徒步远征队之前到达阿根廷海岸。因此，格里那凡爵士与年轻船长之间，仿佛在进行一场竞赛似的。

10月14日，预定的时间到了，大家也都分头准备完毕。出发时，全体乘客齐集方形厅。邓肯号已经扬起帆来，螺旋桨在拍

---

1 当时伦敦拳坛的拳王，天下无敌。

击着塔尔卡瓦诺湾的清波。格里那凡、巴加内尔、麦克那布斯、小罗伯特、奥斯丁、威尔逊、穆拉迪都携带上马枪和高特手枪[1]，准备好离开邓肯号。向导拉着骡子在水栅那边等候着。"到时间了。"格里那凡爵士终于宣布道。

"您放心地去吧，我的朋友。"海伦夫人控制着激动，镇静地说。

格里那凡爵士一把搂住自己的夫人，小罗伯特也蹦了过去，搂住了姐姐的脖颈。

"现在，伙伴们，"巴加内尔说道，"最后再握握手吧，大西洋岸边再见了！"

大家并不只是在握握手，而是拥抱住这位可敬可爱的学者，预祝他马到成功。

大家全都拥上了甲板，目送七位远行者离船。不一会儿，他们便来到了码头；邓肯号也在紧贴着岸边行驶着，离岸顶多只有半链[2]远。

海伦夫人在楼舱上最后又呼喊了一声："愿上帝庇佑着你们，朋友们！"

"上帝一定会庇佑我们的，夫人，"巴加内尔回答道，"您只管放心吧，我们会互相帮助的。"

"开船！"约翰·孟格尔向轮机手发令道。

"咱们走吧！"格里那凡爵士也说。

陆地上的一行人马，快马加鞭地沿着海岸前进；邓肯号开足马力，向远洋驶去。

1　"高特"为生产这种手枪的厂家名。

2　长度单位，1链等于185.2米。

第十一章

横穿智利

　　格里那凡爵士的旅行队由三个大人和一个孩子引领着。带队的骡夫头头是一个在当地生活了二十年的英国人。他干的行当就是租骡子给旅行者，并带着他们翻过前方高低岩的各处隘口，过了山隘之后，他便把旅行者们交给一个熟悉阿根廷大草原的向导。这个英国人尽管这么多年一直同骡子、同印第安人打交道并生活在一起，但却并没忘记自己的母语，因此，格里那凡爵士与他交流起来没有任何困难，这对爵士来说是再好不过的了，因为巴加内尔的西班牙文当地人还是听不懂。

　　骡夫头头在智利语中称之为"卡塔巴"。这个原籍英国的卡塔巴雇用着两名当地的骡夫，土语称之为"培翁"，还雇着一个帮手，是个十二岁的小男孩。培翁负责照管驮行李的骡子，小男孩则骑着当地称之为"马德琳娜"的挂着铃铛的小母马，走在骡队的前头，身后跟着十匹骡子。十匹骡子中，七匹由旅行者们骑着，卡塔巴自己骑了一匹，还有两匹驮着行李和几匹布。这几匹布是为了与平原地区的商号套近乎所必备的。培翁们照例是徒步行走的。有如此这般的装备，横穿智利的旅途，在安全与速度方面，应该是不成问题的了。

翻越安第斯山并非易事，必须有强壮的骡子才行。翻山越岭的骡子中，最好的当属阿根廷的骡子，它们在当地得到了很好的培育，比原始品种强壮得多。它们对饲料并不挑剔，每天只喝一次水；八小时可走十英里，驮着十四阿罗伯[1]的东西也毫不在乎。

连接两大洋的这条路上，没有客栈。路上吃的是肉干、辣椒拌饭和可能在途中碰到的猎物；喝的则是山中的瀑布水和平原上的溪水，内中滴上几滴甜酒。每个人身上都带着牛角壶，装着些这种甜酒，给水提提味儿。不过，旅行者必须注意，含酒精的饮料则不能多喝，因为在这种地区，人的神经系统很容易受到刺激，喝含酒精的饮料是有百害而无一利的。被子、褥子全都用绣花宽边带系在马鞍子上；马鞍子是当地产的，土语称之为"勒加驮"，系当地产的羊皮制成的，一面磨光了，另一面仍留着羊毛。旅行者用这暖和的被褥紧裹着，不用担心夜间的潮湿，可以睡得很香甜。

格里那凡爵士是个能屈能伸的人，他很会旅行，也能适应各地的风俗习惯、风土人情，他替自己和同伴们准备好了智利服装。巴加内尔和小罗伯特这一大一小两个"孩子"，把头一套进那智利大斗篷，脚一蹬进长皮靴，就乐得什么似的。大斗篷土语称之为"篷罩"，系一大块格子花呢，中间挖了个洞；皮靴是用小马后腿上的皮制成的。另外，他们一行人骑的骡子打扮得非常漂亮，嘴里咬着的是阿拉伯式的嚼铁，两端系着皮制的缰绳，可以当作鞭子使用；头上配有金光闪闪的络头；背上搭着颜色鲜艳

1　当地人的重量计量单位，1个阿罗伯等于11公斤多。——作者注

的褡裢，里面装着当天食用的干粮。巴加内尔一向粗心大意，骑上去时，总要挨骡子踢上几下。待他爬上鞍子时，他就优哉游哉地那么坐着，腰间挂着他那形影不离的大望远镜，脚紧踩着脚蹬，缰绳松松的，任由骡子信步走着。他对自己的坐骑十分满意，因为它是经过很好的训练的。而小罗伯特则不然，他一爬上骡背，便俨然是一流骑手似的。

全队开始出发了。天气晴好，万里无云。尽管烈日当空，但是由于海水的调节作用，空气却很凉爽。这一小队人马沿着塔尔卡瓦诺湾的曲折海岸迅速前行，再往南去三十英里，就到三十七度线的末端了。第一天，大家疾速行进在干涸了的滩涂地的芦苇丛中，彼此并不搭话。临别时的赠言依然萦绕在旅行者们的脑海之中。邓肯号冒出的黑烟，渐渐地在天际消失，但仍依稀可辨。大家都一言不发，只有那位勤奋好学的地理学家在自问自答地练习着他那西班牙语。

不仅仅是旅行者们不言声，连那位卡塔巴也少言寡语，这是他的职业使然，他对培翁都很少说话。两个培翁堪称行家里手，知道自己应该做些什么。见骡子停下，他们便吆喝一声，催促它们快走；再不走，就极其准确地扔一个石子去砸它们，它们便赶忙往前走去。如果兜带松了，或是缰绳出溜了，培翁们便脱下斗篷，蒙住骡子脑袋，把兜带或缰绳弄好，然后让骡子继续往前走去。

骡夫们的习惯是，早晨八点吃早饭，出发，一直走到下午四点，停下，过夜。格里那凡尊重他们的这一习惯。这一天，当卡塔巴发出歇息的信号时，这一小队人正走到海湾南端的阿罗哥城，直到目前为止，他们还没有离开过海水拍击着海岸的海洋边缘。他们还得往西走上二十英里，一直走到卡内罗湾，才到三十七度线的端点。他们已经走遍了滨海地区，但是并未寻找到一点沉船的痕迹。再往下走，也同样是一无所获，因此，他们便以阿罗哥城为出发点，向东寻去，沿着一条笔直的路线向前。

他们进入阿罗哥城，找了一家十分简陋的小客栈下榻。

阿罗哥城是阿罗加尼亚的首都。该国国土长一百五十英里，宽三十英里，居民为毛鲁什族[1]，系智利族的一支支脉，诗人爱尔西拉[2]曾经赞美过他们。毛鲁什族人身体强健，性格高傲，是南北美洲中从未受过外族统治的唯一的一族。阿罗哥城曾一度隶属于西班牙人，但当地居民却从未屈服过；他们当时就像现在抵御智利人一样抵抗着西班牙人，其独立的旗帜——蓝底白星旗——始终在那座构筑起防御工事的山顶上高高地飘扬着。

趁别人在准备晚饭的时候，格里那凡爵士、巴加内尔和那个卡塔巴在茅草顶的房屋之间散着步。阿罗哥城除了一座教堂和一座修道院之外，没有其他什么可看的了。格里那凡爵士尝试着打听一点有关沉船的事，但却一无所获。巴加内尔说的西班牙语当地居民听不懂，因为阿罗哥城的居民说的是一种直到麦哲伦海峡都通用的土语——阿罗加尼亚语，不会西班牙语，巴加内尔讲的西班牙语再流利也不管用。格里那凡爵士挺失望的，既然无法交流，就只好自己用眼睛多看多观察了。他感到还是挺高兴的，因为他可以随意观察，看到了毛鲁什族各种类型的人。他们身材高大，脸扁平扁平的，肤色呈古铜色，下巴无毛，目光充满疑惑，脑袋宽大，又黑又长的头发披散着。他们成天无所事事的

---

1 "毛鲁什"系当地居民自称，意思即阿罗加尼亚人，是西班牙人为他们所取的名字。
2 爱尔西拉（1533—1596）：西班牙军事家兼诗人，著有史诗《阿罗卡那》。

样子，仿佛是一些处于和平时期无用武之地的战士；而女人们却很能吃苦，终日忙忙碌碌，刷马、擦拭武器、耕田犁地、打猎等，全都由她们去干。此外，她们还得抽空编制斗篷——那种蓝蓝的"篷罩"。编织一件这种篷罩费时约两年，最便宜的也得卖上一百美元。

总的来说，毛鲁什人风俗粗野不羁，人类的坏习惯他们全都沾染上了，唯一的美德就是热爱独立自主。

"他们可真像是斯巴达[1]人啊！"巴加内尔散步归来，围坐在院子里吃饭时，不禁赞扬道。

大家都觉得这位地理学家言过其实，赞扬得有点过分。后来，他还说，在游览该城时，他那颗法兰西人的心跳动得十分激烈，弄得大家更加莫名其妙，不知所云。少校问为何他的那颗心会如此激烈地跳动，他说这是十分自然的事，因为他有一位同乡不久前曾经当过阿罗加尼亚国王。少校问他此人姓甚名谁。巴加内尔不无自豪地说此人名叫多伦斯，是个地地道道的大好人，满脸的络腮胡子，早年曾在白里各[2]当过律师，后来当上了阿罗加尼亚的国王，后来又被赶下了御座，罪名是"忘恩负义"。少校闻言，不觉鄙夷地一笑，巴加内尔却正儿八经地回答他说，一个律师做一个好国王，也许要比一个国王想当个好律师容易得多。大家听了他的解说，忍俊不禁，举起玉米酒，祝愿阿罗加尼亚的废王奥莱利·安托尼一世身体健康。数小时之后，大家纷纷裹上自己的篷罩，进入了梦乡。

第二天早晨八点，马德琳娜打头，培翁殿后，这一小队人马

---

1 古希腊的一个邦，居民以勇武善战著称。
2 法国一城市名。

102

又向东踏上了三十七度线的路径。他们穿越了阿罗加尼亚的那片满地葡萄树和成群肥羊的丰饶地区，然后，人烟逐渐稀少。走上一英里多路，也难得见到闻名全美洲的印第安人驯马人——"拉斯特勒阿多"的茅草棚。他们有时会看到一个废弃了的驿站，那是在平原上游荡的土人们用作避风躲雨的地方。这一天，他们遇上了两条河——杜克拉河和巴尔河——挡住了去路。但卡塔巴发现了一处浅滩，领着大伙儿顺利地蹚过河去。前方天际，安第斯山脉隐约可见；向此延伸的尖峰以及一座座圆圆的山峦影影绰绰的。安第斯山脉是整个新大陆的脊梁骨，他们此刻所见到的是这巨大的脊梁骨的最低矮的部分。

到了下午四点，他们已经一口气走了三十五英里，便在旷野中的一丛巨大的野石榴树下停了下来。骡子卸去了鞍辔，松了缰绳，自由自在地跪到草地上去吃草了。大家解开褡裢吃起了肉干和辣椒饭，然后，把被褥解开，铺在地上，安然入睡。培翁和卡塔巴轮流担任守夜者。

天气如此之好，旅行者们，包括小罗伯特在内，全都健健康康，而且旅途又十分顺利，所以大家认为应该乘兴勇往直前。因此，第三天，大家行进的速度更加快了。渡过了伯尔激流之后，格里那凡爵士一行便在西班牙属的智利和土人所属的独立智利之间的比奥河边过夜。这一天他们又走了三十五英里。地理状况依然如前，肥沃的土地上，长满了宫人草、木本紫罗兰、曼陀罗花、金花仙人掌。鹭鸶、鸱枭和躲避鸫鹰的黄雀和鹭鹏栖息于此。丛莽之中，有黑斑虎[1]出没。但是，却未见什么土著人，难

1　黑斑虎为南美洲所特有的大老虎，黑斑如豹，善攀树，又称"南美豹"和"亚美利加虎"。

得遇上几个被称之为"瓜索"的，也就是印第安人与西班牙人的混血儿，他们光脚上捆扎着大马刺，刺得马儿浑身是血，策马飞奔，一闪而过。沿途找不到一个可以打听点事的人，什么消息也无法获得。格里那凡爵士决定无须浪费时间去做无益的查访，因为他推测，如果格兰特船长真的成了印第安人的俘虏了，那他早就被掳往安第斯山那边去了。只有翻过山去，到了山那边的草原里去访查，也许才会有所收获。因此，只好坚持不懈地继续向前，迅速地往前赶。

17 日，依然按头几日的时间和习惯顺序出发上路了。小罗伯特总是别出心裁，不遵守秩序，一高兴起来，便会冲到马德琳娜前面去，没少让自己的那头坐骑吃苦头。待到格里那凡爵士大声呵斥了，他才老老实实地回到自己的顺序位置。

道路开始变得崎岖了一些。地面高低起伏，说明前面就是山路了，而且溪流也多了起来，都在随坡就势淙淙地流淌着。巴加内尔不时地翻看地图，有些溪流地图上没有标明，他一看便气不打一处来，火气很大，令人觉得又可爱又可笑。

"一条溪流竟然没有名字，这不就等于是没有身份证吗！"他气愤地说，"在地理学的法律上，这就表示它并不存在。"

因此，他便毫不谦让地给那些没有名字的河流冠上了名称，标在了地图上，而且他所标示的名称都是用的西班牙文，听起来既好听又响亮。

"西班牙语真妙！"他老这么说，"多么美好的语言啊！这种语言像是由金属构成的，里面起码含有百分之七十八的铜，百分之二十二的锡，如同铸钟的青铜一般！"

"这么美好的语言，您学得颇有进步吧？"格里那凡爵士问他道。

"当然有进步啰，亲爱的爵士。啊！若不是因为语音语调的问题……别人也就能听得懂我说的话了！"

为了把语言语调弄准确了，巴加内尔一路上不停地大声练着，嗓子都有点哑了，但他并未因此就忘记提出他对地理学上的一些看法。他真的是深谙地理学，看来世界上，在这个方面，他可真是独一无二、无出其右的了。只要格里那凡爵士一向卡塔巴提个什么问题，想了解当地的一个什么特点，他的这位博学的同伴就会抢先回答了他的问题，说得还一清二楚、明明白白，把卡塔巴惊得目瞪口呆，钦佩不已。

这一天，将近十点时，他们遇上了一条横切着他们所走的那条直线上的路。格里那凡爵士自然而然地便问起了这条路来。而巴加内尔也自然而然地抢先答道："这条路是从荣伯尔通向洛杉矶的。"

格里那凡爵士看着卡塔巴。

"没错，完全正确。"卡塔巴回答道。

接着，格里那凡爵士又转向巴加内尔问道："这里您来过？"

"当然来过。"巴加内尔一本正经地说。

"也是骑骡子来的？"

"不是，是坐着安乐椅来的。"

卡塔巴没有听明白他这话是什么意思，只好耸了耸肩膀，回到队伍里去了。

下午五点时，这支队伍在一处不太深的山坳坳里歇了下来。山坳位于小罗哈城北面几英里路的地方。这儿已是安第斯山的最低的阶梯了。

第十二章

凌空一万两千尺

到目前为止，穿越智利的途中未曾遇到什么严重的事故。但是，此刻却是一座高山横亘在面前，挑战大自然的斗争就要到来了。

摆在面前的首要问题是，从哪条路走才能翻过安第斯山脉而又不偏离原定的路线？大家都在等着卡塔巴回答。

"我只知道在这一带高低岩间有两条路可以走。"卡塔巴回答道。

"一定是曼多查以前所发现的阿里卡那条路吧？"巴加内尔说道。

"完全正确。"

"在维腊里卡岭以南的是不是叫维腊里卡路呀？"

"没错。"

"可是，朋友，这两条路，一条偏北，一条偏南，都不在三十七度线上呀。"

"那您知道还有第三条路吗？"少校问巴加内尔。

"有的，"巴加内尔回答道，"有一条路，叫作安杜谷小道，位于火山的斜坡上，南纬三十七度三十分处。也就是说，与我们所拟定的路线只差半个纬度。这条小道是查密迪奥·德·克鲁兹从前所探测出来的，高度仅为一千托瓦兹[1]。"

"很好，"格里那凡爵士说，"您认识这条小道吗，卡塔巴？"

"认倒是认得，爵士，这条小道我也曾走过，我之所以没有提起，是因为它太狭窄，顶多可供羊群通过，是这座山东边的印第安牧人所走的小径。"

"那么，朋友，"格里那凡爵士回答他道，"羊群可以通过的地方，我们就能通过。既然它仍旧位于直线上，那我们就走这条小道。"

出发的信号业已发出，这队人马便钻进了拉斯勒哈斯山谷；山谷两侧都是大丛大丛的结晶石灰岩。路随着一个几乎觉察不出的斜坡在渐渐地往上去。将近十一点时，队伍来到了一个小湖泊前。这小湖是个天然的蓄水池，是附近的山泉溪流的汇合点，风景美丽宜人。湖水静静地流淌着，在山里的恬静之中消失。湖泊上方，立着一层层的高地，长满青草林木，为印第安人放牧之地。过了这一带，便是一片沼泽地，呈南北向横亘着。多亏了善于跨越沼泽的骡子，一队人才安然无恙地走了过来。下午一点时，在一座石峰上建起的巴勒那堡呈现在众人面前，残缺不全的壁垒仿佛替那巉岩镶上了王冠。骡子队伍从这座堡垒旁边绕过去。山势在逐渐地陡峭，乱石嶙峋，骡子踩踏的石子在滚动着，形成了一个碎石瀑布，哗哗地流淌。将近三点钟时，又见到

1　法国古长度单位，1托瓦兹约等于1.949米。

许多的残壕废垒，都是 1770 年土著人起义中毁掉的。看上去，这些遗迹虽残破不堪，但却不乏诗情画意。

"唉！"巴加内尔说道，"大山已经把人与人分隔开来了，还要建造这样的一些碉堡出来。"

从这儿开始，路不仅难走，而且险象环生。坡度加大了，小道变得越来越窄，道旁深渊深不可测。骡子鼻子贴着地，嗅着山路，谨慎地爬着。众人依次而行。有时候，遇上一处弯道，马德琳娜看不见了，大家便听着它的铃铛声响，循音前行。有时候，山路折拐，成了两个平行山路，领头的卡塔巴可以同殿后的培翁攀谈；平行道之间隔着一条裂缝，不过两个托瓦兹宽，但深度却不止两百托瓦兹，形成一条无法逾越的鸿沟。

不过，这一带仍然有一些草本植物在岩石间顽强地生长着，只是大家已明显地感觉到植物界被矿物界侵占了。几条熔岩已经凝固，呈现出铁青色，针状的黄色结晶竖立着，一看便知安杜谷火山就在跟前。岩石层层叠叠，无一定之规，没按平衡规律排列，靠着巧妙的支撑力还是摇摇欲坠，却并未倒下来，不过，稍微加点外力，它们必然会倾塌下来的。

安第斯山硕大无朋的骨架似乎总在摇晃个不停，因此，通行的道路经常发生变化，难以辨认，昨天记准的标记，今天可能已经移动了位置。因此，卡塔巴经常摸不准，要停下来四处查看，辨认岩壳的形状，寻找印第安人在那些易碎的石头上留下的印迹。

格里那凡爵士紧随向导身后，他感到了向导因路难寻而产生的烦恼，而且觉得他的烦恼在不断地增加。他不敢问他，他心想，骡夫应该像骡子一样地识途，所以还是干脆别问，相信骡夫为好。他这么想也并非没有道理。

卡塔巴就这么走走停停，寻来觅去地走了整整有一个小时，尽管路确实是在向上延伸，但他却始终没有找准，最后，他干脆就停下来不走了。此刻，他们刚进入一个不太宽阔的山谷，是印第安人称之为"格伯拉达"的那种狭窄的山谷。路口拦着一堵云斑石的峭壁，陡峭尖削。卡塔巴寻找了半天，也没找到路径，只好爬下骡子，抱住双臂，一语不发。格里那凡爵士冲着他走上前去，问他道："您迷路了？"

"没有，爵士。"向导回答道。

"您找不到那条应走的路了？"

"不是的，我们仍旧是在那条路上。"

"您肯定没弄错？"

"肯定没错，您瞧，这是印第安人烤火时留下的灰烬，这是畜群走过时留下的印迹。"

"这么说，前不久刚有人从这儿走过呀！"

"是呀，可是现在却过不去了。最近的一次地震把这条路给堵死了……"

"堵得住骡子的路却不一定能堵住人的路呀。"少校说道。

"那就得看诸位怎么决定了，"向导回答道，"我已经是尽力而为了。如果大家愿意折回去，再在这带高低岩处找一条别的路的话，我和我的骡子听候诸位的吩咐。"

"那不就得耽搁……"

"起码三天。"

格里那凡爵士听了卡塔巴的一番话，沉默起来。卡塔巴是遵照契约行事的。他的骡子不能再继续向前了。对于向导提议的折返回去的建议，他是心存异议的，因此，他扭过头去看着大伙儿问道："你们愿意豁出去继续前进吗？"

"我们跟着您走。"奥斯丁回答道。

"我们非常愿意，但问题的关键在于如何翻过这座山去，只要翻过去，山那边就是下坡路，好走多了。而且，到了山那边，就可以寻得到习惯于在大草原上奔驰的骏马了。所以，不必犹豫，继续向前。"巴加内尔说道。

"好，继续向前！"格里那凡爵士的旅伴们异口同声地说。

"您不再陪我们一起走吗？"格里那凡爵士扭过头去问向导。

"我是负责赶骡子的呀。"向导回答道。

"那就随您的便吧。"

"我们用不着他陪，"巴加内尔说，"只要爬过峭壁，到了山那边，我们就可以再找到安杜谷小路，我保证把大家带下山去，比这一带的最好的向导毫不逊色。"

于是，格里那凡爵士与卡塔巴结清了账，把他及他的培翁和骡子全都退掉了。一行七人分摊着背起武器、工具和干粮。大家立即开始往上爬去，甚至都不怕走一段夜路。左边斜坡上有一条小径，直上直下地蜿蜒伸展着，骡子确实是走不了。困难重重，但格里那凡爵士一行七人，经过两小时的艰苦努力，终于又踏上了安杜谷那条小路了。

此刻，他们已经走到真正的安第斯山里，离那巨大的高低岩最高的山脊不远了。可是，无论大路还是小路，都看不出路径来。最近的一次地震把整个这一带搅得一塌糊涂，只有从山腰上隆起的石壳一点点地往山脊上攀登。巴加内尔也找不到可走的路径，一时也没了主意，只好一个劲儿地往安第斯山的顶端爬去。山顶高达一万一千英尺到一万两千六百英尺。幸运的是天空晴朗，气候宜人，要是换到冬季，在 5 月到 10 月之间，根本就不可能像这样攀登。天寒地冻，高处不胜寒，肯定会被冻死冻僵的，再加上当地所特有的那种飓风的肆虐，更加难以想象。这种独特的飓风被称之为"腾薄拉尔"，每年被它刮掉到高低岩深坑中去的尸体不计其数。

　　格里那凡爵士一行人爬了整整一宿。遇到几乎无法攀登的重重岩石，大家便用手扒紧往上爬；遇到又宽又深的缝穴，便纵身跃过；胳膊挽住胳膊充当绳子；肩上人擦人，作为梯子；这群英雄好汉如同马戏团的杂技演员，在表演空中飞人。此时此刻，正是健壮的穆拉迪和灵巧的威尔逊大显身手的时候。这两位忠诚的苏格兰人忙前忙后，十分卖力，有许多次，如果不是他们的勇敢与热诚，肯定是无法继续前进了。格里那凡爵士总在担心小罗伯特，怕他年纪小，活泼好动，出现闪失。而巴加内尔则带着自己那法兰西人的狂热劲儿，一直在勇往直前。至于少校嘛，他总是该动则动，恰如其分，一直都那么漫不经心，若无其事，不慌不忙地往上爬着。

　　清晨五点时分，从气压表上看，这伙人已经爬到七千五百英尺的高处了。此刻他们已上到二级平台，到了乔木带的尽头。有几种动物在那儿跳来蹦去的，如果猎人遇上它们，一定会乐开怀的。这些矫健的动物也知道猎人喜欢捕杀它们，所以见人就逃。这些动物中尤为突出的是山区所特有的骆马，能够充当羊、牛、马之用途，生活在骡子也上不去的地方。还有一种动物叫大耳䶄鼠，是啮齿类中的小动物，温驯而胆小，皮毛很好，形似野兔，又像野鼠，其后腿很长，又像袋鼠。这种小动物喜欢在树顶上蹿来蹿去，颇像栗鼠，甚是可爱。

"它虽说不是鸟儿，"巴加内尔说道，"但它已经不再是四足兽了。"

但这些动物还不是山中最高地带的"居民"。在九千英尺高处，靠近冰雪地带，还有着一群群的十分漂亮的反刍动物：一种披着如丝绒般长毛的羊驼；另一种叫作无角山羊，身材瘦削，但气宇不凡，毛质细密，被博物家们称为"没角羚"。只不过，这种小动物没法接近它，它见到危险便会迅速奔离，逃得比鸟儿飞得还要快，消失在一片茫茫雪域里。

天刚破晓，山里呈现出的是一片幻化世界，天空中反射着冰雪那淡青色的光芒。峭壁上的冰凌耸立着，显得又冷又滑。此刻爬山，相当危险，不仔细探测，摸不准裂隙的所在，寸步难行。威尔逊已经跑到队伍前面去探路了，他不停地以足试路，后面的人便小心翼翼地跟着他的脚印前行。大家都不敢大声交谈，因为声音一大，空气也就随之震荡，很可能把悬于头顶上方七八丈高的大雪团给震落压下来。

一行人已经走到灌木地带了，再往上走两百五十托瓦兹，灌木就不见了，为禾本草类和仙人掌类所替代。到达一万一千英尺高处时，连禾本草类和仙人掌也都见不着了。这伙人只是在八点钟时休息了一次，简单地填了填肚子，恢复一下体力，然后，又鼓起勇气，冒着更大的危险，继续往上爬去。他们越过冰凌，跨过深渊，经过路边一个个木十字架——那是一次次不幸事故的见证——终于在午后两点左右走到了光秃荒凉的一片位于险峰间的开阔地。这悬崖峭壁间的一片平展展的地方，犹如波涛汹涌的大海中的一个小岛。头顶上是干冷的蓝天，周围是稀薄凛冽的空

格里那凡爵士一行人爬了整整一宿。遇到几乎无法攀登的重重岩石，大家便用手扒紧往上爬；遇到又宽又深的缝穴，便纵身跃过；胳膊挽住胳膊充当绳子；肩上人摞人，作为梯子。

气，高处石壁上偶尔会有"歪风邪气"顿起，把大块大块的岩石吹得滚落到山下去。

此刻，这一小队人尽管勇气十足，但体力毕竟不支。格里那凡爵士看到自己的伙伴们一个个都已筋疲力尽，深悔在深山之中走了这么久这么远。小罗伯特拼命地在抗御着疲乏，但实在是迈不动步了。三点钟时，格里那凡爵士停下了脚步。

"还是歇歇脚吧。"他见大家都不好意思先提这种建议，便开口说道。

"歇歇脚？"巴加内尔说，"可哪儿有可供歇息的地儿呀！"

"不管怎样，非歇不可，尤其是小罗伯特，更需要歇息。"

"我不用歇，爵士，"勇敢的孩子回答道，"我还可以走……大家别停下来……"

"让我们来背你吧，我的孩子，"巴加内尔说道，"反正得再往东边走点，到那边可能会碰到一个茅棚什么的，可以歇息一下。我想大家还得坚持两个钟头。"

"那么，大家同意吗？"格里那凡爵士问道。

"同意。"众人异口同声地回答。

"我负责背这孩子。"穆拉迪补充道。

众人继续向东行去。他们又艰难乏力地攀爬了两个小时。他们一直这么往上爬呀爬，一直爬到最高峰。这里的空气更加稀薄，令人喘不上气来。血也在从人们的牙龈和嘴唇上渗出来。无论这群勇敢者如何意志坚强，但毕竟难以熬过这稀薄的空气，高山反应愈演愈烈，体力不支，毅力也随之受到了影响，总这么硬挺下去可不是个事儿。只见摔跤的人和次数越发多了起来。跌倒后还爬不起来，只好跪着往前爬。

这一番攀登，真是把这一行人折腾苦了，疲乏得快要支持不住了。望着那茫茫的冰雪，那冻彻荒山的寒气，那在渐渐地吞噬山峰的夜影，却又找不到过夜的处所，格里那凡爵士不由得心惊胆战，忧从中来。正在这一时刻，突然听见少校以镇静的语气大声喊道："看，那儿有个小屋！"

第十三章

从高低岩下来

如果不是麦克那布斯，换了其他任何人，即使从这小屋旁边走过去上百次，甚至是从小屋顶上走过去，也发现不了它的。因为那小屋只不过是突出于雪地的一个点，与周围的岩石混在一块儿，难以发觉。小屋埋在雪里，非扒开不可。于是，威尔逊和穆拉迪便动起手来，拼命地扒了半个钟头，方才把这种称之为"卡苏栅"的小屋扒开来。大伙儿便赶忙挤了进去，缩成了一团。

这种卡苏栅是印第安人用木坯建在岩石上的，呈正方形，长与宽各四米，矗立于雪花岩顶上；只有一个小门，门前有一石梯；门尽管狭小，但一刮起那种"腾薄拉尔"来，雪花和冰雹便往里钻。

这小屋可容纳下十来人，在雨季里，四壁虽无法遮挡雨水，但此时此刻，却可暂避一会儿零下十多度的严寒。另外，小屋内还垒有一个炉灶，装有土坯烟囱，砖缝用石灰糊上，很不严实，但生火取暖，抵御寒气，还是凑合的。

"真得好好感谢上苍，给我们提供了一个栖身之地，尽管不太舒适，但毕竟可以避寒歇脚了。"格里那凡爵士说道。

117

"这还不太舒适呀！"巴加内尔插嘴道，"这简直就算是一座王宫了！只是缺少朝臣与禁卫军罢了。"

"要是在炉灶里生上一把火，那就更好了，"奥斯丁说，"我看大家虽说很饿，但更是冷得不行。我觉得，能找到一把干柴，那要比打到点野味更让人高兴的。"

"那好啊，"巴加内尔说，"我们就找点什么来生把火吧。"

"在这片雪地山中，哪儿有东西可烧的？"穆拉迪不以为然地摇着脑袋说。

"屋子里既然垒了炉灶，外边就一定有东西可以生火的。"少校说道。

"麦克那布斯说得有道理，"格里那凡爵士说，"你们收拾一下，准备做饭，我去找柴去。"

"我和威尔逊陪您去。"巴加内尔说。

"我也陪你们去吧？"小罗伯特爬起来问道。

"你别去了，你要好好歇着，我的孩子，"格里那凡爵士回答他道，"别人在你这么大的时候，还是个孩子，可你已经是个小大人了！"

格里那凡、巴加内尔、威尔逊走出卡苏栅。当时已是傍晚六点钟了。虽然没有起风，但那寒气却冷得刺骨。天空已经变暗，夕阳只剩下一抹余晖在拂过高山乱峰。巴加内尔看了一下气压表，水银柱指出的是零下四度九十五分。这说明他们现在所处的位置是一万一千七百英尺高空。这儿比勃朗峰只低九百一十米了。假如这座山峦也像瑞士的山峰一样有诸多困难，那么，一刮起飓风或旋风来，那谁也别想翻过这新大陆的屋脊了。

格里那凡爵士和巴加内尔走到一处云斑石高岗，放眼四下望去。他们正处于高低岩那一带层峦叠嶂的最高峰上，视线可达四十平方英里。东边，山坡在逐次低下去，不算太陡峭，可以走下来，培翁们滑着下去，可以一滑数百托瓦兹。远处是乱石堆，排成一条条的行列，系冰山滑落时冲出来的。科罗拉多河流域一带已经隐入随着夕阳落下而渐起的夜幕之中；地面陡峭起伏，犬牙交错，也在逐渐隐没。整个安第斯山脉的东部，都在渐渐地黯黑下去。西边，那些支撑着嶙嶙尖峰的山腰上的弓形石壁依然有阳光的余晖抹在上面。眼望着沐浴在光波下的岩石和冰山，让人眼花缭乱。北边，一连串的峰峦，影影绰绰地起伏不定，宛如用颤抖着的手握着笔画出来的一条模模糊糊的波浪线。南边，情况却正好相反，景象瑰丽辉煌，越近黄昏日暮，却越发灿烂。放眼向着荒凉的脱尔比多河谷望去，便可看到安杜谷火山，大张着嘴的火山口，就在离那儿只有两英里的地方。那火山怒吼着，俨如一只硕大无朋的怪兽，宛如《圣经》中所描述的长鲸[1] 在喷射出炽热的浓烟和奔流不息的褐色火焰。周边的峰峦仿佛着了火一般。白热的石雹、暗红色的烟云、似火箭般的熔岩，交织混杂在一起，恍若巨大的万花筒。

巴加内尔和格里那凡眼望着这天火与地火交织在一起的壮丽一幕，如痴如醉，这两个临时充当砍柴人的旅行者一时间变成了艺术观赏家了。不过，威尔逊却对此了无兴趣，他一个劲儿地在催促着该去砍柴了。此处并无树木可砍来当柴烧，幸好，有一种干枯的苔藓趴结于岩石上，于是，他们便动手弄下来不少。另外，还有一种名为"拉勒苔"的植物，其根可以生火，他们也拔

1　见《约伯记》中的描述。一译"鳄鱼"。

了不少。他们把这些宝贵的燃料带回小屋后，立即放入炉灶，堆在一块儿。但是，这火却老也生不着，生着了也烧不了一会儿。原因在于空气稀薄，氧气不足，至少少校是这么一个看法。

"不过，烧水倒是容易，"少校补充道，"水的沸点到不了一百度。喜欢沸水冲咖啡的人也只好将就一点了，因为在这么高的高度下，水不到九十摄氏度就沸腾了[1]。"

麦克那布斯说得完全正确。当水刚开始沸腾时，用温度计插入一试，显然不是九十摄氏度，只有八十七摄氏度。大家喝了几口热咖啡，感觉爽极了。至于干肉，似乎少了点，不够分配。这时，巴加内尔便突发奇想。

"对了，我想起来了，"巴加内尔说道，"骆马肉烤着吃味道蛮不错的！有人说骆马肉赛过牛羊肉，我倒很想试试此话是否当真。"

"怎么！"少校反诘他道，"这样的晚餐您还不满足呀，我的巴加内尔大学者！"

"满足得很，我的好少校。不过，我得说句心里话，再有一盘野味的话，我会更开心的。"

"您可真会享受！"麦克那布斯说。

"您这么说我，我并不生气，少校，不过，您呢？您自己又如何呀？您嘴上说得很好听，心里未必不想来块肉嚼嚼吧？"

"也许吧。"少校回答道。

"假如有人邀请您去打猎，您是否不畏严寒，不怕夜黑，有兴趣去呀？"

1　每距海平面324米，沸点约低1摄氏度。——作者注

120

"当然有兴趣，您如果真的有此想法的话……"

大家尚未对他的赞同态度表示感谢，也未来得及劝阻他，就已经听见远处传来一片吼声。那片吼声延续得很久，不是一只两只野兽发出的，而是一群野兽在吼叫，在向他们奔来。难道上苍赐予他们一间避寒小屋之后，还要赐给他们一顿丰盛的晚餐不成？地理学家心里这么想。但格里那凡爵士却给他泼了一瓢凉水，说这高低岩的如此高处是绝不会再有野兽出没的。

"没有野兽出没，那这吼声是怎么来的呀？"奥斯丁说，"那声音不是越来越近吗？"

"会不会是雪崩呀？"穆拉迪问。

"这不可能！这明明是野兽的吼叫声。"巴加内尔反驳道。

"我们还是去看看吧。"格里那凡爵士说道。

"那还是以猎人的身份去看的好。"少校说着便拿起了他的马枪来。

众人钻出小屋。夜幕已经降临，屋外一片阴森瘆人。天空中倒是满天的星斗。下弦月尚未露面。北边和东边的山峰都隐没在夜色之中，只能影影绰绰地看到最高的那几座巉岩的侧影，好似幽灵一般。吼叫声看来像是受到惊吓的野兽的嚎叫声，而且声音越来越大，是从高低岩的那片黑暗中传过来的。究竟出了什么事呀？……说时迟，那时快，突然间，一团大东西似排山倒海似的崩塌下来，但那并不是雪崩，而是一群受惊的野兽。仿佛整个山体都在震颤。那涌了出来的野兽足有数十万只，尽管空气稀薄，但那奔突之声、咆哮之声仍然震破耳鼓。这是大草原上的野兽，抑或是山中的骆马和没角羚？这阵野兽卷起的狂风正好从他们头顶上方几英尺高的地方一卷而过。格里那凡、麦克那布斯、小罗伯特、奥斯丁和两个水手连忙趴倒在地。巴加内尔是夜视眼，他立在那儿，想看个究竟，但却被那"狂风"吹得趴在了地上。

这时候，少校在黑暗之中突然开了一枪。他觉着有一只野兽在离他没几步远的地方掉了下来，而整个兽群则以锐不可当的势头奔腾而去，响声更大，最后消失在火山映照的那一带山坡上。

"啊！找到了！"只听见有个声音在喊，那是巴加内尔的喊叫声。

"找到什么了？"格里那凡爵士问道。

"找到我的眼镜了！在这么一阵慌乱中，只掉了一副眼镜，够便宜我的了！"

"您该没有伤着哪儿吧？……"

"没有，只不过是被踩了几脚。不知是被什么踩的。"

"就是这个家伙踩的。"少校拖着被他打死的那只野兽回答道。

众人连忙回到小屋里，借着炉火的光亮细细地观察麦克那布斯那一枪所得到的收获物。

那是一只很漂亮的野兽，像一只无峰骆驼：头细小，身子扁瘦，腿细长，毛细软，呈咖啡色，腹下有白色斑点。巴加内尔一看便立即叫嚷道："是原驼[1]！"

"什么叫原驼？"格里那凡爵士问道。

"就是可食的野兽。"巴加内尔回答道。

"能吃？"

"味道好极了，是美味佳肴。我早就说了嘛，今晚大有口

1　系驼马之一种。某些动物学家认为骆驼就是由它进化而来，故称"原驼"。

福！这是多好的肉呀！谁来剥皮呀？"

"让我来。"威尔逊自告奋勇。

"好呀，您来剥，我来烤。"巴加内尔赞同道。

"您还会做菜呀，巴加内尔先生？"小罗伯特问道。

"我是法国人，还能不会烧菜吗，我的孩子？法国人生来就是个好厨师！"

五分钟后，巴加内尔已经把大块的原驼肉放在"拉勒苔"根烧成的炭火上烤起来。不一会儿，小屋里肉香四溢。过了十分钟，巴加内尔便把他的"原驼肋条肉"烤得又香又嫩，分给大家吃。众人接过来之后，也没怎么客套，便大口大口地嚼了起来。

可是，大家刚刚吃了一口，便都哇的一声，苦着脸吐了出来，弄得巴加内尔好生惊讶。

"真难吃！"这个说。

"不能吃！"那个喊。

可怜的地理学家尽管心里很不高兴，但也不得不承认那肉实在是难吃，即使饿得要死也难以下咽。于是，众人便取笑他的厨艺、他的美味佳肴。他知道大家在奚落他。他左思右想，到底是怎么回事呀？明明是无人不知无人不晓的真正好吃的原驼肉，怎么到了他的手里就出了怪味了呢？他突然像是顿有所悟似的大声嚷道："我想起来了！我想起来了！我知道是什么缘故了！"

"是不是烤过头了呀！"麦克那布斯仍然平静地说。

"不是烤过头了，爱挑刺儿的少校，是跑过头了！我怎么搞的，怎么把这个茬儿给忘了呢？"

"什么叫'跑过头了'，巴加内尔先生？"奥斯丁问道。

"什么叫'跑过头了'？就是说，原驼在歇息的时候打死才好吃；要是跑得太久太累，肉就没法吃了。我可以根据它的肉味判断出它跑了有多远，我敢说，那群原驼肯定是跑了不少的路，从很远的地方跑经这儿的。"

"真的如此？"格里那凡爵士问道。

"绝对没错。"

"那么，是出了什么事，或者出现了什么状况把这些动物给吓成这副模样，使之从本该安稳地睡在窝里的地方逃出来的呢？"

"亲爱的爵士，关于这个问题我可无法回答，"巴加内尔说道，"如果您相信我，您就去睡觉吧，别再刨根问底了。我都困得要命了。我们睡吧，少校？"

"那就睡吧，巴加内尔。"

话已至此，大家便裹上篷罩，加了把火，躺下睡去。不一会儿，大大小小的鼾声相互呼应起来。地理学家发出的是男低音，与众人的各种鼾声融汇在了一起。

可是，格里那凡爵士却睡不着。他心中忐忑不安，脑子里总在想着那群动物为什么总朝着一个方向逃跑，为什么它们是那样惊恐害怕。那些原驼数量众多，不可能是被什么猛兽驱赶跑的呀？在这么高的山上，猛兽本来就不多，猎人则更少。那么，是什么样的恐怖让它们如此害怕，非要逃往安杜谷的深坑中去？恐怖的原因到底是什么呀？格里那凡爵士有一种不祥的预感，担心很快会有灾难降临。

不过，这么思来想去，使他已处于半睡眠状态了，他的想法也开始有了点转变，希望多了，忧虑少了。他想象着明天一行人就将到达安第斯山下的大平原了。他想象着在那儿开始进行探访调查，也许离成功已经不太远了。他想象着格兰特船长及其两名水手已经摆脱了奴隶的苦难生活，回到他们中间。他脑海里就这么闪现着这些希望的光芒，可是，炭火的噼啪声、冒出的火花、红红的火焰、火光映照下的同伴们的面庞及墙上忽闪忽闪的影子，总在不断地干扰着他的思绪。接着，灾难降临的预感又纠缠住了他，并且比先前更加缠绕着不放。他模模糊糊地听着屋外的声响，那声响在这寂静的高山上是缘何而起的呢？真的是想不明白！

有时候，他仿佛听到一种带有威胁性的声响从远处隆隆地传来，恍若雷鸣。这种声响只有在山腰距山顶几千尺以下起了暴风雨时才会产生的。格里那凡爵士一心想要证实自己的判断，便索性走出了小屋。

这时候，月亮正在升起。空气静谧清新。山上山下不见云彩。安杜谷火山有活动的火光在闪现，稀稀拉拉的。未见风雨，未见闪电。天上，群星闪烁。然而，隆隆的响声始终在持续着，仿佛越发临近，在安第斯山里奔驰而来。格里那凡爵士又走回到小屋里，心里更加乱糟糟的，他老在纳闷儿：这地底下的隆隆声响是否与那群原驼的奔逃有关？他看了看表：凌晨两点。他没有去惊醒自己的同伴们，因为他并没能确定马上就会有危险发生。他脑子里懵懵懂懂的，这种状态一直持续了好几个钟头。

突然间，猛烈的哗啦啦的巨响把他惊醒过来。那声响震耳欲聋，如同千万辆炮车在坚实的地面上隆隆驶过一般。他忽然觉得脚下的地面在陷落，小屋在摇晃、断裂。

"快跑啊！"他大声呼喊道。

他的同伴们也被震醒了，东倒西歪，左滚右跌地摔成了一团，滚到一个陡坡上。天空放亮，眼前一片骇人的景象。山峦的面貌大变：无数圆锥形山顶被拦腰斩断，尖尖的山峰摇摆着陷落下去，不见了踪影，好像山脚下的地面忽然张开了大口似的。整个的一座大山宽有数里地，在移动，在向平原方向滑过去[1]。

"地震了！"巴加内尔嚷叫道。

他没有说错，确实是地震。智利边境地区常发生这类灾难；正是在这一地区，可比亚波城曾两度被毁，圣地亚哥城十四年中被震毁过四次。这一带地方的地壳经常被地下的烈火燃烧，这个晚期出现的山脉所有的火山无法尽释地下的能量，因此常有地震发生。

我们的七位远行者拼命地用手紧抓苔藓，攀住平顶山头的边沿。他们头晕目眩，茫然不知所措。只见那座大山头像是快速滑车似的在下滑。他们叫不出声来，一动也不敢动，既无处可逃，也无法止住身子随着山体的滑落。再说，即使喊救命，也没人听得见，更没人来搭救你。那山在没有阻遏地向下滑去，忽而颠簸起来，前后左右地颠动着，犹如汪洋中的一条船。试想，一个几亿吨的物体在以五十度角的斜度向下滑去，而且在不断地加速，可真的是锐不可当啊！

没人知晓这难以描述的滑落究竟延续了多长时间，也不知道究竟会落进哪个深渊里去。他们七人是否仍在山的那个原来的地方？是不是都还活着？是不是有谁已经落入旁边的深坑里去了？凡此种种，无人可以作答。他们全都被这滑落的速度，被这彻骨的严寒弄得了无生气，如同死人一般，只是求生的本能在让他们

1　1820年，勃朗峰也曾发生过类似的情况，造成了巨大的灾难，有三名当地的向导丧生。——作者注

不知不觉地紧紧扒住岩石。

突然间，猛烈的一声撞击，把他们甩出了这列快速滑车。他们被扔向前方，在山脚下的最后几层山坡上一个劲儿地滚动着。平顶大山停止了滑行。

都好几分钟了，没一个人能动弹一下。最后，终于有一个人尽管头昏眼花，晕头转向，身子站不直，但毕竟是爬了起来，那就是麦克那布斯少校。他拂去了眯眼的灰尘，四下里望了望，见自己的伙伴们全都躺在一个小山窝窝里，堆积在了一起，仿佛落入碗底里的一个个弹子似的。

少校数了一下人数：除了一个人而外，全都躺在了那儿。少的那个人是罗伯特·格兰特。

第十四章

天助的一枪

　　安第斯山脉东麓全都是一些长长的山坡，全都延伸到平原上，突然中止，而山体也突然在平原边上停止了下滑。这里草丰林茂，大片大片的苹果树上挂满了黄色的苹果，金光闪烁，仿佛法国富饶的诺曼底被截下来一块，抛到了这个地区。旅行者们突然之间由荒凉地带进入了绿野，由雪峰落到了草地，由寒冬进入炎夏，若是在平常的日子里，他们一定会感到惊喜万分的。

　　这时候，大地停止了震颤，复归宁静。地下蓄积的能量肯定是转移到其他地方去散发、去破坏了，因为在安第斯山脉中，震颤时有发生，随处可见。而旅行者们这次所遭遇的地震的确是太猛烈了，整个这一带的山体形状都改变了模样。抬眼望去，蓝天下显露的全是一些全新的山峦峰嶂，连熟知草原的向导们想要寻找原先的路径标志都是不可能的。

　　晴朗的一天开始了。太阳从大西洋冉冉升起，阳光洒满了阿根廷大平原，进而洒向太平洋的波涛涌浪之中。现在是早晨八点。

　　在少校的逐一救护之下，格里那凡爵士及其伙伴们渐渐地恢复了知觉。他们也只是因震动而昏厥，并无大的损伤，所以很快地苏醒过来。他们总算是从那硕大的高低岩"爬"过来了，一直"爬"到山脚下。如果不是少了年幼的罗伯特·格兰特，大家一定会非常兴奋，竟然借助自然神力，不用脚走就能翻过这高山峻岭。

罗伯特可是个勇敢的孩子，人见人爱，尤其是巴加内尔，总也离不开他，而少校虽说有点孤僻，但也挺喜欢这个勇敢少年，至于格里那凡爵士，他就更是把这孩子当成了心肝宝贝。得知小罗伯特不知去向，格里那凡爵士这一惊可非同小可，心想这可怜的孩子一定是掉到哪个深坑里去了，正在向他平时称之为"第二慈父"的他呼救哩。

"朋友们，我的朋友们，"爵士泪如泉涌，声音哽咽地说，"咱们快去找他！一定要把他找回来！不能撇下他！要把所有的山头、所有的深坑、所有的悬岩仔细搜索一遍！如果把他给弄丢了，我们有何脸面去见他父亲呀！为了援救格兰特船长，却牺牲了他的儿子，这怎么可以呢！"

伙伴们只是听着他在说，却不应声。他们感觉得到格里那凡爵士在看着他们，想从他们的目光中看到一线希望，他们只好把头低了下去。

"你们都怎么了？说话呀！"格里那凡爵士又说，"你们听见我说的了吗？怎么全都一声不吭呀？你们是不是认为一点希望都没有了？真的就一点希望也没有了？"

仍旧是一片沉默。最后，还是麦克那布斯先开了口，问道："朋友们，你们有谁知道小罗伯特是在什么时候不见的吗？

对此，无一人作答。

"至少，"麦克那布斯少校又说道，"你们总能告诉我那高低岩往下崩塌时，那孩子在谁的身边吧？"

"在我身边。"威尔逊回答道。

"那么，直到什么时候为止您还一直觉得他还在您的身边呢？您好好想想，您说说看。"

"我只记得，我们随着山体崩塌一起下滑，最后才猛地一撞，在这儿一撞之前不到两分钟时，罗伯特·格兰特当时还在我的身边，两手还紧抓住苔藓哩。"

"不到两分钟的时候！可是，威尔逊呀，您得弄清楚了，当时每分每秒都出奇得长呀！您该没有记错吧？"

"我想不会记错吧？……没错……就是不到两分钟！"

"很好，"麦克那布斯少校说，"他当时是在您的左边还是右边呀？"

"在我左边。我记得他的篷罩还拍击着我的脸来着。"

"那您呢？您是在我们的……"

"也是左边。"

"这么说，小罗伯特应该是在这一边失踪的，"麦克那布斯一边说，一边脸冲着山，指着右边。"我敢断定，就那孩子失踪的时间来看，他应该是掉落在离地面两英里以内的这一部分山地里。若要去找，就该往那儿去找，分片分头去找，在那一带准能找到他的。"

少校这么一说，众人二话没说，立刻便往高低岩山坡上爬去，分别在不同高度的地方开始寻找。他们在崩塌的路线右边仔仔细细地搜寻着，不放过任何一处，连小小的石孔也不漏掉。他们慢慢地往下寻去，顾不得自身安危。衣服刮破了，手脚划破了，没有一个人皱一下眉头，没有一个人想要歇息片刻。但是，寻来觅去，总不见孩子的踪影。他想必是已经死了，而且被乱石给填埋了。

到了午后一点钟时，格里那凡爵士及其五个同伴已经累得实在迈不动步了，只好回到原来的山谷里。格里那凡爵士伤心至极，只是一个劲儿地哀叹着说："我不离开这儿！我不离开这儿！"

大家知道他受到了刺激，所以没有作声，对他表示理解和遵从。

"那我们就再等等看吧，"巴加内尔对少校和奥斯丁说道，"先休息一下，恢复一下体力。不管是继续寻找还是继续赶路，都必须先休息一下。"

"对，"少校应声道，"既然爱德华这么坚持，那我们就先别走了。他仍旧怀着希望，可是希望十分渺茫。"

"唉！"奥斯丁叹了口气。

"可怜的小罗伯特呀！"巴加内尔擦着眼泪说。

山谷里树木很多。少校选中了一丛高大的树木，在树丛下搭起了临时帐篷。他们所剩下的只是几块盖布、全部武器、一点点干肉和干粮。不远处有条小河，可以取水，但因山崩之故，河水发浑。穆拉迪在草地上把火生上，很快便烧好了水，给主人送去了一杯冒着热气的水，让他喝上几口定定神。但是，他的主人却不肯喝，只是愁眉紧锁，躺在篷罩上。

这一天就这么过去了。与昨天夜晚一样，今夜仍然平静而安宁。同伴们都躺下歇息了，格里那凡爵士却又爬上了高低岩的山坡。他屏声敛息，侧耳细听，希望能有呼救声传到耳鼓中来。他独自往前摸索，爬了很高走了很远，不时地用耳朵贴着地面认真地听着，并且失望地呼唤着。

可怜的爵士在山里这么盼望了一夜，同伴们因为不放心，有时巴加内尔跟着他，有时少校尾随着他，生怕他这么乱走，一不小心摔下深谷中去。这么不辞劳苦地苦苦寻找着，却一无所获，他的呼唤声只是引起了"罗伯特！罗伯特！"的回声在空谷中回荡而已。

天亮了，众人都跑到山岭上去找寻爵士，生拉硬拽地把他弄了回来。看他的那副神情，没人敢提一个"走"字，但是，干粮告罄。在前方不远处应该可以遇到骡夫提及的阿根廷向导以及过草原的必需的快马。往回走则不可能，因为来路比去路更加难行。再说，与邓肯号约定好了要在大西洋岸集合的。为了整体的利益，绝不可以再这么拖延下去了。

少校想把爵士从悲痛之中拉出来。他一个劲儿地劝说着，但对方只是摇头叹息，不予理睬，只是偶尔会蹦出几个字来。

"走？"他说。

"对，走。"

"再等一小时。"

"好吧，就再等一小时吧。"

但过了一小时了，格里那凡爵士又说再等一小时。就这样，等呀等的，一直拖延到了晌午时分。这时候，少校按照众人一致的意见告诉爵士说，不能再延宕了，非走不可，大家的性命全都系于爵士一身。

"好！好！"爵士回答道，"那就走吧，那就走吧。"

可是，他嘴里虽这么说，腿却没有挪步，眼睛从少校身上转到天空中的一个黑点上。突然，他猛地一举手，指着天空，像中

这时，兀鹰已经飞到一排高耸的山峰背后去了。过了一秒钟（比一百年都长的一秒钟），它又飞了回来，带着重物，慢慢往上飞去。众人不禁惊呼起来，因为它的爪子里抓着一具尸体；那尸体悬吊着，晃动着，那正是罗伯特·格兰特呀！

风了似的定在那儿不动了。

"那儿！那儿！"他说道，"快看！你们看！"

大家顺着他手指的方向朝天上望去。这时候，那黑点在逐渐变大，原来是一只鸟在天空中翱翔。

"是只兀鹰。"巴加内尔说道。

"对，是只兀鹰，"格里那凡爵士应声道，"看呀，它飞过来了！它飞下来了！等一等！"

格里那凡爵士在想些什么呀？他是不是脑子糊涂了？巴加内尔说得对，那的确是只兀鹰，现在看得更加真切。这种大鸟是安第斯南部的山中之王，过去曾被当地的酋长们奉若神明。这种鸟个头儿大，气力惊人，能够抓住一头牛，扔进山谷之中。它们常常袭击平原上的羊、马、小牛，一把就把猎物抓起，飞上高空。在两万英尺高空盘旋对它来说算不了什么，可那么高，人非但不能，甚至连看都看不见它。但它却目光锐利，能够辨别清楚地上最微小的东西，让人惊奇其视力之好。

这只兀鹰是不是看见了什么？看见了一个尸体？是看见小罗伯特的尸体了？那大鸟越来越近，有时盘旋，有时突然降落。不一会儿，它便在离地面两百米高处绕着圈子盘旋，这时，大家看得更加清楚了。它展翅的宽度十五英尺多，矫健的双翼浮在空气上，一动不动，一副凛然而悠闲的架势，不像小飞虫那样，不老是鼓翅飞动，就会掉落下来。

少校与威尔逊已经抄起各自的马枪。但格里那凡爵士举手制止住了他们。兀鹰在离他们不到四分之一英里处绕着山腰上一个无法攀缘的平台盘旋着，速度之快，令人目眩。它突然张开铁爪，继而又立刻攥紧，软骨的冠子在摆动着。

"就在那儿！那儿！"爵士叫嚷道。

然后，他脑子一转，又惊叫一声："要是小罗伯特仍旧活着呢？这兀鹰会……开枪！朋友们，快开枪！"

这时，兀鹰已经飞到一排高耸的山峰背后去了。过了一秒钟（比一百年都长的一秒钟），它又飞了回来，带着重物，慢慢往上飞去。众人不禁惊呼起来，因为它的爪子里抓着一具尸体；那尸体悬吊着，晃动着，那正是罗伯特·格兰特呀！那只兀鹰抓着小罗伯特的衣服摆来晃去地飞到离帐篷不足一百五十英尺的上空；它也看见了下面的旅行者们，便振着双翼，搏击着狂风，想带着猎获物遁去。

"啊！"格里那凡爵士大叫道，"宁可让罗伯特的尸体摔毁在岩石上，也不能让那兀鹰……"

他话还没说完，威尔逊便已抄起了枪，准备举枪瞄准，但他的双臂却颤抖不已，枪拿不稳，而且眼睛也模模糊糊的。

"让我来！"少校说。

少校神清气定，身子纹丝不动地瞄准那只兀鹰，此时，兀鹰已飞到离他有三百英尺远了。

少校尚未扣动扳机，山谷里却突然传出了一声枪响，只见一道白烟从两座雪花岩之间冒出来，兀鹰奋拉着脑袋，打着转地在坠落，双翼张开似降落伞一般。其猎获物仍被它紧紧地抓着，轻飘飘地落到离河岸边只有十来步远的地方。

"快过去！快过去！"格里那凡爵士嚷叫道。

大家也不问这一枪源自何处何人，只顾急匆匆地向着河边跑去。

待他们跑到河边时，兀鹰已经死了。小罗伯特的尸体被它的大翼遮护着。格里那凡爵士扑到孩子的身上，把他从鹰爪下拉出来，放在草地上，耳朵贴到他的胸口上去听。

格里那凡爵士听见了声响，那简直是仙声妙乐，令他好不兴奋！他大声呼喊道："还活着！还活着！"

小罗伯特的衣服很快便被扒掉了，大家往他脸上在泼水。他动弹了一下，睁开了眼睛，看了看，开口说道："啊！是您呀，爵士……我的父亲！"

格里那凡爵士一阵心酸、激动，连话都说不出来了。他跪了下去，守着孩子哭泣起来。这可真是一个奇迹呀，他竟然得救了！

第十五章

巴加内尔的西班牙语

逃出了兀鹰恶喙的小罗伯特被大家热烈地吻个不停，像是要把他吞下肚去似的。大家紧紧地搂抱住他那衰弱的身子。他尽管很疲乏，但却喜不自胜。

孩子终于得救，此时此刻，大家才想到救命恩人究竟是谁。当然，是少校想起来的。他一个劲儿地东张西望，以目搜寻，终于在离河边五十步远处，看见一个高大的身躯立在高岗上，岿然不动。此人脚边放着一支长枪，肩膀宽厚，长发用皮绳扎着，身高在六英尺以上。脸庞呈古铜色，眼睛和嘴之间抹着红颜色，下眼皮处涂了黑色，额头上则涂抹上白色。他是当地的土著人，模仿边境地区巴塔哥尼亚人的装束，身披一件漂亮的大氅，上面绣有阿拉伯式红色花纹，系原驼颈皮和腿皮缝制而成，细茸毛外翻。大氅里边穿着一件紧身狐皮袄，前襟往下呈尖形。腰带上悬着一只小袋子，装着涂抹面庞的颜料。足蹬牛皮制皮靴，用皮带交叉在小腿上。

脸上涂抹得五颜六色的这个巴塔哥尼亚人，看上去威武雄壮，而且透着一股机警聪颖劲儿。他威武不屈地站在那儿等待着，俨如一尊威武的神像雕塑。

少校赶忙让格里那凡爵士看，爵士连忙向那人跑了过去，那人也向前走了两步，迎上前来。格里那凡爵士双手紧紧地攥住对方的一只手，目光中、笑容里以及整个面部表情都满含着感激之情，那土著人一看也心里明白，不会产生任何误解的。他微微地点了点头，说了几句，但少校和爵士都没听懂。

那土著人仔细地打量过两个外国人之后，便改用另一种语言在说，但是，与刚才一样，对方依然是听不懂。不过，他话中的几个词却引起了格里那凡爵士的注意。爵士能听懂点西班牙语的单词，所以猜想到这土著人是在说西班牙语。

"您说的是西班牙语吗？"格里那凡爵士问道。

那土著人点了点头，点头这动作基本上各个民族的人都是明白其含义的。

"好极了，"少校说，"该我们的朋友巴加内尔施展其本领了。幸亏他想到要学西班牙语！"

他亮起嗓门儿在喊巴加内尔。巴加内尔赶紧跑了过来，以法国人所特有的高雅风度向那巴塔哥尼亚人打招呼，只不过这种法兰西风度对方未必能够领会得出。巴加内尔听说要让自己与对方用西班牙语对话，劲头儿便上来了，说道："没有问题。"

于是，为了咬字清楚，他便一个字一个字地大声喊了出来："您——真是——好人——呀！"

对方只是在听，没有回答。

"他听不懂。"巴加内尔说。

"是不是您的语音语调不对呀？"少校在提醒他。

"可能是，这该死的语音语调可把我给害苦了！"

于是，他重说了一遍那句恭维话，但仍然没能奏效。

"我再换一句话吧，"巴加内尔咬住每个音节，一字一顿地说了下面这句话，"毫无——疑问——您是——巴塔哥尼亚人！"

那人仍旧没有反应。

"请——您——回答——我！"巴加内尔又加了一句。

同样是不见回答。

"您——听得懂——我说的吗？"巴加内尔真的着急了。

那印第安人明显是听不懂，他用西班牙语说了一个字："不！"

这下子，巴加内尔就很不耐烦了，把眼镜往额头上一推，说道："他说的那种语言我一个字也不懂，一定是阿罗加尼亚语。"

"不会吧，"格里那凡爵士说，"他刚才可是用西班牙语回答的呀。"

说着，他便面对着那个巴塔哥尼亚人用西班牙语问道："西班牙语？"

"是！是！"土著人回答道。

巴加内尔给惊呆了。少校和爵士互相对视了一下。

"哎呀！我博学的朋友，"少校嘴上泛着微笑说，"您真是粗心得到家了，这次又犯这种粗心的毛病了吧？"

巴加内尔刚回过神来，只是有所怀疑地嗯了一声。

"很明显，这个巴塔哥尼亚人说的就是西班牙语……"

"他说的是西班牙语？"

"那还有错呀。您是不是学了另一种语言，还以为是……"

少校没有说完，巴加内尔便耸了耸肩，没好气地顶了他一句："您太过分了，少校！"

"否则您为何听不懂呀？"少校并不退让地反驳他道。

"那是因为他讲得很不地道！"巴加内尔越说越气。

"是不是因为您听不懂，才说人家讲得不地道？"少校不动声色地步步紧逼。

"麦克那布斯，"格里那凡爵士开始打圆场了，"您这么说有失公允。我们的朋友巴加内尔就是再粗心，也不至于弄错了一国语言学起来嘛。"

"如果不是这样的话，我倒想要请教您，我亲爱的爱德华……或者我干脆就请教您，我的好巴加内尔，请您说说看，您与这个土著人怎么就无法交谈呢？"

"这不用解释，"巴加内尔回答道，"是因为我成天照着西班牙语的书本学的缘故！这您该满意了吧，少校？"

他边说边在口袋里摸来摸去，摸了有好几分钟，终于摸出一本很破旧的书来，信心十足地递给少校。

少校接过来一看，不禁问道："这是本什么书呀？"

"卢夏歌[1]！"巴加内尔回答道，"是一本壮丽的史诗，是……"

"卢夏歌！"爵士大声说道。

"是的，朋友，是大诗人喀孟斯[2]的卢夏歌。绝对没错！"

"喀孟斯，"格里那凡爵士重复了一遍这个名字，"啊！我倒霉的朋友，喀孟斯可是葡萄牙诗人呀！您是苦学了六个星期的葡萄牙文了！

"喀孟斯！卢夏歌！葡萄牙文！……"巴加内尔惊愕得说

---

1 歌颂葡萄牙航海家的探险经历的史诗。

2 喀孟斯（1525—1580）：葡萄牙大诗人。

不下去了，大眼镜下的那两只眼睛在发花，耳朵里传来一阵哄笑，因为同伴们全都在那儿，围在他的身边。

那个巴塔哥尼亚人看着这一切，觉得莫名其妙，不能理解发生了什么事了，只好耐着性子等待着。

"啊！我真的是傻瓜一个！简直是个疯子！"巴加内尔终于说话了，"怎么搞的啊？怎么会闹出这种笑话来呢？这搞的什么呀？怎么会干出这种蠢事来呀？这简直就像是在说巴别塔[1]的故事了！啊，朋友们呀，朋友们！我要去印度，却跑到了智利！我要学西班牙语，却偏偏学了葡萄牙语！这真叫见鬼了哪！要是照这么下去，总有一天，我想往窗外扔个烟头，会把自己给扔了出去的！"

大家听他这么说，又见他那副尴尬的神情，都忍俊不禁，首先，他自己就带头大笑了起来。

"笑吧，朋友们，"他说，"尽情地笑！我自己都觉得自己很可笑。"

他边说边哈哈大笑着，一个学者还从未这么大笑过。

"笑倒是可以，但我们就没有翻译了。"少校说道。

"哦，您先别着急，"巴加内尔回答道，"西班牙语与葡萄牙语非常相似，所以我才被弄糊涂了，我稍微改正一下，就能弄懂西班牙语了。这个可敬的巴塔哥尼亚人的西班牙语说得很好，我保证过一会儿我就可以用西班牙语向他致谢。"

巴加内尔没有吹牛，不一会儿，他就能与那土著人交流几句，他得知那人名叫塔卡夫，这个名字在阿罗加尼亚语中意为

---

1 巴别塔：据《圣经》故事说，诺亚的子孙们想要建造一座通天塔，上帝大怒，为了惩罚他们，使他们说各种语言，使人类相互之间无法相互交流沟通，让塔建不起来。

"神枪手"。

塔卡夫显然是因善射而得此美名的。

但是，令格里那凡爵士更为高兴的是，他获知对方是专以向导为业，而且是专门替在草原上旅行的旅行者充当向导。这真是天缘巧合，天赐良机，看来，此行必然成功，格兰特船长的获救应当不成问题了。这时，众人与那巴塔哥尼亚人一起回到小罗伯特的身边。小罗伯特向那土著人伸出双臂，后者没有说话，只是用手抚额。他检查了一下小罗伯特的身子，捏了捏他疼痛的胳膊腿，然后，微笑着跑到河边，揪了几把野芹菜，替他全身擦了一遍。他的动作细致，小罗伯特经他这么一按摩，便觉得渐渐地有了气力。再休息上几个小时，他肯定会完全恢复过来的。

因此，大家决定当夜仍待在临时帐篷里。只是食物与交通工具的问题却亟待解决，因为他们的干粮业已告罄，骡子也没有了。幸亏有塔卡夫这位草原好向导在，可以为一行人提供所需的一切。他主动表示，要带格里那凡爵士到离此不足四英里地的一处印第安人集市去，那儿可以弄到旅行所需要的一切东西。他的提议是用西班牙语加手势连说带比画地表达出来的，巴加内尔终于能听明白了。格里那凡爵士和他博学的朋友立刻接受了塔卡夫的建议，告别了其他同伴，与那位巴塔哥尼亚人沿着河边向上游走去。

他俩迈着大步才能勉强地跟得上塔卡夫，就这么紧赶慢赶地走了有半个小时。安第斯山这一带地区，土质肥美，风景宜人。一片一片肥美的草场紧紧相连，足以供给数十万只牛羊的食料。此外，池塘遍布，沟渠纵横，黑头天鹅在水中嬉戏。不计其数的鸵鸟在藤蔓中腾跃。这儿的鸟类品种繁多，喧闹声不绝于耳。

有一种斑鸠，名为"依萨卡"，羽呈浅灰色，带有白色条纹，十分惹人喜爱，与一群群黄莺在一起，点缀在枝头，仿佛一朵朵盛开的鲜花。野鸽成群结队地飞过天空。无数的麻雀，扑扇着小翅膀，你追我赶，叽叽喳喳，好不热闹。

巴加内尔一路走一路欣赏着，不住地赞美着。对此，那巴塔哥尼亚人颇为惊奇，在他看来，鸟在天上飞，天鹅在水中游，草原上青草依依，这不是极其自然的吗，有什么好大惊小怪的呀！巴加内尔心情舒畅，走起路来脚步轻快，并不觉得累，不一会儿，就看到印第安人的帐篷出现在眼前了。

集市设在两山包围着的一个葫芦谷的深处。在树枝搭成的棚子下面住着三十多个印第安人，他们以游牧为生，放养着一大群奶牛、羊和马。

这些印第安人是阿罗加尼亚人、白环什人和奥卡人的混血后代，皮肤棕黑，身体敦实，低额头，高额骨，薄嘴唇，圆脸庞，神色冷漠，但却有着一种女人气。格里那凡爵士对他们并不感兴趣，他所关心的是他们手中的牲畜。

经塔卡夫的交涉，生意很快就谈成了。格里那凡爵士买了七匹阿根廷矮马，鞍辔齐配，还买了一百来斤的干肉和一些大米，以及几只盛水用的皮桶。印第安人本想让格里那凡爵士用葡萄酒或朗姆酒交换，但买家没有，所以只好收下他二十两黄金——他们是了解黄金的价值的。格里那凡爵士本想再买一匹马供那巴塔哥尼亚人骑，但后者表示不必多此一举。

办完事后，格里那凡爵士与巴加内尔与称为"供货商"的人告别，不到半个钟头，便回到临时帐篷外。他们一回来，大家便欢呼起来。格里那凡爵士很清楚，大家更多的是在欢呼他给他们带回了粮食和马匹。每个人都先饱饱地吃了一顿。小罗伯特也多少吃了一点，他的体力基本上已经恢复了。

这一天剩下的时间，大家都在休息，东拉西扯，什么事什么人都谈到了，包括亲爱的海伦夫人、玛丽小姐、约翰·孟格尔及其船员，还谈到哈利·格兰特，觉得他离这儿大概不会太远了。

而巴加内尔则没有参与大家的谈话，只是与那巴塔哥尼亚人寸步不离。他高兴极了，竟然碰上了一个真正的巴塔哥尼亚人！与此人相比，自己简直成了一个侏儒了。他觉得，塔卡夫可与古罗马皇帝马克西姆和学者伯罗克所见到的那个刚果黑人相媲美了，因为他俩身高都可达八英尺！他不停地用西班牙语同那个庄重的塔卡夫交谈，后者竟能耐住性子听他那不熟练的西班牙语。巴加内尔这是在抓住一切机会学习西班牙语啊，可这一次不是在跟书本学。他练得真起劲儿、真认真！

"如果今后有人说我的西班牙语语音语调不标准的话，那就不能责怪我了，"他老对少校这么自我辩解道，"谁叫我遇到的是一个巴塔哥尼亚老师呀！"

第十六章

科罗拉多河

　　第二天，10月22日上午八点，塔卡夫领着大家上路了。阿根廷地处南纬二十二度与四十二度之间，由东向西倾斜，一行人的行经路线正是由西向东，沿着斜坡向海边走去。

　　昨日，当巴塔哥尼亚人说他不需要马时，格里那凡爵士还以为他是要徒步而行，凭他的身材与体力，他完全可以徒步追上他们的，但是，爵士发现自己想错了。

　　临出发时，塔卡夫忽然一个长长的呼哨，一匹高大的阿根廷骏马听见主人呼唤，立刻从树林子里奔驰而来。这马毛色棕红，一看便知它是一匹宝马良驹。它脖颈细长，肩胛高耸，腿弯宽大，鼻孔大张，眼睛闪亮，可以说具备了一切矫健勇武的条件。少校是马的行家，对眼前的这匹马赞叹连声，认为它与英国的"猎马"不相上下。这马名叫"桃迦"，在巴塔哥尼亚语中就是"飞鸟"的意思，真是名副其实。

　　塔卡夫纵身上马，马立刻腾跃起来。这个巴塔哥尼亚人是个好骑手，骑在马上，英姿飒爽，威风凛凛，一身的巴塔哥尼亚骑手的装备。首先是阿根廷草原上打猎时所常用的猎具："跑拉"

和"拉索"。"跑拉"是用皮条连起来的三个球,挂在鞍前。印第安人可在百步之外扔出它去,打击追踪的野兽或敌人,而且百发百中。而"拉索"则相反,是用手挥动的武器,从不脱手。"拉索"是一条绳,是用两根皮条编起来的,末端是个活结,串在铁环上。需用时,右手扔出活结,左手攥住绳子,绳子的这一端是牢系在马鞍上的。除了这两种可怕的武器而外,他还斜背着一支马枪。

塔卡夫的那副英姿勃发、威武刚毅的神态,令众人赞叹不已,但他本人却并不以此为傲,只顾奔到一行人的头里去。全体出发之后,他或奔驰或徐步,从不碎步小跑,仿佛阿根廷马根本不懂得中速行进似的。小罗伯特沉着大胆,很像个地道的骑手,格里那凡爵士很快也就放心了。

从高低岩下来,草原平川便开始了。它可分为三个地带:第一个地带从安第斯山起始,一直延伸出去两百五十英里,满是不很高大的树木和灌木丛;第二个地带宽约四百五十英里,满地茂密的青草,一直似草地毯似的铺到离布宜诺斯艾利斯一百八十英里处;然后便是第三地带,长满了大片大片的紫苜蓿和白术。

刚一出了高低岩山区,爵士一行便碰上了许多的沙丘。当地人称沙丘为"迷魂路",它们如同波浪一般,每遇一点点风,沙子便如轻烟一般飞起,或随风飞舞,或形成烟柱盘旋空中。这景象令人既喜且忧,喜的是这沙子烟柱在平原上空飘摇不定,忽聚忽散,分分合合,高高低低,起起落落,乱纷纷,无法形容,让人看了觉得十分有趣,但是,这景象又颇让人担忧,因为沙子极细,眼睛闭得再紧,它也会钻到眼睛里去的。

这一天,北风骤紧,扬了大半天的沙。尽管沙尘满天,一行人仍然马不停蹄，疾速而行，将近傍晚六时，高低岩已被甩下四十英里远了，只剩下一片阴影，消失在暮霭之中。

此刻，大家感到有点鞍马劳顿，很高兴看到歇下来过夜时间的到来。他们在内乌康河边"安营扎寨"，内乌康河水流湍急，河水浑浊不清，在赤色的悬崖中流淌着。该河又叫"拉密河"或"考莫河"，发源于连印第安人也不知其所在位置的许多湖泊。

一宿无话，翌日继续进发。道路平坦，行进顺利。只是将近晌午时分，原来舒适的天气开始热起来。时近傍晚，西南方天空中出现一抹彤云，预示着要变天了。塔卡夫懂天文识地理，他说要变天是不会有错的。他指着西边一带天空让地理学家巴加内尔看。

"嗯，我明白了，"巴加内尔回答了塔卡夫之后，又转而告诉自己的同伴们说，"天气要变，我们要遭遇'奔北落'了。"

他知道大家并不知道何为"奔北落"，便立即解释说，那是阿根廷这一带平原上常见的西南风，特别干燥。果不其然，当晚，"奔北落"便呼啸而起，可苦坏了这些只有一层篷罩裹身的远行者了。马全都在地上躺下了，人便卧倒在马的身旁，紧紧地贴着。格里那凡爵士好不心焦，担心风暴不息，行程必然受阻，延宕了时间，但巴加内尔看了一下气压表，让他放宽心，风暴很快会过去的。

"没多大问题，"巴加内尔说道，"通常，气温下降的话，'奔北落'肯定会连刮三天，带来整整三日的暴风雨。按目前水银柱的显示，顶多刮几个小时的狂风就没事了。您就放心吧，天一亮，便会像往常一样，晴空万里。"

"您说得有根有据，与书本一样，巴加内尔。"格里那凡爵士说。

"我就是个活书本，"巴加内尔回答道，"您尽管翻看我这本活书本好了。"

巴加内尔果然说得不错。凌晨一点，风骤然止息，众人安然入睡。翌日，人人容光焕发，精神抖擞，尤其是巴加内尔，又伸胳膊又踢腿，还捏住手指关节，嘎巴嘎巴地响，好不快活。

这是10月20日的早晨，是从塔尔卡瓦诺出发后的第十日。此处距离科罗拉多河和三十七度线交叉点尚有九十三英里，还得走上三天。一路上，格里那凡爵士专注于发现是否有土著人向他们走来，以便打听有关格兰特船长的下落。巴加内尔此刻已能同那巴塔戈巴亚人用西班牙语对话了，相互间加深了了解，若要向土著人打听消息，可通过塔卡夫来传译。可是，他们行经的路线并非印第安人通常所走的路线，草原上由阿根廷共和国到高低岩山区的大路都在他们所走的路的北面，因此很难碰上游牧的印第安人和在酋长治下定居的印第安人。偶尔也会看见远处有骑马游牧者出现，但一发现他们，也便迅速地逃离开去，不愿意与生人有所接触。再说，他们一行八人，让草原上任何一个独来独往的人见了都觉得疑惑：强徒见了他们全副武装，不敢造次，逃之夭夭；一般行人见了他们在荒野之中游荡，会误以为是强盗。因此，他们无论是想与强盗或好人交谈，都是不可能的事。显然这给打听消息带来了不利，但这荒凉路径也给信件的解释带来了一个意想不到的证明。

他们行经的路线，有几次，小路是横穿草原的，其中有一条非常重要，是由卡门通往门多萨的；沿途满是牲畜的残骸，被秃鹫啄得一干二净，又经风蚀，白花花的。这些骸骨成千上万，肯定也有人的骸骨混于其间。

直到此时，塔卡夫看他们总在沿着直线走，并未提出任何异议。他很清楚，老这么走下去，总也见不到什么城镇、村落或阿根廷垦殖区的，因为这条直线与草原上的任何一条路都互不衔接。他是一名向导，而这行人非但不由他来引路，却在引导着他，令他颇为惊讶。但是，惊讶归惊讶，他毕竟是个印第安人，始终固守着自己的矜持态度，一直未发一言。这一天，来到这条路与直线的交叉点时，塔卡夫终于憋不住，勒住马缰，停了下来，对巴加内尔说道："这是通往卡门的路。"

"不。"巴加内尔回答他道。

"我们是往……"

"一直往东。"

"往东可没什么地方去呀！"

"那谁知道？"

于是，塔卡夫便不再吭声了，他望着巴加内尔，一脸的惊讶，但他又觉得巴加内尔不像是在开玩笑。印第安人一向正儿八经，他也永远想象不出别人会随便开句玩笑。

"你们不是要去卡门吗？"塔卡夫沉默了一会儿又问道。

"不是的。"巴加内尔回答道。

"也不是去门多萨？"

"对。"

这时，格里那凡爵士走上前来，问巴加内尔，塔卡夫在说什么，为什么停下不走了。

"他问我，我们是去卡门还是去门多萨，我说都不是，他非常惊讶。"

“确实，我们走这条路是让他很惊讶。”格里那凡爵士说。

“我也这么认为，这么走下去，的确是走不到任何地方的。”

“那么，巴加内尔，您能否把我们此行的目的向他解释一番？您能否跟他说说我们一直往东的目的何在？”

“这挺难的，”巴加内尔回答道，“印第安人不懂什么经纬度，而且，即使把我们发现信件的经过情况告诉他，他也会觉得那纯粹是在编故事。”

“我倒想请教您一句，”少校也跟着插上一句，“是这故事本身让他无法理解呢，还是说的人说不清楚他才不懂的呢？”

“唉！麦克那布斯呀，”巴加内尔回答少校说，“你仍旧在怀疑我的西班牙语会话的水平呀！”

“既然您的西班牙语没有问题，那您就解释给他听听试试吧，我可敬的朋友。”

“那就试试看吧。”

巴加内尔回到塔卡夫身旁，尽力地把这段奇事的来龙去脉原原本本地讲给他听。有时因找不到恰当的词，有时因翻不出某些细节，以致在讲述时，总是磕磕巴巴，总是卡壳儿，实在说不出来时，只好连说带比画的，最后，竟然在地上画出一张大地图来，说哪儿是纬度，哪儿是经度，怎么经纬度交叉。又指出哪儿是太平洋，哪儿是大西洋，哪儿是卡门那条路，他们此刻还在哪里等。塔卡夫始终态度安然地看着巴加内尔又说又画又比画的，根本不管他听不听得懂。巴加内尔讲了有半个多钟头，然后，停了下来，用手擦拭着满头大汗，眼睛看着那位巴塔哥尼亚人。

“他听明白了吗？”格里那凡爵士问。

"先等等看吧，"巴加内尔回答道，"他要是再不懂，我也就没辙了。"

塔卡夫一动不动，一声不吭，眼睛始终没有离开那张逐渐被风吹平的沙土地图。

"怎么样？"巴加内尔问塔卡夫。

塔卡夫似乎没有听见他的问话。巴加内尔看见少校的嘴不屑地撇了撇。巴加内尔心有不甘，还要努力地向塔卡夫解说一番，可后者却用手止住了他。

"你们是在找一个俘虏？"塔卡夫问道。

"是呀。"巴加内尔连忙回答道。

"就是在太阳落山到太阳出山的这条路上吗？"塔卡夫以印第安人惯常的说法指明这条由西往东的路线又问道。

"是呀，是呀，没错！"

"是上帝把那个俘虏的秘密交给了大海的波涛了？"

"是的，是上帝亲自交付的。"

"让上帝的意旨得以实现吧，"塔卡夫严肃地说道，"我们一直往东走，必要的话，一直走到太阳脚下。"

巴加内尔见自己的学生终于听明白了，非常得意，喜不自胜，立即把印第安人所说的翻译给同伴们听。

"真是个聪明的民族啊！"巴加内尔补充道，"要是在我们国家，我若跟二十个农民讲这些，必定有十九个是对牛弹琴。"

格里那凡爵士随即让巴加内尔问问那印第安人，他可曾听说有外国人落入草原地区的印第安人手中。

巴加内尔便把他的问题翻译给巴塔哥尼亚人听，然后静等他的回答。

“好像听说过。”巴塔哥尼亚人回答道。

他的这句话一经翻译，众人立即围住了巴塔哥尼亚人，以目询问，等他回答。

巴加内尔激动不已，几乎说不出话来。他就此问题，继续追问巴塔哥尼亚人，眼睛死死地盯着他，恨不得把他的答话生挖出来。

那巴塔哥尼亚人每说出一个西班牙语词，他便立即译成英文词，使同伴们听着就像是塔卡夫在直接用英语讲述似的。

“这俘虏是个什么样的人呀？”巴加内尔问道。

“是个外国人，”塔卡夫回答，“是个欧洲人。”

“您见过他吗？”

“没见过，是印第安人闲聊时说到过他。他是条硬汉子！有一颗老牯牛的心！”

“有一颗老牯牛的心！”巴加内尔惊叹道，“啊！巴塔哥尼亚语真棒！你们懂吗，朋友们！意思是说‘一个勇敢之人’！”

“那就是我的父亲呀！”罗伯特·格兰特嚷叫道。

然后，小罗伯特转向巴加内尔问道：“‘那就是我的父亲呀’西班牙语怎么说？”

“艾斯——米奥——巴特勒。”

小罗伯特立即抓住塔卡夫的手说：“艾斯——米奥——巴特勒。”

“苏奥——巴特勒（他的父亲！）”塔卡夫激动地应答道，双目闪闪发光。

他一把搂住小罗伯特，把他从马上抱了下来，既好奇又同情地看着他。塔卡夫那聪明的面庞上流露出一种平静的激动。

但巴加内尔的问题尚未问完。他继续在问塔卡夫：那俘虏当时在什么地方？他当时在干什么？塔卡夫是什么时候听人提起他的？凡此种种，一下子全映在了他的脑海里。

他的问题全都迅速地得到了回答，他得知那个欧洲人当时是在某个印第安人部落里做奴隶，而这个部落是科罗拉多河和内格罗河之间的一个游牧部落。

"那么，现在那欧洲人在什么地方呀？"巴加内尔又问。

"在卡夫古拉酋长家里。"塔卡夫回答。

"就在这条直线上吗？"

"是的。"

"酋长是个什么样的人？"

"是印第安·包于什族的首领，是双舌双心人。"

"此话怎讲？是不是说他言而无信，反复无常？我们有希望把我们的朋友搭救出来吗？"巴加内尔把自己的问话也翻译给了朋友们听。

"也许有希望，如果他们在印第安人的手里的话。"

"您何时听说的？"

"那是很久以前的事了。在我听说这事之后，太阳已经又给这个草原带来了两个夏天了！"

格里那凡爵士心里很高兴。这个回答与信件上的日期相吻合。但是，还有一个问题得弄清楚，于是，巴加内尔又用西班牙语问道："您提到一个俘虏，是不是同时有三个人呀！"

"这我就不怎么清楚了。"塔卡夫回答。

"那俘虏现在的情况您一点也不清楚？"

"不清楚。"

问题全都问完了。也许三个俘虏全分开了。不过，这个巴塔哥尼亚人所提供的情况足以证实一点：印第安人过去曾经常谈起一个落入他们手中的欧洲人。他被俘的日期及地点，甚至表明他勇敢的那句巴塔哥尼亚语，都明显地显示那个欧洲人就是哈利·格兰特船长。第二天，10 月 25 日，一行人怀着新的希望踏上了往东的征程。那一带平原十分荒凉，单调乏味，当地土语称之为"特拉维西亚"，也就是"无穷无尽的空旷之地"的意思。没有草的土地被风吹刮得光秃秃的，只有几条干沟和几处池沼。只有稀稀拉拉的一些矮树丛点缀其间，而且彼此之间相距甚远。偶尔可见几棵决明子树，结着荚，荚里长有一种带点甜味的果肉，清凉爽口。此外，还有一些笃褥香树、沙纳尔树、野金雀花树，以及各种矮小荆棘。连荆棘都长不高，可见土地贫瘠到何种程度了。

26 日，为了赶到科罗拉多河畔宿夜，一行人快马加鞭，奔驰不停，劳顿至极。但是，他们终于在当天晚上便抵达西经六十九度四十五分的地方，抵达了草原上那条美丽的大河了。这条河在印第安人语汇中称之为"高比勒比"，亦即"大河"的意思。此河流程很长，最终流入大西洋。在接近大西洋的那一段，非常奇怪，河水水量反而愈来愈少，原因至今未能查明，也许是河水被松软的土质河床吸收了去，也许被逐渐蒸发掉了。

一到河边，巴内加尔便急不可待地跳进被红壤染红的河里去，洗了个澡。让他惊讶的是，河水非常深。这是初夏时节太阳把积雪融化所导致的。另外，这条河河面非常宽，马匹无法跨过河去。幸好，在上游几百托瓦兹处，有一座木栅桥，桥板用皮条捆扎住悬吊于河上。爵士一行人牵着马由桥上过去，抵达左岸，宿营过夜。

巴加内尔临睡之前，想把科罗拉多河仔细地测量一番，再认真细致地记在他的那张地图上。他已经放过了雅鲁藏布江，所以这一次，一定不能放过科罗拉多河，必须把它认认真真地测量准确。

27日和28日两天，一路上没有什么事情可以讲述。眼见尽是贫瘠与单调。景色很少变化，地形也无起伏，只是土壤却变得很潮湿。一行人必须越过许多的"喀那大"（水渍洼地）和"厄斯特罗"（满是水草，一年到头都不干涸的沼泽）。28日晚，他们到达一座大湖，在湖畔歇息。此湖名为"兰昆湖"，印第安语的意思是"苦涩湖"，湖水含有浓烈的矿泉味，很难闻。1862年，阿根廷军队曾在此野蛮残酷地大肆屠杀土著人。格里那凡爵士一行人躺下睡去，只是有许多猴子和野狗捣乱，否则大家会睡个好觉的。因为它们总在一个劲儿地吵闹不休，仿佛在演奏一种天然的交响曲，以示对来客们的欢迎，只可惜欧洲人的耳朵对于这种未来派音乐的韵味实在是极不习惯。

第十七章

南美大草原

阿根廷的潘帕斯大草原位于南纬三十四度与四十度之间。"潘帕斯"在阿罗加尼亚语中即为"草原"之意，这一带以大草原命名，可以说是完全恰如其分，名副其实。西部的木本含羞草类和东部的各种茂密的草，给这一地区以一种特殊的面貌。在这片广袤的区域，各种草本植物都植根于浅红色或黄色泥土上面一层厚厚的浮土之中。地质学家们如果前来考察这第三纪地层，肯定会大有收获，因为这儿有着大量的洪水前期的兽骨化石，按印第安人的说法，那是现已绝种的大犰狳的残骸。在大草原的茫茫野草和沙土底下，埋藏着这个地区的整个原始时代的历史。

南美洲的潘帕斯大草原与北美的大湖区及西伯利亚的"荒原"近似，其严寒与酷热均超过布宜诺斯艾利斯，因为此处地处内陆的缘故。巴加内尔认为，海岛上，夏季的热量被海洋所吸收，到冬天又慢慢地释放出来，所以冬夏两季温差变化不大，不像内陆地区那样，夏季炎热，冬季严寒[1]，因此，潘帕斯草原的气

---

1 海岛的冬天要比意大利伦巴第地区的冬天气候温和得多。——作者注

候就不如受到大西洋影响的东海岸一带的气候那么温和。这里的气候说变就变，忽而酷热，忽而寒冷，寒暑表的水银柱总在不停地快速上下移动着。秋季，也就是四五月份，雨水又多又急，但是到了十月前后，气候就变得异常干燥，气温极高。

格里那凡爵士一行，晓行夜宿。每天早晨，他们划定好路线之后，便立即上路。灌木丛生，野草漫漫，地上没有沙丘，马儿可以放开脚步，大踏步前进。沙丘没了，风刮不起沙来，行人不会被迷了眼睛，骑马远行，松快多了。这儿生长着一种特殊的草，名为"帕佳布拉法草"，遍地皆是，印第安人途中遇雨，可在这种草下避雨。走一段之后，还会遇到一片潮湿洼地，只是这种洼地现在已经愈见稀少了。洼地中有柳树生长，还生长着一种名为"阿根廷蒲苇"的植物，专门长在淡水附近。马儿一到这种地方，便痛快地大喝一番，不仅是为解一时之渴，也是因为前方水少，很难再有机会畅饮。塔卡夫走在队伍前头，边走边以木棍打击草丛。这丛莽之中，生活着一种剧毒的蛇，学名为"虺蛇"，当地人称之为"韶力拿"，牛若给咬了，不用一小时便会一命呜呼。塔卡夫这么做就是为了驱赶毒蛇。他的那匹桃迦马在丛莽中腾跃着，以助主人一臂之力，为后面的马儿开辟路径。

总的来说，在这种平坦的草原上奔驰还是非常迅速、非常顺利的，因为一路平坦，一溜平川，方圆一百英里之内，连一块石头、一粒石子也找不着。不过，这儿毕竟也单调得出奇，景色从无变化，一天跑下来，见不到什么风光景致、自然奇观。只有巴加内尔对此处倒像颇有兴趣似的，他以其地理学家的敏感和专业知识作为后盾，一路之上，总会发现点让他感兴趣的东西。哪怕是一棵树、一根草，他也能滔滔不绝地说上老半天。不过，小罗伯特却是他的忠实听众，很爱听他这么不停地讲述。

10 月 29 日，午后两点，单调的旅途上遇到了一点情况。他们发现了一大片白骨，堆积在那儿，白花花的一片。那是无数头牛的骸骨，它们是堆积在一起的，而不是排成一条弯弯曲曲的线，以表明它们是因精疲力竭而沿途倒毙的。谁也弄不明白，连巴加内尔也搞不清楚，为什么这么多的骸骨会堆积在一起，堆积在这么狭小的一个空间里。于是，他们便向塔卡夫讨教，后者轻快地给予了解答。

听了塔卡夫的解释，巴加内尔连呼"这不可能"，而那巴塔哥尼亚人则只是点头，表示事实确实如此，弄得大家一头雾水。

"到底是怎么回事呀？"大家急着问道。

"是天火烧死的。"巴加内尔回答道。

"什么？雷击能造成这么大的灾难？"奥斯丁不解地惊呼道，"能把五百来头牛一下子击毙在一起？"

"塔卡夫就是这么说的，塔卡夫说的是不会有错的。我相信他所说的，因为潘帕斯草原的雷电威力巨大。但愿我们可别遇上！"

"这儿真热呀。"威尔逊说。

"是呀，"巴加内尔回答道，"温度表放在阴凉处也有三十摄氏度。"

"我倒觉得这是意料之中的事，"格里那凡爵士说道，"只不过热气直往身上钻，有点受不了，但愿别再这么继续热下去。"

"唉！一时半会儿，别指望天气有所变化！"巴加内尔说道，"你们看，天边连一块云彩都没有！"

"真糟糕，马儿都热得有点受不了了，"格里那凡爵士又说道，"你怎么样呀，我的孩子？"他转而又问小罗伯特。

"我没事，爵士，"小罗伯特回答道，"我不怕热，我喜欢热点儿。"

"尤其是冬天里热点好。"少校纠正他道，一边向空中喷出一口雪茄烟。

夜晚，一行人在一个废弃了的栏舍中歇息。这栏舍是用树枝柳条编好的，四壁抹上泥，顶上铺着茅草，实为一个草棚，与一个用破木棍围起来的院子连在一起。这个破院子是可以保证马匹过夜，不致受到群狐袭击。马儿本来是并不惧怕狐狸的，可是狡猾的狐狸专门咬拴马的缰绳，绳子一断，马就逃走了。

在栏舍不远处有一土坑，坑里尚留有余烬，显然以前有人在此埋锅做饭。栏舍中有凳子一个、破牛皮床一张、铁锅一口、铁通条一根、煮麻茶的壶一把。麻茶乃南美人喜爱饮用的饮料，是印第安人的茶。那是一种用水冲泡晒干的叶子，用麦秸管吸饮的饮料，与美洲人喝其他饮料一样。在巴加内尔的要求之下，塔卡夫为大家泡了几杯麻茶。大家边吃干粮，边喝麻茶觉得很带劲儿，不住地称赞此茶味道醇美。

第二天，10月30日，热雾腾腾，太阳缓缓地升了起来，烤灼得大家十分难受。这一天一定是热浪滚滚，可大草原上又无阴凉可寻。但大家并不畏惧，依然鼓足勇气，向东而去。他们多次遇到大群大群的牧群，盛暑酷热之下，牛羊们懒洋洋地躺在地上连草都懒得去吃。放牧者连个人影儿也不见。只有狗儿在守护着这大群的牛羊，它们渴时以羊奶解渴。好在这儿的牛很驯服，不像欧洲的牛，一见红色便惊惧狂躁起来。

"它们不怕红色，想必是吃了法兰西共和国的草[1]了！"巴加内尔风趣地说。

晌午时分，草原上的景物发生了点变化，因为大家的眼睛已经看厌了单调乏味的东西，所以稍微有点变化，便立即引起了注意。禾本草类开始变得越来越少了，而牛蒡子则越来越多，还有驴子特别喜食的九英尺高的大白术。有许多的沙纳尔树和其他一些墨绿色多刺的小树稀稀拉拉地生长着。在这之前，草原上的黏土墒情甚好，牧草得到滋润，丰厚密实，犹如地毯一般。现在，原先的精美"地毯"开始变成旧地毯了，有些地方在大块大块地掉毛，露出麻织底儿——贫瘠土来。这是土地越来越干燥所造成的。前面的旅途之艰辛已经表露出来。塔卡夫也在提醒大家注意。

"这种变化无伤大雅，老是看草，把我的头都看大了。"奥斯丁在说。

"这倒也是。不过，有草看就表示有水喝呀。"少校说道。

"水？水不用愁的，路上总会碰上条小河什么的。"威尔逊说。

这番对话巴加内尔没有听到，否则他就会告诉大家，在科罗拉多河与阿根廷省的那些山峦之间，河流极其稀少。此刻，巴加内尔正在同格里那凡爵士交谈，他正在向爵士解释一种奇特的现象。

原来，他们感觉到空气中弥漫着一股烟味，可远近都没见到有一星半点的火，也没有见到冒烟。那这股烟味是从何而来的呢？不一会儿，这股烟味就愈加浓烈了，除了巴加内尔和塔卡夫

---

1 当时法国正处于拿破仑三世的第二帝国时期，统治者最害怕社会革命，一提红色便谈"红"色变。

而外，大家都非常惊诧。

地理学家巴加内尔似乎对任何问题都胸有成竹，只听他解释道："我们看不见火却闻到了烟味，按理论，'无火不生烟'，无论是在欧洲还是在美洲，都是这个理儿。所以说，一定在什么地方有火。只是潘帕斯草原很平坦，气流通畅无阻，即使在七十五英里之外烧草，也能闻到烟味的。"

"七十五英里之外？"少校表示怀疑地说。

"当然是七十五英里之外，"巴加内尔言之凿凿地说，"不过，我得补充一句，这火是大片地烧起来的，往往烧的范围会逐渐地扩大。"

"那是谁在草原上放火呀？"小罗伯特问道。

"有时可能是因雷电所致，有时可能是草晒干了，印第安人放火烧的。"

"放火烧它干吗？"

"他们认为——但我不知道他们的这种'认为'有多大根据——放火一烧，潘帕斯草原的草就会越发茂盛。如果真的是这样的话，那就是说，他们这是在用草灰肥田。可我却更倾向于认为，他们是在烧草灭虫。草原上有一种寄生虫，名为'鲁虱'，对牲畜危害极大。放把火，可以烧死千千万万只'鲁虱'。"

"可是，这么一来，城门失火，会殃及池鱼的，牲畜不也要跟着送命吗？"少校问道。

"那当然啰。不过，这儿牛羊极多，烧死一些也无伤大雅。"

"我担心的倒不是牛羊，"麦克那布斯又说道，"而是从潘帕斯草原穿过的旅行者。突然遭到大火包围，他们如何是好？"

"您怎么还怕这个！"巴加内尔惊讶地说，"要是真的遇上这种情况，那可是难得的好景象，颇值得观赏一番的。"

"我们的这个学者呀，研究起学问来，连死都不怕。"格里那凡爵士说。

"哦，我亲爱的爵士，我可没有那么傻。我读过库柏[1]的游记。皮袜子[2]告诉我们说：野火烧起来的时候，把自己周围的草拔光，弄出一块直径有几托瓦兹的空地来，就可以避开火势了。这办法简单可行。所以我并不担心大火烧过来，我反而希望能看到一场大火。"

巴加内尔希望观赏到的一场漫天大火并未到来。如果说他此时此刻已经被烧灼得够呛的话，那是因为太阳的强光所致。在这么热的地方，连马也喘息不停。根本就见不到一星半点的阴凉地儿，除非天上飘过一片浮云，遮住了太阳，投下一片阴影。这时候，骑马的人们便快马加鞭地追着这片云影，躲在下面奔驰着。但是，马儿跑不过飞云，不一会儿，太阳又露出了云端，洒下一片"火雨"来。

威尔逊先前还说不愁没水喝，他没想到这一天大家竟然渴得比饥饿还难受。他原以为路上会遇到溪流小河什么的，他也真是想得太美了。沿途不仅没有河水流淌，甚至连印第安人挖掘的池塘也都干涸了。巴加内尔看到干燥的情况越来越严重，便问塔卡夫何处可以找到水源，得赶紧想办法。

"必须走到盐湖才有。"那印第安人回答道。

"什么时候可以到盐湖？"

---

1 库柏（1789—1851）：美国小说家。
2 皮袜子：库柏小说中一人物的绰号。

"明天晚上。"

通常，阿根廷人来到草原，都是临时掘井取水，一般往下掘几托瓦兹便可见到水了。可是，格里那凡爵士一行人没有携带掘井工具，无法取水，只好把所带的那一点点水，定量分配。

大家一口气又走了三十英里地。入夜时分，便歇了下来。大家都想好好地睡上一觉，恢复体力，可是蚊子成群结队地飞来，黑压压地飞了过来。蚊虫成群飞来，表示风向有所改变。果然，风向转了九十度，由西风变成了北风。一般情况下，刮南风或西南风是不会有蚊虫飞过来的。

对这些恼人的事，少校倒还能泰然处之，但巴加内尔就不行了，他开始不耐烦起来。他恼透了那些可恶的蚊子，也恨自己没带药水来擦拭浑身被叮咬的伤痕。尽管少校竭力地在安慰他，但他第二天早晨爬起来时仍然是一脸不高兴。

不过，天一亮，他还是跟着大家上路了，并没让人催促，因为当天必须赶到盐湖。马也累得不行，渴得要命，尽管骑马的人在尽量省点水给它们喝，但也只是杯水车薪。这一天，天气更加干燥，潘帕斯草原的北风与非洲大沙漠的那种令人生畏的热风一样，风起沙扬，如沙尘暴一般。

这一天，旅途上遇上了一个小插曲，打破了沉闷的气氛。走在前面的穆拉迪忽然勒住马，报告说有一些印第安人走了过来。对迎面而来的印第安人，格里那凡爵士与塔卡夫的看法不同，意见相左。爵士想到这些土著人的到来，可以让他从中打听到点有关不列颠尼亚号失事的船员的情况。可塔卡夫却极不愿意在草原上遇上游牧的印第安人，他认为他们多为盗贼，避之为好。在塔卡夫的命令之下，一行人集中在一起，准备好武器，有备无患。

不一会儿，他们便看见一些印第安人迎面而来。人数在十个人左右，塔卡夫一看，心里踏实了。印第安人已经到了离他们一百来步的地方，面庞看得清清楚楚。他们都是土著人，是1835年罗萨斯将军[1]扫荡过的那个地区的部落人。这帮人，额头高高，向前凸起，身材魁梧，皮肤棕黑，具有印第安人的那种健美。他们身披原驼布或臭鼬皮，身上除背着长枪而外，还带着刀子、弹弓、"跑拉"和"拉索"。他们善骑术，姿势优美，英姿勃发。

他们在一百米处停了下来，大呼小叫，指手画脚，像是在商讨着什么。格里那凡爵士迎上前去，但还没走上四米远，那帮土著人便勒转马头，一溜烟地消失得无影无踪。

"熊包！"巴加内尔骂道。

"逃得这么快，绝不是什么好人！"麦克那布斯说。

"这些印第安人是什么种族的？"巴加内尔向塔卡夫问道。

"是一些高卓人[2]。"

"高卓人！"巴加内尔转向他的同伴们说，"原来是一些高卓人呀！我们刚才也太大惊小怪的了。没什么好害怕的！"

"为什么呀？"少校问道。

"因为高卓人都是和善的庄户人。"

"您真的这么认为，巴加内尔？"

"那当然。这几个高卓人把我们当成了盗贼，所以才一溜烟地吓跑了。"

"我倒是认为他们不敢攻击我们。"格里那凡爵士说道，

1　阿根廷独裁者。
2　西班牙人与印第安人的混血种。

他本想不管他们是什么人，也要同他们谈谈，可他们却望风而逃，他感到很是懊恼。

"我也这么认为，"少校说，"如果我没弄错的话，我看高卓人并不是什么和善的庄户人，而是地地道道的盗匪。"

"您怎么能这么说？"巴加内尔反对道。

于是，巴加内尔便开始大谈起种族学的问题来，而且越说越激动，使得少校也按捺不住，不禁与之争论开来。

"我认为，您的说法不对，巴加内尔。"

"不对？"

"就是不对。连塔卡夫都把他们视为盗贼，我觉得塔卡夫这么说是有根据的。"

"塔卡夫这一次可就错了，"巴加内尔反驳道，语气之中不免带着这么点气愤，"高卓人不过是农民、牧民，其他什么都不是，我曾写过一本关于潘帕斯大草原的土著人的小书，颇受欢迎。"

"那您就更是错了，巴加内尔先生。"

"我更是错了，麦克那布斯先生？"

"就算作是您因粗心而导致出错吧，"少校步步紧逼地说，"您的书要是再版的话，一定要更正一下。"

巴加内尔一听对方不仅在批评自己，而且在嘲笑自己，脸色就变了，挂不住了，火气上来，难以抑制。

"您听清楚了，先生，我的书无须更正！"

"还是需要更正的！至少，这一次得更正更正。"麦克那布斯毫不相让，固执地反诘道。

"先生，我看您今天是专门在找碴儿呀。"巴加内尔说道。

"我也觉得今天按捺不住火气！"少校针锋相对地顶撞道。

不难看出，本不是什么大事，可争论已超出了范围，格里那凡爵士觉得应该予以干涉了。

"说实在的，"他说道，"你们两个，一个在故意挖苦，一个也火气太大，我对你们两个都感到惊讶。"

那个巴塔哥尼亚人听不懂他俩在争论些什么，但却看得出来他俩在争吵，于是，他微笑着冷静地说道："都怪北风不好。"

"北风有什么不好？这关北风什么事呀？"巴加内尔大声说道。

"没错，就是北风不好，"格里那凡爵士说，"正是北风惹您上火的！我听说，南美洲的北风最能刺激人们的神经。"

"圣巴特利克¹作证，爱德华，您说得太对了！"少校说着便放声大笑起来。

巴加内尔这一次可真的气坏了，他觉得格里那凡爵士的干预简直是在捣乱，便抓住爵士不依不饶了。

"哼！您这叫什么话呀，爵士？"他不肯善罢甘休地说，"我的神经受到刺激了？"

"是呀，巴加内尔，确实是北风刺激的呀。这种风让人在潘帕斯大草原没少犯罪，正如山外²风在罗马乡间刮起时一样。"

"犯罪！"巴加内尔气呼呼地说，"我像会犯罪的人吗？"

"我并没说您犯罪呀。"

"您干脆就说我想杀害您得了！"

"哈哈！"格里那凡爵士忍不住放声大笑起来，说道，"我

1　圣巴特利克（377—460）：苏格兰人所特别崇拜的基督教圣人。

2　法国人称阿尔卑斯山以东地区为"山外"。

还真怕您把我给杀害了哩！幸好，这北风只刮了一天！"

其他人听了这话，便与爵士一起哈哈大笑起来。

于是，巴加内尔双腿一夹，策马飞奔，跑到前面，独自去冷静一下去了。一刻钟之后，他便把这事一股脑儿地抛得不见了踪影。

晚上八点，塔卡夫指着那些通往盐湖的干沟让大家看，告诉大家盐湖就要到了。又奔驰了一刻钟，众人便翻过盐湖堤岸，下到湖边，但不禁大失所望，只见湖底一片干涸。

第十八章

寻找水源

盐湖乃一连串湖泊溪流的汇聚点。从前，许多人长途跋涉，从布宜诺斯艾利斯前来这里弄盐，因为湖水含有大量的氯化钠。现在，湖水因天气干燥全都蒸发掉了，只剩下盐分凝聚于湖底。那湖已经变成了一面巨大的反光镜。

塔卡夫先前所说的到了盐湖就有水喝了，他是指那许许多多注入盐湖的湖泊溪流，可是，他未曾想到，此刻那些小溪小湖也同盐湖一样，因干燥而蒸发，湖水干涸了。一行人来到这里一看，全都傻了眼。皮桶里仅存的一点水也已变质，不能喝了，一个个更加觉得渴得厉害。饥饿和困乏倒在其次，主要是渴得难以忍受。他们找到了一个被土著人遗弃了的一种名为"鲁卡"的皮帐篷，支在了土坎里，在里面歇下来。他们的坐骑便在湖岸边无可奈何地嚼着带有咸味的枯草和芦苇。

在鲁卡里安顿下来之后，巴加内尔便立即询问塔卡夫有何打算，该怎么做。他俩急促地交谈着；格里那凡爵士在一旁偶尔也能听懂几个单词。塔卡夫一直是镇定自若地说着，而巴加内尔则是指手画脚非常激动地在说。几分钟过后，塔卡夫抱着双臂在寻思。

"他说了些什么？"格里那凡爵士瞅着空当问巴加内尔，"我好像从只言片语中听出他要我们分开来？"

"是的，他要我们一分为二，"巴加内尔回答道，"马已又累又渴，熬不过的人，就沿着三十七度线的这条路一点一点地往前挪，稍微精神一点的马，则往前头去，去探查那条瓜米尼河。这条河是流入圣路加湖的，离此三十一英里。如果河水充足，就在河岸上等着后面的人；如果河水已干涸，就立即返回迎后面的人，别让大家跑冤枉路了。"

"要是真没有水那又怎么办呢？"奥斯丁问道。

"那就只好往南走七十五英里，一直走到文塔拿山脉中起始的几条支脉，那儿河流众多。"

"这建议很正确，"格里那凡爵士说，"就这么办吧。时间紧迫，事不宜迟。我的马还能忍耐，我陪塔卡夫往前赶。"

"啊！爵士，也带上我吧。"小罗伯特嚷着要跟着去，好像这是去玩似的。

"你跟不上我们的，孩子。"

"跟得上的！我的马是匹好马，老要往前蹿。让我去好吗，爵士？……求求您，带上我吧！"

"那就去吧，孩子，"格里那凡爵士答应了，其实他也离不开这孩子了，"我们仨，若再找不到清凉的河水，那就笨到家了。"

"那我呢？"巴加内尔忙问。

"哦，您嘛，我亲爱的巴加内尔，"少校抢着回答道，"您就跟大伙儿一起，留在后备队里吧。您对三十七度线太熟悉了，您知道瓜米尼河，您知晓整个潘帕斯大草原，您不能离开我们。穆拉迪、威尔逊和我追不上塔卡夫，无法与他一起赶到约定的那个地点，我们只好在您的领导之下，满怀信心地、慢慢地往前挪了。"

"那我只好是勉为其难了。"巴加内尔很不高兴当这个头儿。

"不过，您可不能粗心大意呀！"少校接着又说，"可不能把我们领到不该去的地方去啊！比如说，可别把我们领回到太平洋岸边去了。"

"我还真想把您领回到太平洋岸边去呢，您这个讨厌的少校，"巴加内尔笑着说道，"可是，我亲爱的格里那凡呀，您又如何与塔卡夫交流呢？"

"我想，"爵士回答道，"那巴塔哥尼亚人也没什么可以跟我交流的。再说，我也能说几句西班牙语，在紧急的情况下，我还是可以让他明白我的意思的，而且，他也可以让我明白他的意思的。"

"那好，那您就去吧，我可敬的朋友。"巴加内尔说道。

"我们先吃晚饭，"格里那凡爵士说，"要是能睡得着的话，好好地睡一会儿，睡到出发。"

没有水，大家干咽了点干粮，但实在是难以下咽。无奈之下，大家纷纷睡下。巴加内尔在梦境中看到了许多的激流、瀑布、大川、大河、湖泊、溪流，甚至还梦见了一瓶瓶清凉的矿泉水。

第二天，清晨六点，塔卡夫、格里那凡、小罗伯特三人的坐骑已经备好。给马喂了最后的那点水；水已经有味儿了，马儿们只是无可奈何地勉强喝了一些。然后，三人便纵身上马，扬长而去。

"再见！再见啦！"少校、奥斯丁、威尔逊、穆拉迪一起在喊。

"最好是快找到水，别再往回跑。"巴加内尔也在喊。

跑了一程，三人回头望去，已经看不见同伴们了，心中不免升起一丝惆怅。

他们在盐湖区那坚实的陶土地上奔驰着，周围的植被逐渐稀少，偶尔可见一些高约六英尺的干巴巴的灌木丛和印第安人称之为"勾拉马迈尔"的木本含羞草，以及饱含苏打成分、被称作"如木"的丛生灌木。盐滩地随处可见，光洁如镜面，强烈地反射着阳光。这种盐滩地被称作"巴勒罗"，凝结得如同冰面，但有太阳的炽热阳光的照射，没人会误以为是冰面的。不过，这片被晒焦烤干的贫瘠土地与这闪闪发亮的冰湖般的盐滩地却也相映成趣，别有一番趣味。

先前已经说过，如果瓜米尼河也干涸了，那就得往南走七八十英里，到文塔拿山区去，那儿与盐湖这片荒凉区域完全不同。1835年，费兹·罗船长曾指挥着探险船猎犬号前去那儿探查过。那儿，土地肥沃，牧草碧绿柔嫩；在山峦绵延的西北面坡地上，绿草茵茵，如地毯般地一直铺到山脚下树木繁茂的森林里去；那儿还长着一种名为"阿尔加罗波"的决明子树，其果实晒干之后，研磨成粉，可制作面包，为印第安人之最爱；还有一种白颜色的破斧树，枝条长长，袅袅垂下，仿佛欧洲的垂杨柳一般；也有一种红颜色的破斧树，其木质坚硬，从不损坏；还有一种名为"诺杜伯"的树，见火便着，往往会酿成一片森林大火；还有一种名叫"维拉罗"的树，长着层层叠叠的紫色花朵，状若金字塔；再有就是名为"丹波"的树，向空中张开二十多米高的一把"大伞"，是可供成群的牛羊在其下纳凉的。阿根廷人曾数度想要移居这一地区，但终因印第安人的仇视而未能如愿。

这么肥美的地区，自然会引人猜想，此处一定有大河从山中流出，供给充足的水量。这种猜想不无道理，那些大江大河即使在最干旱的年份也不会干涸。不过，若想到达这些大河，必须再往南走上一百三十多英里地。因此，塔卡夫提议先去瓜米尼河找水是正确的，这样，既不必离开原定的路线，又比前往文塔拿山要近许多。

那三匹马跑得十分欢实。这些聪明的马儿想必是知道自己的主人要把它们带往什么地方。尤其是骏马桃迦，更是不知疲劳，奋勇向前，如飞鸟一般，越过干涸的沼泽，跳过"勾拉马迈尔"树丛，高兴地嘶鸣着。格里那凡爵士和小罗伯特的坐骑步伐要沉稳得多，但是，在桃迦的带动之下，跟随其后，也在猛跑。塔卡夫稳坐在马鞍上，沉着镇定，如同桃迦在鼓舞其他两匹马一样，以自己的榜样在鼓励自己的同伴。

巴塔哥尼亚人常要回过头来看看罗伯特·格兰特。

这孩子年纪虽小，但在马上却沉着不乱，腰肢灵活，肩膀微侧，两腿安然下垂，双膝紧贴马鞍，塔卡夫见了，心里十分高兴，不住地夸奖他。的确，罗伯特·格兰特也确实像个一流骑手，值得那印第安人称赞。

"很好，罗伯特，"格里那凡爵士说，"你瞧，塔卡夫那神情，对你有多满意呀！他真的很赞赏你，我的孩子。"

"为什么呀，爵士？"

"因为你骑马骑得真好。"

"啊！我只是放心踏实地在骑而已。"小罗伯特听到赞许，不免羞涩地回答道。

"关键就在于心里平和踏实，罗伯特，"格里那凡爵士说道，"你也别太谦虚了，我敢保证，你将来一定是个马术高手。"

"那好呀，"小罗伯特笑着说道，"我父亲想要把我培养成一名好水手，我当了马术好手的话，见我父亲，我该怎么说呀？"

"当骑术高手并不妨碍你当好水手嘛，好水手也能变成好骑手的。习惯于骑在帆架上干活的人，骑起马来心里很踏实的。至于勒马、转弯、腾跃什么的，还是容易学的。"

"唉！我可怜的父亲，您在哪儿呀？"小罗伯特说，"啊，您救了他，爵士，他将来会多么感激您呀！"

"你很爱你父亲吧，罗伯特？"

"是的，爵士，他对我姐和我都很好。他心里只装着我们姐弟俩！他每次远航归来，总要把他途经地方的纪念品带点回来给我们，而且一进家门便拥抱我们，抚爱我们，亲切地问我们这问我们那。啊！将来您见到他的话，也一定会喜欢上他的。玛丽就很像他。他说起话来温柔亲切，与玛丽一样！一名水手，讲起话来细声细气，挺奇怪的吧？"

"是呀，这真的挺奇怪的，罗伯特。"格里那凡爵士回答道。

"我现在就仿佛觉得他在我的面前似的，"小罗伯特自言自语地说，"亲爱的爸爸！我的好爸爸！小的时候，他总喜欢把我抱在怀里，哄着我入睡，嘴里哼着苏格兰曲子，曲子里唱的都是对我国湖泊的颂扬。我有时还能记得起那种曲调，只是有点模模糊糊的。玛丽也记得的。啊！爵士，我们好爱他呀！唉！年龄越小，就越爱父亲。"

"年龄越大，就越尊敬父亲，我的孩子。"格里那凡爵士听了孩子从小心灵里流露出的这份对父亲的爱之后，感动地说。

他俩在这么交谈时，马儿已经在放缓脚步，徐徐而行。

"我们肯定能找到我父亲，对吧。"小罗伯特沉默片刻之后又问。

"当然，我们肯定能找得到他的，"格里那凡爵士回答道，"塔卡夫为我们提供了很好的线索，我对他非常信任。"

"这个塔卡夫真是个正直的印第安人。"小罗伯特说。

"确实如此。"

"有一点您知道吗，爵士？"

"哪一点？"

"跟您在一起的都是好人！比如海伦夫人、少校、孟格尔船长、巴加内尔以及邓肯号上的全体水手，我都喜欢他们，都是一些既勇敢又热心的人。"

"这我当然知道，孩子。"

"可您是否知道，您是好人中最好的人。"

"哦，这我可就不知道了。"

"那您就必须知道，爵士。"小罗伯特边说边拉起爵士的手来亲吻。

格里那凡爵士轻轻地摇了摇头。谈话没有再继续下去，因为他俩不知不觉之中已经落在后面了，塔卡夫正在向他们招手，催促他们。时间紧迫，还有一些人在后边等着他们归来，所以不能这么拖拖拉拉的了。

于是，三人又挥鞭扬马，奔跑起来，但不一会儿，便发现除了桃迦而外，另两匹马已经气喘吁吁了。中午，得让马匹歇上一小时，它们确实是快累趴下了。大丛的紫苜蓿，晒得干巴巴的，它们不肯吃。

格里那凡爵士感到焦虑起来：天气依然如此干燥，如果再找不到水的话，后果就不堪设想了。塔卡夫也愁眉不展，一言不发，他肯定也在担心，怕找不到水源。

他们又出发了。他们心一横，又举鞭又用马刺，无奈地逼迫马匹上路，不过，只是让马儿徐缓行进，没让它们快跑。

按理说，塔卡夫完全可以跑到头里去的，因为他的桃迦仍然精力旺盛，不消几个小时就能把他送到有水的地方的，但是，他却没有这么做，也不敢这么做，不能把两个同伴扔在这荒野无水之地。因此，他总在勒住马缰绳，不让桃迦跑快。

桃迦精力旺盛，老让它慢步缓行它受不了，只见它一个劲儿地挣扎、腾跃、嘶鸣，很不耐烦。主人无奈，只好既用力勒住缰绳，又好言抚慰着它。是的，塔卡夫确实老是在与桃迦嘀咕，尽管它没回答，但看来它似乎能够明白自己主人的意思，塔卡夫想必是对桃迦讲了不少的道理，与它"商量"了半天，最后，桃迦被说服了，步子放缓，但仍不时地咬着嚼铁，很不耐烦。

如果说桃迦了解主人，主人也同样了解它。聪明的桃迦嗅觉极其灵敏，它已经感觉到空气中的湿气了。它正疯狂地猛嗅着那湿气，舌头吧唧得直响，仿佛伸在泉水中一般。塔卡夫明白，离水不远了！

于是，塔卡夫便把桃迦急躁的缘由讲给同伴们听，鼓励他们；与此同时，另两匹马很快也明白桃迦是怎么回事了，于是便又鼓足了劲头，紧跟在塔卡夫的马后面奔跑起来。将近午后三点时，只见一条白茫茫的水线，在烈日下闪亮着。

"水！"格里那凡爵士大声喊道。

"水！水！水！"小罗伯特跟着叫道。

他们没有扬鞭催马，可三匹马如同离弦之箭一般，冲了过去。几分钟工夫，便跑到瓜米尼河岸边，连鞍带人，一下子便冲入河中直没到胸脯上面。主人们也当然被水浸着，衣物全都湿了，但却高兴异常。

"啊！真美啊！"小罗伯特一边欢叫一边猛喝河水。

"喝慢点呀，我的孩子！"格里那凡爵士在告诫孩子，但自己却也像他一样猛喝个不停。

这时候，只听见一片咕噜咕噜的喝水声。

塔卡夫也在喝水，但并不像他俩那么急不可待的样子。他慢条斯理地一口一口地小口喝着，但并不间断，好像要把河水喝干似的。

"这下可好了，"格里那凡爵士说道，"我们的朋友们不会失望了。他们一到瓜米尼河就有水喝了。这水真是又多又清，但愿塔卡夫可别自个儿独自把河水喝干了啊！"

"我们是不是去迎迎他们呀？"小罗伯特问道，"这样，他们就可以少焦急几个小时了。"

"你说得对，我的孩子。可是，这水没法带呀！皮桶都在威尔逊的手里呀。还是别迎过去，就在这儿等吧。按路途来算，根据他们的马徐缓前进的速度，他们今天夜里就可以赶到了。我们先替他们准备好歇脚处，替他们先准备好晚饭。"

塔卡夫没等爵士吩咐，便去寻找宿营地点去了。他在河岸边很幸运地找到了一个"拉马塔"。这是一种三面有围墙围着的小院子，是为关住牛马牲畜用的。在这种拉马塔里歇息过夜毫无问题，只是得露宿，好在塔卡夫的同伴们对住宿并不挑剔。所以，他们也就没再去寻找别的宿营地，就在拉马塔里把湿透了的衣服晾在太阳地里晒了起来。

"住处有了，现在该解决晚饭的问题了，"格里那凡爵士说道，"不能让我们后面的同伴们到了之后，没有饭吃。我想咱们先去打打猎看。你觉得怎样呀，罗伯特？"

"没问题，我跟您去。"孩子很干脆地回答道，立刻去抄家伙。

瓜米尼河两岸仿佛是附近各种飞禽走兽的汇聚点，所以格里那凡爵士才想到了打猎。这儿有各种鸟儿成群成群地在飞翔：潘帕斯草原特有的红鸫鸹，这儿称作"啼纳木"；一种名为"得洛得洛"的雕鸠；还有黑鸫鸹，以及许许多多的黄秧鸡和绿松鸡。而兽类都出没于深草和树丛中，只要往前走不远，就进入世界上最富饶的狩猎区了。

他们嫌飞禽不解馋，所以决定先打野兽。只听见砰砰地响了数枪，划破了草原上那静止的空气。霎时间，成百只孢子和原驼便从山上蹿了出来，如同那天夜里在山间向他们冲过来的阵势一样。这种动物奔跑速度太快，枪没法瞄准。无奈之下，只好退而求其次，打点飞禽，做点佳肴。很快，他们便打落了十来只红鸫鸹和黄秧鸡。格里那凡爵士身手不凡，还幸运地打到了一头被称为"泰特突尔"的野猪。野猪可称得上是肉味鲜美的动物，所以他们十分开心。

不到半小时工夫，他们的收获就不少了，而且心情也十分愉快，并不觉得累。小罗伯特打着的是一种被称为"阿尔马德罗"的犰狳，浑身满是鳞甲，身长有一英尺五英寸，很肥实，据那个巴塔哥尼亚人说，这种犰狳可是一道美味呀。小罗伯特对自己所取得的成绩不无自豪。塔卡夫打到的是一只潘帕斯草原的特产——鸵鸟，当地人称作"南杜"。塔卡夫并未举枪射击这种跑得飞快的动物，他只是纵马飞奔，赶到它的前面，拦截住它。这种动物很会绕着圈跑，你若是用枪，而又未能一枪毙命，它就会绕着圈跑，把你弄得人困马乏，筋疲力尽。塔卡夫跑到它前面之后，立即用力甩出他的"跑拉"，准确无误地套住了它的腿，使之动弹不得，不一会儿，它便躺倒在地了。

他们收获不小，带回拉马塔的有：一串鹧鸪和秧鸡、塔卡夫的鸵鸟、爵士的野猪和小罗伯特的犰狳。鸵鸟和野猪立刻被剥了皮开了膛，切成了肉块，而犰狳系名贵野味，身上本已带着"烤肉托"，所以只须带着壳儿放在火上烤就行了。

他们三人只是把鹧鸪和秧鸡当作了晚餐，把大个儿的动物留着给后面的同伴们享用。他们一边吃着肉，一边喝着清凉的水，觉得这水远胜过世界上的美酒佳酿，即使苏格兰高地那闻名遐迩的"乌斯奎波酒"[1]也无法与之相提并论。

他们也没忘了喂马，拉马塔里有大量的干草，足够它们吃饱肚子的了。吃饱喝足，收拾停当，这三人便裹上篷罩，在一大堆松松软软的紫花苜蓿上躺倒了——这种紫花苜蓿实为潘帕斯大草原上猎人们的松软的床垫，睡上去舒服极了。

---

1 系一种发酵的大麦酒，亦即苏格兰和爱尔兰所产的威士忌。

第十九章

红　狼

夜幕降临。时值月初，月亮没有露面，只有微弱的星光在闪烁着。远方天际，黄道星座隐于夜雾之中。瓜米尼河在静静地流淌，如同大片的油在云母石面上轻轻地滑过。鸟兽虫鱼都在歇息，荒漠上寂寥无声。

格里那凡、罗伯特和塔卡夫都困得不行，直挺挺地躺在紫花苜蓿软垫上酣睡。马儿也筋疲力尽地倒在地上休息，只有桃迦这匹纯种良马仍站立着睡，四腿笔直，如醒着时一样精神抖擞，英姿勃发，随时听候主人的调遣。院子里寂静异常，炉火也已熄灭，只有一点余烬在黑夜之中闪着最后的那一点点红光。

然而，将近夜晚十点，刚睡了一小觉的塔卡夫突然醒了。他凝眉入神，竖起耳朵在听，似乎有微弱的声响从草原上传来。不一会儿，他那张通常没有任何表情的面庞上便隐隐约约地泛起了某种不安的神情来。是印第安人流窜至此，还是沿河一带常有的黑斑虎、水老虎或其他什么猛兽袭来？他觉得后一种可能性极大。他瞥了院中的燃料堆一眼，显得更加焦虑不安。燃料——干苜蓿——草堆不高，很快就会烧完，无法长时间地抵挡胆大的野兽的来袭。

此时此刻，塔卡夫一筹莫展，无可奈何，只好静观事态的发展。因此，他在静候着。他身子半躺着，双手支起脑袋，双肘压在腿上，眼睛凝视着，如同一个突然从梦中惊醒的睡梦人一般。

一个小时过去了。换了别人，听到外面没有动静，就会放心地继续睡大觉了，但这个感觉极其敏锐的印第安人具有天生的本能，预感到必然会有危险袭来。

他正这么仔细地倾听着时，桃迦发出了隐隐的嘶声。它的鼻孔伸向院子的出口处。塔卡夫立即腾的一下挺直了腰。

"桃迦感到了敌人在迫近。"那巴塔哥尼亚人说道。

他站起身来，走出院子，仔细地望着那大草原。

沉寂依旧，但已不是宁静了。塔卡夫影影绰绰地看到许多的黑影在苜蓿丛中不声不响地在动。只见疏落稀拉的流光在闪烁，从四面八方聚拢过来，越聚越多，忽明忽暗，宛如无数的磷火在镜子般的湖面上舞动。外地人一定会以为那是潘帕斯大草原上常见的萤火虫在飞舞，但塔卡夫却不会出此差错，他知道是什么样的敌人偷袭过来。他立即子弹上膛，躲在柱子后面注视着。

不一会儿，草原上便响起了一片凄厉的嚎叫和吠鸣。砰的一声枪响，给那片叫声一个回答，但嚎叫一变而成骇人的吼叫了。

枪声惊醒了格里那凡爵士和小罗伯特，他们骨碌一下便站起身来。

"怎么了？"小罗伯特问道。

"是印第安人来了？"格里那凡爵士也在问道。

"不是，"塔卡夫回答道，"是'阿瓜拉'。"

小罗伯特满腹疑惑不解地看着格里那凡爵士。

"阿瓜拉？"他问道。

"是的，"格里那凡爵士回答他道，"也就是潘帕斯草原上的红狼。"

与此同时，二人立即抄起枪来，跑到塔卡夫身边来。塔卡夫向院外指了指，让他们注意那片黑漆漆的草原，叫声就是从那边传过来的。

小罗伯特不由自主地往后退了一步。

"你害怕狼，我的孩子？"格里那凡爵士问道。

"我不怕，爵士，"小罗伯特语气坚定地回答，"只要同您在一起，我什么都不怕。"

"很好。再说，红狼并不可怕，要不是来得太多，根本就不必理睬它们。"

"对，"小罗伯特回答道，"我们手里有枪，让它们来好了！"

"对呀，来了让它们吃点苦头！"

格里那凡爵士之所以这么说，完全是让孩子别害怕，其实，这么多的红狼夜晚来袭，他心里是很发毛的。也许袭来的红狼有好几百只，他们也就三个人，武器再厉害，对付这么多的野兽，也占不了上风的。

塔卡夫一说阿瓜拉，格里那凡爵士就知道是印第安人口中说的红狼。这种动物系肉食动物，学名为"鬣狗"，身子如同大狗，脑袋却像狐狸，毛呈棕红色，脊背上有一长条黑毛。红狼行动敏捷，习惯待在沼泽地区，常常凫水去捕食水里动物。它们白天在洞中睡觉，夜晚出洞猎食。它们经常袭击牲畜，牛马见了它们也十分恐惧，是当地的一大祸害。个别的红狼不足为惧，但一群饿狼却非同小可。猎人宁愿面对一只美洲豹或一只黑斑虎，也不愿去惹一群红狼，因为老虎或豹子可以正面开枪射杀，但群狼却是前后左右袭来，无法应付。

这次，格里那凡爵士一听见潘帕斯草原上响起的那一片嚎叫声，又看见有无数的黑影在草原上跳动着，就知道大事不好，瓜米尼河岸边聚集了许多的红狼，是冲着人和马来的，不吃个痛快，它们是不会返回狼穴的。

此刻，狼群的包围圈在逐渐缩小。几匹马也惊吓不已，又刨地又挣缰绳。尤其是桃迦，更是挣扎得厉害，意欲冲出院外。它的主人一再地轻轻拍打着它，安抚着它，才使它渐渐地安静下来。

格里那凡爵士和小罗伯特把守着拉马塔的入口处。他们已把自己的枪上了膛，准备向冲在头里的红狼开火，但塔卡夫突然一把抓住了他们的枪。

"他这是干吗？"小罗伯特问格里那凡爵士。

"他不让我们开枪。"爵士回答道。

"那为什么呀？"

"他也许觉得还不是时候。"

塔卡夫不许他开枪，其实是有着更重要的理由。他把自己的子弹袋托起，翻转过来，表示袋中几乎没有子弹了，格里那凡爵士便立即明白了他的意思。

"怎么了？"小罗伯特仍旧不解地问格里那凡爵士。

"怎么了？他的意思是必须节省子弹。我们今天白天打过猎，子弹用去不少，剩下的不到二十发了！"

小罗伯特听到，没再吭声。

"你害怕不，罗伯特？"

"我不害怕，爵士。"

"真好，好孩子。"

这时候，只听砰的一声枪响，一只胆子太大的红狼冲上前来，被塔卡夫一枪毙命。其他的狼原本排着密集队形冲上来的，这时也吓得向后退去，挤在离拉马塔一百来步远的地方。

那巴塔哥尼亚人立刻向格里那凡爵士招招手，后者便跑过去接替了他的位置。巴塔哥尼亚人则跑到院子里去，把干草、干苜蓿以及一切可以引燃的东西全都堆积在拉马塔的入口处，然后，把一个仍红彤彤的火炭向那儿扔过去。霎时间，大火便燃烧起来，映红了一片；透过这个火焰帘幕，可以看见大群的红狼聚集在那边。格里那凡爵士这还是头一次看清竟然有这么多的红狼需要对付。塔卡夫点燃的"火墙"挡住了狼群的攻击，但同时也激起了它们更大的愤怒。有几只红狼竟然冲到火墙边来，被烧坏了爪子。

必须时不时地冲叫着跳着上来的狼群开上一枪，以阻止它们的攻势。一小时左右，已经有十多只红狼被击倒在草地上了。

此刻，被狼群包围着的这三个人的处境稍许得以缓解。只要子弹没有告罄，只要火墙仍在燃烧，狼群的攻势尚不足为惧。但是，万一子弹打完了，火墙也熄灭了，那可怎么办呀？

格里那凡爵士看了看小罗伯特，心里不禁一阵酸楚。他这倒并不是在考虑自己，而是在为这孩子担忧，觉得这孩子所表现出来的勇气与他的年龄很不相称。小罗伯特虽然面色发灰，但始终没有放下手中的武器，坚定不移地等待着恶狼扑上来。

这时候，格里那凡爵士在对眼前的处境进行了一番认真仔细的考虑之后，决定痛下决心了。他在想，再过一小时，子弹没了，火也灭了，再作决定就晚了。

于是，他扭过头去看着塔卡夫，把脑子里能够想到的几个西班牙语单词聚在一起，凑合着与塔卡夫交换意见，边谈边开上一枪。

他俩费了九牛二虎之力才弄明白对方的意思，好在格里那凡爵士早就了解红狼的习性，所以看着那巴塔哥尼亚人的嘴唇以及他所做的手势，大概也弄明白了对方想说的是什么。

他毕竟还是花费了足足有一刻钟的工夫才把塔卡夫的回答弄明白，传达给小罗伯特。

格里那凡爵士问那巴塔哥尼亚人这种状况如何是好，问他有何办法解脱。

"那他是如何回答的呢？"小罗伯特问道。

"他说无论如何也得坚持到天亮，因为阿瓜拉只在夜间活动，天一亮便返回狼窝里去了。"

"那我们就坚持到天亮。"

"是呀，孩子，不过，子弹打完了之后，就得用刀去砍了。"

这时，塔卡夫正在给他俩做出榜样：一只红狼跑到火墙边，塔卡夫眼疾手快，长臂一伸，刀过火墙，随即把带血的刀收了回来。

子弹将要告罄，火墙即将熄灭。将近凌晨两点光景，塔卡夫向火堆上扔去最后一抱柴草。子弹只剩下五发了。

格里那凡爵士四下里望去，不免悲从中来。

他想到身边的这个小男孩，想到他的同伴们，想到所有他所钟爱的人。小罗伯特沉默不语。也许，他那天真的小脑袋瓜里尚未浮现出死亡的阴影。但格里那凡爵士却替他想到了，他脑海中浮现出一幅可怕的图景：一个活蹦乱跳的可爱的孩子，被饿狼撕咬啃噬掉了！他难以抑制心中的悲痛，一把把孩子搂在怀里，吻着孩子的额头，两行热泪不由自主地从眼里流了出来。

小罗伯特憨笑着看着爵士。

"我才不怕哩！"他说道。

"对，不怕！孩子，不怕！"格里那凡爵士回答道，"再过两小时，天就亮了，危险也就解除了。打得好！塔卡夫，打得漂亮！真是巴塔哥尼亚好汉！"他在大声呼喊着。此刻，巴塔哥尼亚人还用枪托把两只想冲过火墙的红狼的脑袋砸烂了。

可是，借着即将熄灭的火光，他看到大群的红狼正聚集在一起，冲了上来。

人狼大战已接近最后关头，火苗越来越低。原先被火光照亮的原野正渐渐地隐入阴暗中去，红狼那闪动着的如磷光般的眼睛又在黑暗之中闪现。用不了几分钟工夫，狼群就会全部压到院子中来的。

塔卡夫射出了最后一粒子弹，一只红狼应声倒地。这时候，他的子弹已经打光，他双臂搂抱着，头低低地垂下，像是在冥思苦想。他是不是在想一种孤注一掷、破釜沉舟的办法呀？格里那凡爵士没敢问他。

这时，狼群像是逃走了似的，原先的一片嚎叫声戛然而止，死亡般的沉寂笼罩在大草原上。

"它们走了！"小罗伯特说。

"很有可能。"格里那凡爵士竖起耳朵听着外边的动静说。

可塔卡夫却在摇头。他知道红狼是绝对不会放过到嘴的肥肉的，除非太阳出来，它们不得不回到窝里去！

就在他们疑惑不解、猜来猜去的时候，红狼改变了攻击策略。

眼见拉马塔门前有火堆和枪把守着，它们便抄到后面和侧翼，从另外三个方向发起进攻。这样一来，里面的人危险就更大了，甚至是致命的危险。

突然间，只听见狼爪子抓挠半朽枯的木柱的声音响成一片。有许多条健壮的狼爪和血盆大口已经从摇晃的柱子缝隙间伸了进来。马受惊了，挣断了缰绳，在院子里疯跑。格里那凡爵士一把搂住了小罗伯特，想要拼命保护他，直到生命的最后一息。为了死里逃生，他甚至想着豁出去，冲出院外。这时候，他的目光落在了那个巴塔哥尼亚人的身上。

塔卡夫像一头困兽，在拉马塔里转着圈子，然后，突然冲到他的桃迦跟前；桃迦已经是急不可待了。他给它套上鞍辔，仔细认真地系好皮带和每一粒扣子。红狼的嚎叫声一阵高过一阵，他全然不顾。格里那凡爵士见他这么做，心里不免既痛苦又惊慌。

"他这是想撇下我们！"他见塔卡夫挽缰上马，脱口叫道。

"不！他绝不会撇下我们的！"小罗伯特信心十足地说。

是的，那印第安人非但不会抛弃自己的朋友，而且是正在设法以自己的牺牲换来朋友们的安全。

桃迦已整装待发。它咬着嚼铁，踢腿蹬地，眼冒怒火。它已经明白自己主人是什么意思了。

印第安人正待揪住马鬃，冲将出去时，格里那凡爵士一把抓住了他的胳膊。

"您要走？"他指着正面无狼的原野问印第安人。

"是的。"印第安人明白爵士的意思，回答道。

接着，他又说了几句西班牙语，大意是："桃迦！我的好马呀，快，把狼群引开！"

"啊！塔卡夫！"格里那凡爵士呼喊道。

"快！快！"印第安人又在说。这时候，格里那凡爵士感动不已，几乎说不出话来。

"罗伯特，我的孩子！你知道吗，他是想牺牲自己来救我们！他要奔向大草原，把狼群引开去！"

"塔卡夫！我的朋友！"小罗伯特扑上前去，拉着塔卡夫呼喊道，"我的好朋友，不要去，不要离开我们！"

"不！"格里那凡爵士说道，"他是不会离开我们的！"

然后，他又转向塔卡夫说："我们一起往外冲吧。"他边说边用手指着另两匹惊恐得贴靠在柱子上的马。

"不行！"印第安人明白了爵士的意思，反对道，"不行！那两匹是劣种马，受惊了，而桃迦不怕，是骏马良驹。"

"既然这样，那好吧，"格里那凡爵士说，"罗伯特，你别离开塔卡夫，我来骑马引走狼群，你紧紧地跟在他身边！"

格里那凡爵士说完，一把抓住桃迦的缰绳说："让我来！"

"不行！"印第安人坚决拒绝道。

"我决心已定！"格里那凡爵士夺过缰绳，大声喊道，"让我来！你照管好这孩子！我就把他托付给你了，塔卡夫！"

格里那凡爵士激动异常，英语和西班牙语搅和在一起这么说着。但是，此时此刻，语言已无足轻重，手势表情就可以明白一切了。爵士坚决要去，塔卡夫就是不肯。二人争执不下，可危险却分分秒秒地在增加。院子后面的树桩，经红狼又抓又咬，快要断了。

格里那凡爵士和塔卡夫此时仍无相让的意思。印第安人急得一把抓住爵士，把他拉到院门口，指着不见狼群的原野，情绪激动地告诉他：不能再耽搁了，引开狼群的办法万一不能成功，留下的人危险更大。只有他了解桃迦的脾气，可以让它奔跑得更快，把狼群引开，大家都能平安。格里那凡爵士因为心急，反而没能听明白印第安人的意思，更加坚决地要自己担此重任。突然间，他被一把推开。只见桃迦前蹄竖起，急不可待地跳过大墙和一堆狼尸，又听见一个孩子的声音在喊："原谅我吧，爵士！"

爵士和塔卡夫还没反应过来，小罗伯特已经跃上马背，抓住马鬃，飞也似的冲了出去，消失在茫茫夜色之中。

"罗伯特！别胡来！"格里那凡爵士不知如何是好地乱叫一气。

但是，他的喊叫声被一片突然爆发出来的嚎叫声淹没了，连他身边的塔卡夫都没能听见。原来那群红狼见有马蹄出，便一窝蜂似的嚎叫着追上前去，向西奔腾，快若闪电。

塔卡夫和格里那凡爵士急忙冲出院子。此刻，草原已经复归宁静，他们只影影绰绰地看到有一条波动着的红线在远方夜影之中飞逝着。

格里那凡爵士急火攻心，倒在了地上，绝望地揉搓着双手。他朝塔卡夫看了一眼，后者却含着笑容，毫不着急的样子。

"桃迦是匹宝马！孩子又聪明伶俐！一定不会有危险的！"他边点头边称赞道。

"要是他从马上摔下来怎么办呀！"格里那凡爵士仍很担心地说。

"他掉不下来的！"

尽管塔卡夫很有把握，但可怜的爵士却急得跟什么似的，一直到天亮，悬着的心也没能放下来。他连狼群已经离去，自己已经安全了都没有感觉出来。他要去寻找小罗伯特，但塔卡夫坚决不许他去，说那两匹马都追不上桃迦，桃迦跑得快，一定能把狼群甩得远远的。再说，天黑漆漆的，要寻找小罗伯特的话，也必须等到天光放亮的时候再说。

凌晨四点，东边已隐约泛白。不一会儿，天边浓雾升起，渐渐地染上了淡白色的银光。草原上露珠遍洒，深草在晨风中晃动。现在可以出发去寻找小罗伯特了。

"走吧！"印第安人说道。

格里那凡爵士没有吭声，但已经跨上了小罗伯特的坐骑。二人立刻向西飞奔，沿着他们的同伴不会离开的那条直线一路追去。

他们纵马飞驰了一个小时，一边四下里张望着，想要发现小罗伯特，但心里又在发毛，生怕看到他鲜血淋淋的尸体。格里那凡爵士不停地策马飞奔，几乎把马肚子都要给刺穿了。最后，他们听见了枪声，一声连着一声，很有规律，显然是信号枪。

"是他们！"格里那凡爵士大声喊道。

二人立刻又快马加鞭，不一会儿，就同巴加内尔带领着的那一小队人马会合了。爵士不禁欢叫了一声。他眼睛一亮，突然发现小罗伯特也在他们中间，仍旧是那么活泼欢快，骑在桃迦背上。桃迦一见到自己的主人——那位巴塔哥尼亚人，也高兴得嘶鸣不已。

"啊！我的孩子！我的孩子！"格里那凡爵士慈爱地连声喊叫道。

他与小罗伯特同时纵身下马，相互奔过去，紧紧地搂抱在一起。然后，印第安人又走上前去把格兰特船长的这个勇敢的儿子拥抱在自己的怀中。

"他还活着！他还活着！"格里那凡爵士仍在不停地喊叫着。

"是的，我还活着，这都多亏了桃迦！"

印第安人还没等小罗伯特说完，便自己跑过去抚摸自己的爱驹了。他在与桃迦絮叨，抱住它的脖颈吻它，仿佛它像人一样。

然后，印第安人又转向巴加内尔，指着小罗伯特说："好小伙子！"

然后，他又用印第安人表示"有勇有胆"的俗语夸赞小罗伯特道："他的马刺从不发抖！"

这时候，只见格里那凡爵士搂抱着小罗伯特嗔怪道："你怎么搞的呀，我的孩子！你怎么能不让塔卡夫或我去冒这个险，偏偏自个儿去冒险，好搭救我们呀？"

"爵士，"孩子激动地回答道，"冒险或牺牲的事情难道不该由我去做吗？塔卡夫已经救过我的命，而您，您正要去救我父亲的命呀！"

第二十章

阿根廷平原

重逢的喜悦过后，后续"部队"的人，除了麦克那布斯少校而外，巴加内尔也好，奥斯丁也好，威尔逊也好，穆拉迪也好，全都渴得不行。幸好，不远处就是瓜米尼河，大家直奔河边而去。早晨七点，众人来到了拉马塔前，只见院子前后左右躺着不少的死狼，可见昨夜战斗之激烈。

喝足了清凉的河水，在拉马塔里又饱餐了一顿。"南杜"的肋条肉非常可口，连壳烧烤的犰狳更是好吃。

"吃少了也对不起老天爷呀，"巴加内尔说道，"所以得吃到撑破肚皮。"

巴加内尔真的没少吃，但肚皮并未撑破，因为他喝了不少瓜米尼河清凉的水，觉得那水具有奇迹般的助消化功能。

格里那凡爵士想到汉尼拔[1]在卡布[2]按兵不动所带来的后果，

---

1 汉尼拔（公元前247—前182）：古迦太基著名将领，屡屡战败罗马，但最后却一败涂地。
2 卡布位于古罗马城南不远处，公元前216年，汉尼拔占领该城之后，迷恋上当地的安逸生活，不再发兵，最后导致彻底失败。

不想重蹈他的覆辙，便下令于十点上路。众人把皮桶装满了清凉的河水之后，便动身了。马儿们吃饱喝足休息够了之后，劲头十足，奋蹄前行。潮湿的土地开始肥沃了点，但依然不见人烟。11月2日和3日，两天没有什么事情可以记述的。到了3日晚上，大家经过两天的长途跋涉，已经是人困马乏了，便在潘帕斯大草原的尽头，布宜诺斯艾利斯省边界上歇了下来。他们于10月14日从塔尔卡瓦诺出发的，已经走了二十二天，走了四百五十英里左右，也就是说，走完了三分之二的路程。

第二天早晨，他们跨越了阿根廷的草原区和平原区的分界线。塔卡夫希望在这一带能够碰上抓住哈利·格兰特船长及其两个同伴的那些印第安人的酋长。

阿根廷十四个行省中，就数布宜诺斯艾利斯省最大、最富庶。该省位于东经六十四度和六十五度之间，与南部的印第安人居住区接壤。这儿土地肥沃，气候宜人，禾本科草类以及高大得如树木一样的蔬菜遍地皆是。此处地势平坦，一直到坦狄尔山和塔巴尔康山，几乎毫无起伏。

一行人自离开瓜米尼河之后，一直对这一带的气候深感满意。由于巴塔哥尼亚的凛冽寒风在天空高处搅动着气浪，使这儿的气温经常保持在十七摄氏度左右。众人经过酷热，来到这儿，自然感到非常舒适，一个个兴奋不已，神清气爽，精神抖擞，奋勇向前。尽管这儿条件是这样好，但这儿却仿佛未曾有人住过，或者更确切地说，在这儿住的人全都搬走了。

南纬三十七度线在这一地区穿过许多的沼泽和湖泊，湖水有咸有淡；湖岸树丛中可见鹧鸪、百灵鸟、红腹棕鸟、能在空中停歇的"唐迦拉"在飞来飞去……荆棘丛中，"安奴比"鸟的悬窝像一英尺多高的圆锥形建筑物，成百上千个窝聚在一起，俨如一座小城镇。一行人靠近时，朱鹭并不躲闪，照旧排着整齐的队列行进着，令巴加内尔大为失望。

"我早就想观赏一下朱鹭是怎么飞翔的了。"巴加内尔对少校说道。

"这并不难。"少校回答道。

"现在正是个好机会。"

"那就莫失良机了，巴加内尔！"

"跟我来，少校。你，罗伯特，你也来。我需要你们作证。"

巴加内尔说着，便向那群朱鹭走去，身后跟着少校和小罗伯特。

走到射程之内，巴加内尔便往枪里塞上火药。他没有装子弹，他不愿看到这漂亮的鸟儿鲜血淋漓。只听砰的一声，朱鹭们一下子全都惊飞起来，巴加内尔举起望远镜，仔细地在进行观察。

"怎么样？"当朱鹭飞远看不见了时，巴加内尔问少校，"您看见它们飞了吗？"

"当然看见了，我又不是瞎子。"少校回答道。

"您觉得它们飞起来像不像羽箭呀？"

"一点儿也不像。"

"根本没法相比。"小罗伯特也说。

"我也早就认为是不像的，"巴加内尔很高兴地说道，"可是，竟然有这么一个人，一个可以说是谦虚者中最骄傲的人，也就是我的那位大名鼎鼎的夏多布里昂[1]，他却以羽箭来比喻朱鹭。哎！罗伯特，你看到没有，文学性比喻是最不足信的！你要记住，一辈子都别轻信比喻，不到万不得已，也别使用比喻。"

"您对自己的试验感到满意了吧？"少校问道。

"太满意了。"

"我也满意了，不过，该赶紧扬鞭催马了，就因为您的那位大名鼎鼎的夏多布里昂，我们耽误了一英里路的行程。"

当巴加内尔他们追上来时，格里那凡爵士正与塔卡夫在高谈阔论而又苦于语言不太能沟通，感到十分苦恼，塔卡夫不断地停下不说，看着远方地平线，满腔的惊讶，而格里那凡爵士见状，总想向塔卡夫问个究竟，但总也问不清楚。这时候，巴加内尔出现了，他当然是喜出望外的了。

"快过来，快过来，巴加内尔！塔卡夫同我说话，我们相互沟通起来太困难了！"

于是，巴加内尔便与塔卡夫交谈了一会儿，然后，转向格里那凡爵士说："塔卡夫看到一种非常非常奇特的现象，颇感惊讶。"

"什么现象？"

"他说，在这一带平原上，往日总会碰到许多印第安人成群结队地走过，或是赶着从牧场劫掠来的牲畜，或是赶到安第斯山区去卖他们的鼬绒毯子和皮条鞭子，但现在，不仅见不到印第安人，而且连他们走过的痕迹也看不见了。"

"塔卡夫没说这是什么原因导致的吗？"

1　法国19世纪悲观浪漫主义的代表作家，著有长篇小说《墓外回忆录》等名篇。

"他也弄不清是什么原因，只是感到非常惊讶。"

"他原以为在这一带会遇到什么样的印第安人呢？"

"他原以为会遇到曾掠掳过外国人的那帮印第安人的，也就是卡夫古拉、卡特利厄尔或扬什特鲁兹等酋长手下的那帮印第安人。"

"他们都是些什么样的人，这些酋长？"

"三十年前，这些酋长曾是手中握有巨大权力的酋长，后来被赶到山这边来了。从此，他们便驯服了，在印第安人所能忍受的驯服范围内驯服了。他们在潘帕斯大草原上和阿根廷平原地区游来荡去，专干盗匪的勾当。可现在却碰不到他们了，我也同塔卡夫一样，对此非常惊讶。"

"那我们该怎么办呢？"格里那凡爵士追问道。

"那我得问问他看。"巴加内尔回答道。

于是，他又去同塔卡夫交谈了一会儿，然后转向格里那凡爵士说道："他的意见我很赞同。他提议我们继续往东走，在这三十七度线上，有一座独立堡。到了那儿，我们就算是打听不到格兰特船长的消息，也能弄清楚为什么阿根廷平原上见不到印第安人的踪影了。"

"独立堡离这儿远吗？"格里那凡爵士接着又问道。

"不远，就在坦狄尔山里，离这儿大约有六十里地。"

"什么时候可以走到？"

"后天晚上。"

格里那凡爵士因这一意外情况而心事重重。在潘帕斯地区竟然碰不到一个印第安人，这真是万万想不到的事，通常，这一带印第安人特别多，可现在却一个也看不见了。肯定是有什么特殊的情况迫使他们离开了这里。尤为严重的是，如果哈利·格兰特确定是落入这儿的一个印第安人部落手中，那么现在，他是被掳去北方了还是被带到了南方呢？这么一想，格里那凡爵士不免举棋不定，但又苦于没有其他良策，只好听从塔卡夫的提议了，先到独立堡再说。

将近下午四点，远处可以望见一个丘陵隐现在地平线上。那丘陵挺高，在这个平原地区，可算是一座山峦了。那就是塔巴尔康山，一行人在山脚下歇息、过夜。第二天再翻过这座山，非常容易。沙土地似波浪般起伏，山坡并不太陡。与安第斯山脉的高低岩比较起来，这山坡对这一行人来说，简直是小菜一碟，马儿爬坡连速度都没有放慢。中午时分，他们过了塔巴尔康废堡，这儿是山南地区构筑的防御土著人来袭的那条碉堡链的第一环。但是，在这儿，仍旧没有见到印第安人的踪影，致使塔卡夫更加惊讶不已。正晌午时，有三个人骑着马，带着枪，观察了一番格里那凡爵士的这支人马，保持着高度的警惕，不一会儿，一溜烟地便不见了。格里那凡爵士感到大失所望。

"他们是高卓人。"巴塔哥尼亚人说道，他对土著人的这种称谓曾引起少校与巴加内尔的一番争吵。

"啊！是高卓人，"麦克那布斯应声道，"嘿！巴加内尔，今天北风止息了，您到底觉得这帮家伙怎么样呀？"

"我觉得他们的架势很像大盗。"巴加内尔回答道。

"我亲爱的大学者，'像大盗'与'是大盗'有多大的差别呀？"

"一步之差，我亲爱的少校！"

巴加内尔的回答把大伙儿给逗乐了，他非但没有生气，反而就印第安人的问题发表了一通高论："我记不清在哪本书上曾经看到，说是阿拉伯人的嘴带有凶恶之相，但眼光却显得十分温和。现在，我看美洲的土著人，情况恰恰相反，他们总是眼露凶光。"即使是专业相面人也不至于比他形容印第安人更正确。

这时，大家遵照塔卡夫的意思，紧靠在一起向前走着。尽管此处看似荒无人烟，但还是小心为上，绝不可掉以轻心！然而，这种防备毕竟是多此一举。当天晚上，一行人在一个废弃的寨子里歇息，这个废弃的寨子原先是卡特利厄尔酋长平日里集合土著人队伍的地方。巴塔哥尼亚向导看不出这儿最近曾经有人住过的迹象。他仔细地检查了一番，仍一无所获，只发现此处已久无人住了。

翌日，一行人重新上路，与坦狄尔山毗邻的头几处"厄斯丹夏"[1]已可看见，但塔卡夫决定不在此处停留，直奔独立堡而去，因为他特别想要搞清楚，为什么这一带竟然会没有人烟。

自打越过高低岩之后，一路之上，树木日见稀少。可是，到了这儿，树木竟然又多了起来，多数是欧洲人来到美洲大陆之后种上的。其中有楝树、桃树、白杨、柳树、豆球花树等。这些树虽没人管，但长势却很好。这些树通常都是围绕着"戈拉尔"，亦即很大的"牲畜栏"栽种的。戈拉尔周围钉有树桩，栏内饲养着成群的牛、马、羊；牲畜身上都烙有代表其主人的烙印；栏外有许多大狗守护着。在山脚下展开的稍稍带有盐质的土壤上，长着优质刍草，是牲畜的上等饲料。每一个厄斯丹夏都有一个总管和一个工头，每千头牲畜又有四个培翁负责。

1　阿根廷平原上的饲养牧畜的大牧场。——作者注

这些人过着《圣经》中的那些大牧主般的生活。他们的牧畜头数可能要比遍地牛羊的美索不达米亚平原上的牧主们的牲畜还要多，但是这儿放牧人没有家庭生活，潘帕斯地区的厄斯丹夏的业主都是一些贩卖牲口的人，毫无《圣经》中的那些儿孙满堂和老祖宗的味道。

上面的这些情况是巴加内尔解释给他的同伴们听的。而且，他还就此发表起他的有关人种学高论来，对不同种族进行了饶有兴味的比较，连平时不动声色的少校听了也露出颇感兴趣的神情来。

与此同时，巴加内尔还有机会让他的同伴们欣赏了一次海市蜃楼奇观。这种幻景在平坦的原野上并不鲜见。许多的厄斯丹夏，远远望去，犹如一座座小岛一般，其周围的树木倒映在清水里，而这汪清水像是在逗引行路人，你进我退，触碰不到。这幻象奇妙逼真，令人难辨真伪。

11月6日，一行人数次遇到厄斯丹夏和一两个"杀腊德罗"——宰杀肥壮牲畜的地方。正如其名所示，"杀"了牲畜之后，便用盐把肉腌渍起来。这种血腥的宰杀活计始于春末。杀腊德罗派人去厄斯丹夏拉回需要宰杀的牲畜。他们先用"拉索"去套捕牲畜，套捕够数了便一起拉走。其套捕技术十分高超，令人惊叹。在屠宰场，一次就得杀上好几百头，杀了之后剥皮、切肉。但是，老牯牛不好杀，经常挣扎、反抗，遇此情况，屠夫就变成了斗牛士了。这种活计相当危险，但屠夫们技术娴熟，得心应手，当然，手段毕竟是极其残忍的，杀腊德罗周围简直可以说是"阴森可怖"。臭气弥漫于空气中、院子里，屠夫们的吼叫声、狗吠声和牲畜的哀鸣声交织在一起。阿根廷平原上的鸷鸟——"乌鲁布"和"奥拉"成百上千地从方圆几十英里处飞来，从屠夫们的手中抢夺仍在颤动的牲畜肉。不过，当格里那凡爵士一行路过此处时，却是寂然无声、静悄悄的，因为大规模屠宰的时候尚未到来。

塔卡夫一个劲儿地在催促大家快马加鞭，他想在当晚赶到独立堡。众马在主人鞭子的抽打之下，学着桃迦的样儿，在高深的禾本科草类中奔驰着。一路之上，也曾遇上几户农家，屋子周围都挖有深沟，垒起高垒，正屋上方有一阳台，农夫们全都携有武器，可以从阳台上射击平原上的盗匪。格里那凡爵士觉得在这儿也许能打听到一些消息，但是，考虑再三，还是到了坦狄尔村再说吧。于是，一行人沿途没有停歇，他们涉过了洛惠索河，奔跑了好几英里之后，又越过了沙巴雷夫河。然后，马蹄便踏上了坦狄尔山的最初几重草坡。一小时之后，他们已经看见了坦狄尔村，它深藏在一个狭窄的山坳里，独立堡那重重城垛显现在上面。

第二十一章

独立堡

坦狄尔山海拔一千英尺，是一条十分古老的山脉，属于片麻岩地区，由一连串的片麻岩丘陵组成，上面长满碧绿的青草，呈半环形状。与此同名的坦狄尔县几乎包括布宜诺斯艾利斯省的整个南部地区。该县有居民四千人，县城就设在坦狄尔村，位于北部冈峦脚下，有独立堡掩护着。该村居民主要是法国人和意大利人的后裔，因为在拉巴拉他河下游的这一片地区早期殖民者是法国人。1828 年，法国人巴尔沙普在该村上方的山坡上，修建了独立堡，以便更好地防范印第安人的袭击。

坦狄尔村贸易交往频繁。它以当地的一种适合在平原大道上跑的大牛车——加勒拉——与布宜诺斯艾利斯进行贸易往来。这种大牛车跑一趟布宜诺斯艾利斯只需十二天的时间。村子往省城送去的货有：厄斯丹夏喂养的牲畜、杀腊德罗腌制的腊肉，以及印第安人的手工织品，如棉布、羊毛织物、皮制品等。该村不仅有一些十分漂亮的房屋，还有一些学校和教堂。

巴加内尔在详细介绍了坦狄尔村之后，还强调指出，这儿可以打听到一些消息，因为这儿经常有军队驻守。于是，格里那凡爵士便选中了一家挺漂亮的客栈，当地人称之为"逢达"。一行人住了下来，把马匹牵到马厩里去。然后，格里那凡、巴加内尔、麦克那布斯、小罗伯特等，在塔卡夫的带领下，向独立堡走去。往上爬了几分钟，便来到独立堡入口处。那儿有一名阿根廷士兵在把守着，一副漫不经心、松松垮垮的样子。这要么说明防卫不够森严，要么就说明这一带相当安全。

堡内操场上有几名士兵正在操练。年龄大小不一，最大的二十来岁，最小的也就六七岁。说实在的，那也就是十来个少年和儿童，但是，照他们那舞刀弄枪的架势，倒也像模像样。他们全都穿着条纹布衬衫，用皮带紧紧地束住。下身既无长裤，也没有短裤，也没有穿苏格兰式短裙，也不知道穿的是什么，好在这儿气候温和，衣着随便点儿也没多大关系。他们每人佩着一杆后膛枪和一把军刀，枪显得太重，刀显得太长，因为他们确实是太小了点。他们的面庞晒得黑黑的，模样长得很像。指挥他们练操的也同他们长得一模一样，一问才知，他们是兄弟十二人，在大哥的带领下，进行操练。

巴加内尔对此并不感到惊讶，因为他很了解阿根廷的家庭状况，知道每家至少有九个以上的孩子，但是，让他诧异的是，他们做的都是法国士兵的操，步伐动作、一招一式都像模像样，而且指挥者的口令也是用巴加内尔的母语发出的。

"这就怪了！"巴加内尔说道。

格里那凡爵士可不是跑到独立堡来观看这几个孩儿兵操练的，更不是前来研究他们的国籍和出身的。因此，他没容巴加内尔在那儿惊奇不已，便催促他快点去找驻军首长。巴加内尔便叫一个娃娃兵进营房里去找他们的司令。

不一会儿，司令走了出来。他约莫五十岁，身子结实，一副军人风度，嘴上是两撇胡子，颧骨很高，头发灰白，目光炯炯，抽着短把儿烟斗。他的这副派头令巴加内尔回想起法国年纪较大的下级军官的那种自成一派的军人风度。

塔卡夫忙走上前去，向司令介绍格里那凡爵士一行。塔卡夫在说的时候，司令总看着巴加内尔，眼睛凝视着后者，令他十分局促，不知这位老兵到底是什么意思，为何如此这般地盯着他看。巴加内尔正憋不住，想要问一句，可司令已经一把抓住了他的手，用法语高兴地问道："您是法国人？"

"是的，是法国人！"巴加内尔回答道。

"啊！非常荣幸！欢迎，欢迎！我也是法国人。"司令猛摇着巴加内尔的胳膊激动万分地说着。

"他是您的朋友？"少校问巴加内尔。

"是的！"巴加内尔颇为自豪地回答道，"我们的朋友遍及五洲四海！"

巴加内尔好不容易才把几乎被捏碎了的手从司令那老虎钳子似的手中抽出来，然后，便与对方交流起来。格里那凡爵士很想插上一句，打听一下自己想要知道的消息，但是，那位军人却一个劲儿地在讲述自己的经历，容不得别人插话。从他的话里，大家得知这位性格爽朗的军人已经离开法国很久了，对自己的母语都有点生疏了，虽然词没有忘掉，但语法规则却已是不太讲究，他说的法语如同法国殖民地的黑人在说法语一样。这位独立堡的指挥官是一个军曹，曾是巴尔沙普的伙伴。

自 1828 年独立堡建成之后，这位军曹就没有离开过这里，现在，他已经有阿根廷政府的授权，对独立堡行使指挥权了。他已年届五十，是巴斯克人[1]，名叫玛努埃尔·伊法拉盖尔。他虽不是西班牙人，但来到当地之后，便讨了一个印第安人老婆，并且入了阿根廷国籍，在阿根廷军中服役。这时候，他那位印第安人妻子已为他生了一对双胞胎，都已经六个月了，还是两个儿子。玛努埃尔就知道世上只有当兵一种行当，他希望上帝能赐予他一个连的儿子，将来好为共和国服役。

"你们都见过他们了吧？"他说道，"一个个都很可爱，都是好兵。若瑟！若望！米凯尔！倍倍！倍倍只有七岁，都会打枪了！"

倍倍听见父亲在夸奖他，随即把两只小脚后跟并拢，打了个立正，举起枪来，姿势优美自然。

"他将来一定很有前途，"玛努埃尔说道，"总有一天，他会成为上校，当个师长什么的！"

玛努埃尔越说越兴奋。他高兴异常，正如歌德[2]所说，"使人快乐的一切，无非梦幻"。

玛努埃尔一口气讲述了自己的历史，竟然不间断地讲了有一刻钟，令塔卡夫惊异不已，没想到一张嘴竟能说出这么多的话来！他这么说着，虽然没有间断，但一个军曹，即使是一个法国军曹，说话也得有个终了之时。最后，他总算打住了，然后邀请大家进屋里去。众人不好推却，只好去拜见一下那位伊法拉盖尔军曹夫人。这位夫人倒也颇具"大家风范"。

等一切繁文缛节完毕之后，军曹这才想起来问大家，他们是怎么会跑到他这儿来的。这正是谈论正事的大好时机。机不可

1　比利牛斯山两边的居民。

2　歌德：德国19世纪的大诗人、大作家，《浮士德》的作者。

失，时不再来。于是，巴加内尔便用法语把如何横穿潘帕斯大草原的情况说给他听。最后，他便问起为何印第安人全都离开了这一地区。

"哦，是呀……一个人也没有了……"军曹回答道，"确实是……一个人也没有了……我们只好闲待着……无所事事了！"

"这是怎么搞的呀？"

"打仗了。"

"打仗了？"

"是啊！自己人打自己人……"

"自己人打自己人？"

"是呀，是巴拉圭人与布宜诺斯艾利斯人打起来了。"

"然后呢？"

"然后嘛，印第安人就全都跑到北边去了，跟随佛劳莱斯将军跑了。印第安人，一伙强盗，就知道抢！"

"那么，酋长们呢？"

"酋长也同他们在一起。"

"怎么！卡特利厄尔……"

"没有什么卡特利厄尔了。"

"还有卡夫古拉呢？"

"也没有了。"

"扬什特鲁兹呢？"

"更没有了。"

巴加内尔把这番话译给塔卡夫听，后者点了点头，认为军曹所说属实。原来，塔卡夫并不知道，或者是忘记了此时此刻的一场内战。这场内战还引起西班牙的干预，使阿根廷共和国内战双方都死伤无数。这种自相残杀正是印第安人的大好时机，他们正好趁机大肆打劫。因此，潘帕斯草原成了无人区了。

但是，这件国家大事却把格里那凡爵士的计划给打乱了。是呀，如果哈利·格兰特落到酋长们手里，那他一定被带往北边去了。那又怎么去寻找他呀？还能找得到他吗？是否应该往北方去做一次冒险但可能实属无益的远行呢？这么做，后果会很严重的，必须好好商量一下才行。

这时候，本有一个重要问题要问军曹的，因一时着急，竟然忘了，多亏少校想了起来："请问军曹先生，您可曾听说过有什么欧洲人在潘帕斯地区当了印第安人酋长的俘虏吗？"

玛努埃尔在思考，像一个人在努力地搜索自己的记忆库似的。

"有的。"他终于想起来了。

"啊！"格里那凡爵士像是看到了新的希望似的嚷了一声。

于是，格里那凡、巴加内尔、麦克那布斯、小罗伯特一起向前走过去，把玛努埃尔围了起来。

"您说！您快说！"众人异口同声地催促着他，眼里充满着渴望的光芒。

"那是几年前的事了，"玛努埃尔回答道，"是的……没错……欧洲人……俘虏……但是，我自己并没见过……"

"几年前的事？"格里那凡爵士说，"您记错了……船失事的日期是准确无误的……不列颠尼亚号是 1862 年 6 月出的事……还不到两年呀？"

"哦！不止两年了，爵士。"

"这不可能呀！"巴加内尔说道。

"的确不止两年了，那是倍倍出生的时候……有两个人……"

“不对，是三个人。”格里那凡爵士纠正他道。

“两个人！”军曹语气坚决地说。

“两个人？两个英国人？”格里那凡爵士很惊讶，疑惑地问道。

“不是的，”军曹回答道，“谁说是两个英国人？不是的……一个法国人，一个意大利人。”

“是不是一个意大利人被包于什人给杀掉了？”巴加内尔大声问道。

“没错，我后来得知……那个法国人得救了。”

“得救了！”小罗伯特听了军曹的这句话，高兴得跳了起来。

“是的，是从印第安人手中解救出来的。”玛努埃尔回答道。

“哦！我明白了，”巴加内尔用手拍了拍脑门儿说道，“一切都明白了，一切都可以解释得通了！”

“怎么回事？”格里那凡爵士焦急不安地问道。

“朋友们，”巴加内尔一把抓住小罗伯特的手回答道，“我们还是搞错线索了！在这儿被掳走的不是格兰特船长，而是我的一个同胞。我们这个同胞被印第安人掠走在科罗拉多河一带往返多次，后来，很幸运地逃脱了，回到了法国。我们原想寻找哈利·格兰特的踪迹的，却追踪到了这位法国青年吉纳尔 [1] 的踪迹了。”

格里那凡爵士挺失望地看着巴加内尔。这时候，塔卡夫又向军曹打听道：“您从未听说过有三个英国人被俘虏的事吗？”

---

1 吉纳尔于1856年至1859年被印第安人包于什族人掳去三年。他以极大的勇气忍受住了残酷的考验，终于从乌普萨拉隘口逃出安第斯山，于1861年回到祖国。此时，他已加入法国地理学会，是巴加内尔的一位同事。——作者注

"从没听说过，"军曹回答道，"如果确有此事，在坦狄尔这个地方，应该听到传闻的……我一定会知道的……不，没有这回事……"

格里那凡爵士听了军曹这么干脆的回答之后，觉得没有必要再在独立堡多耽搁了。于是，他们便同玛努埃尔握手、致谢，告辞了。

格里那凡爵士见自己的希望落了空，心里很不是滋味。小罗伯特走在他的身旁，一声不吭，眼泪汪汪的。爵士也找不出什么话来安慰他。巴加内尔在自言自语；少校却紧闭着双唇；塔卡夫觉得搞错了线索，有损自己印第安人的那份自尊，因此也一脸不悦。其实，这个错误也不在他塔卡夫，也没有谁想到要责怪他的。

大家回到了客栈。

众人没有好好地吃晚饭。他们一个个都是勇敢热情之人，没有人后悔白吃了这么多苦，白冒了这么多的险，只是，大家感到希望破灭，不免惆怅茫然。在坦狄尔山和海岸之间还能找到哈利·格兰特吗？没有这种可能了。现在，既然没有一点有关格兰特船长的消息，那就只有前往梅达诺岬的那个约定地点，去与邓肯号上的人会合了。

这时，巴加内尔又向格里那凡爵士要那几封不幸造成这次错误的信件。他心里非常不悦地重又研究起它们来。他在竭力地寻找一种新的解读。

"这信件说得明白无误呀！"格里那凡爵士一再说，"关于格兰特船长沉船经过及被俘地点，写得非常准确呀！"

"哦！那可不一定！"地理学家用拳头击着桌子回答道，

"那可不一定！既然哈利·格兰特不在潘帕斯地区，那就说明他并不在美洲。那他到底是在哪里呢？从这些信件中，应该分析得出来的，这些信件一定会告诉我们的。朋友们，我一定要把线索找出来，否则我就不叫雅克·巴加内尔了！"

第二十二章

洪　水

　　独立堡距大西洋岸边有一百五十英里。如果没有任何意外造成延误——发生意外造成延误的可能性极小——一行人四天后就可以与邓肯号上的同伴们会合了。但是，就这么无功而返又有什么意义呢？格里那凡爵士很不甘心。第二天，他依然沉浸在这种不甘心的状态之中，没有发出出发的命令。是麦克那布斯少校代行了指挥任务，他让大家备好马，带好干粮，制订了行程计划。早晨八点，一行人走下了坦狄尔山的长满青草的山坡。

　　格里那凡爵士扬鞭催马，一言不发；小罗伯特紧跟着他。他性格倔强，接受不了这种失败。他心跳加剧，头痛欲裂。巴加内尔则在脑子里反复思索着那几封信，逐字逐句反复地斟酌思考着，意图从中发现新的线索。塔卡夫也沉默着，任由桃迦引领着众人向前飞奔。少校依然满怀信心，仿佛不知灰心丧气是何物。

　　奥斯丁和两个水手同主人一样心事重重。突然间，一只胆小的野兔从他们面前蹿了过去，两个水手觉得不妙，迷信地对视了一眼。

　　"不吉利。"威尔逊说。

　　"是的，在高地，这可是个凶兆。"穆拉迪说。

"在高地是凶兆，在这里也不是好兆头。"威尔逊一本正经地说。

晌午时分，一行人走完了倾斜的山坡，进入了一直延伸至海岸的那片起伏不定的大平原。只见溪流纵横，滋润着肥沃的土地。潘帕斯草原上最后的一片峰峦消失在他们的背后，马儿在绿草茵茵的草原上，步伐轻快了许多。

在这之前，天气一直晴朗，可今天却要变天了。前几天的高温造成了大片水汽的凝聚，变成了乌云，预示着大雨将至。这一地区邻近大西洋，经常刮着西风，空气往往湿漉漉的。不过，这一天，大片的乌云尚未形成倾盆大雨。傍晚时分，马儿已轻快地跑了四十里地，在一些较深的"喀那大"旁歇了下来。"喀那大"为当地土语，意思是天然的大水坑，没有任何遮风避雨的地方。各人的篷罩因而便既当帐幕又做被褥。就在这风雨欲来的黑夜里，众人睡着了，好在风雨虽然像是马上就会到来，实际上却并未来临。

第二天，地势在走低，湿气越来越重。无数大大小小的沼泽不断地出现在一行人的面前。每前进几步，就会遇上或深或浅或正在形成的池沼挡住往东去的路。边缘清晰的池沼还比较容易对付，那种隐藏在草丛下面的"盆荡诺"——流动的烂泥窝——则危险异常，一步不慎，便会陷了下去。

在这些烂泥窝中，人畜悲剧不知发生了多少起。小罗伯特正在前头走，突然勒马返转，冲巴加内尔大声喊道："先生！巴加内尔先生！前面有一片长满牛角的林子！"

"什么？"巴加内尔应答道，"长满牛角的林子？"

"是呀！至少是一片小林子，全是牛角！"

"你该不会是在做梦吧，我的孩子？"巴加内尔耸了耸肩说。

"不，我没在做梦。您自己来看看吧！真的好怪呀！地里种牛角，牛角长得同麦子一样！我真想弄点种子回去种种。"

"看来他真的发现了点什么。"少校说道。

"那么，少校先生，您就去看看吧！"

小罗伯特并没有在说梦话。大家往前走了不远，便看到一片牛角林，牛角长得还很整齐，而且是一大片，一眼望不到边。真的是一片小丛林，又低又密，好奇怪呀！

"我没瞎说吧？"小罗伯特说。

"这真是奇怪了。"巴加内尔说着，便扭过头去望着塔卡夫，希望他能给解释一下。

"牛角在外，牛在地下。"塔卡夫解释道。

"这么说，一大群牛全都陷进泥潭中去了！"巴加内尔惊呼道。

"没错。"那巴塔哥尼亚人回答道。

确实如此，一大群牛踩到这片松软泥泞的土地，一下子全都陷了下去，好几百条牛就这么挤成一堆地憋死在这烂泥窝中。这种事在阿根廷平原上时有发生，塔卡夫当然知道。这也是对行路人的一种警示，让大家走路留神。一行人绕过那片死牛滩，足足走了一个小时，才把那片牛角林甩在身后两英里处。

塔卡夫边走边环顾四周，显得十分焦虑，总觉得会有大事发生。他走走停停，立于马镫上，向远处瞭望，但是却没看出个所以然来，只好坐回马鞍，继续前行。走了一里地之后，他又停了下来，然后离开直线路径，忽而向北，忽而往南，走上几英里，然后又领着大家在直线上走，也不说明缘由，也不知他在希望什么，害怕什么。他这么转来转去，弄得巴加内尔莫名其妙，使得格里那凡爵士心里忐忑不安。爵士于是便让巴加内尔问问塔卡夫，到底是怎么一回事。

巴加内尔问了之后，转告爵士，塔卡夫说他发现平原上溃透了水，颇为惊异。自打他当向导以来，他还从未走过这样的湿地，即使是在雨季里，阿根廷平原上也有旱路可走。

"地越来越渗水，原因到底是什么呢？"巴加内尔问塔卡夫。

"这我也搞不清楚，"塔卡夫回答道，"再说，即使我知道……"

"山中溪流涨满了雨水，从来不会泛滥吗？"巴加内尔追问道。

"有时也要泛滥的。"

"现在是不是溪流在泛滥呀？"

"也许是吧。"

巴加内尔没有再追问下去，只是把交谈的内容转告了格里那凡爵士。

"塔卡夫认为该怎么办呀？"格里那凡爵士问道。

"那我们该怎么办呀？"巴加内尔把爵士的问题转向塔卡夫。

"赶快走。"塔卡夫回答道。

这句话说得容易，做起来却很难。在这么软的地上走，马总是在往下陷，越走越累，而且地势越来越低，这一带简直变成了一片望不到边的洼地。因此，这种锅底状的平原，一旦泛滥，便会变成大湖泊。眼下，必须想尽一切办法赶紧跨越过去。

一行人在加快步伐。大雨倾泻，毫无遮拦，只好任由水洗雨浇了。篷罩上流出一条条水沟；帽子成了承溜儿，往篷罩上注水；鞍子上璎珞成了水网；马蹄踏地，溅起水花；马上人在天雨与地水的两面突击下不顾一切地奔驰着。

他们一个个好似落汤鸡，又冷又饿又累，直到傍晚时分，才跑到一座破败不堪的栏舍里来。无奈之下，也只得在这破烂"客栈"歇息过夜了。好不容易用草生着了火，但只有烟，不见火，没有热气。外面是凄风苦雨，里面是棚顶漏下的淅沥雨水。就这么点冒着烟的所谓的火，也不知灭了多少次，又点了多少次。众人皱着眉头，凑凑合合地勉强算是吃了晚饭。只有麦克那布斯少校把湿透了的干肉吃得还算顺畅，因为他对什么样的生存环境都能够适应。而巴加内尔这个地地道道的法国人，在这种情况之下还没忘了说个笑话，只不过他的笑话没能把别人逗乐。

"我今天的笑话像爆竹似的受潮了，响不起来。"巴加内尔自我解嘲道。

大家别无他法，只好睡觉。可是，狂风暴雨肆虐，吹得栏舍的木板墙壁和棚顶噼啪乱响，仿佛马上就要倒塌了似的。在外面的马匹比主人的状况更惨，只听见它们在不断地呻吟。但是，尽管如此，困倦还是占了上风。小罗伯特第一个睡着了，头枕在格里那凡爵士的肩膀上。不一会儿，栏舍中的其他旅客也相继地进入了梦乡。

仿佛上帝在庇佑着他们，夜里竟然平安无事。早晨，桃迦的嘶鸣声把大家从睡梦中叫醒。即使塔卡夫不在，它也会按时发出启程的信号的。然后，一行人便上了路。雨倒是小了，但土地已吸足了水，积水不下去，一路上，尽是烂泥，泥泞不堪。水洼、沼泽和池塘都在漫溢，形成大片的"巴纳多"，深浅难测。巴加内尔查看了一下地图，自然而然地便联想到，大河与维法罗塔河平日里都是在吸收平原上的水的，想必现在这两条河又连成一片，两条河床加在一起该有几英里地宽了。

此刻重中之重应是尽快离开此地，否则众人的生命堪虞。如果泛滥的水再继续往上涨，那么，何处可以栖身呀！放眼四周，不见一点高地。

因此，众人快马加鞭，一个劲儿地拼命奔驰。桃迦奔在头里，胜过带鳍的两栖动物，简直就是一匹海马，在水中奔腾着，仿佛如鱼得水似的。

然而，将近十点时，桃迦表现异常，显得很狂躁焦急。它不停地把头向着南边那平坦地带，发出长长的嘶鸣声，鼻孔在拼命地吸着。它猛烈地在腾跃：塔卡夫虽不致被掀下马来，但也难以驾驭。它的嘴边的泡沫中都带着血丝，因为嚼铁被勒得太紧了的缘故。塔卡夫感觉到如果放松缰绳，它肯定拼命地向北边奔逃而去。

"桃迦这是怎么了？"巴加内尔问道，"阿根廷的蚂蟥很凶，它是不是让蚂蟥给咬了？"

"不是的。"塔卡夫回答道。

"那它可能是感到了什么危险，受惊了。"

"是的，它感到有危险。"

"什么危险？"

"不清楚。"

桃迦感觉到的危险，人的眼睛虽然没有发现，但耳朵却听到了。只听见有一种澎湃声隐隐约约地在响，如涨潮一般，从远方传来。风湿漉漉的，夹着灰尘般的水沫，鸟儿在空中疾飞而去，像是在逃避某种危险的来袭；马儿的腿已经没到一半，已

215

经感知到洪水最初的浪头了。不一会儿，突然响起一片喧嚣，牛哞、马嘶、羊咩之声混在一起，从半里地外传来；只见无数的牲畜纷纷向北奔逃，连滚带爬，一片慌乱，把积水溅起，浪花一片，犹如数百头巨鲸在海里翻腾一般。

"安达！安达！[1]"塔卡夫呼喊着。

"怎么回事？"巴加内尔忙问。

"洪水！洪水！"塔卡夫边催马向北边回答道。

"洪水来了！"巴加内尔连忙大叫起来，领着众人追着桃迦向北奔去。

他们逃得算及时。在南面五英里远处，只见一片高大宽厚的巨浪以排山倒海之势向平原涌来。平原立刻成了一片汪洋。深草不见了，像被巨刀割掉了似的。被浪头冲掉的木本含羞草在水上漂荡着，像是一座座孤岛。很显然，潘帕斯地区的一些大河溃堤了，也许是北边的科罗拉多河和南边的内格罗河同时在泛滥，汇积成了一个河床。

白浪滔天，马在飞奔，放眼四周，无处可避，远远望去，水天一片。马受到惊吓，没命地狂奔。马上的人费劲乏力地紧紧抓住鞍辔。格里那凡爵士不停地回头张望。

"水快追上我们了。"他一直在这么想。

"安达！安达！"塔卡夫一直在催。

马刺扎得马肚子流出鲜血，滴在水面上，形成了一条条红红的线。马儿经常被水草绊倒，跌跌撞撞，十分可怜。水却在不停地往上涨，浪花白如雪，在浪头上腾跃，看来，大水离一行人顶

1　印第安语中"快"的意思。

白浪滔天，马在飞奔，放眼四周，无处可避，远远望去，水天一片。马受到惊吓，没命地狂奔。马上的人费劲乏力地紧紧抓住鞍辔。

多也就两里地了。人与这紧追不放的大水顽强地拼搏着，坚持了有一刻钟。大家只顾拼命地逃，也不知逃了多远的路，按这种速度算下来，奔逃得也够远的了。此刻，水已漫到马的胸脯了，马跑动起来十分艰难。格里那凡、巴加内尔、奥斯丁都觉得这一回算是小命休矣，仿佛在大海上沉船似的，只有等死这一条路了。渐渐地，马蹄已经探不着地；水若深至六英尺，马就会被淹死。一行人的焦急、痛苦、无奈简直难以形容，面对这种人力无法抗拒的自然力，一个个都感到自己的渺小、无能。他们的安危已经不掌握在自己的手中了。

又过了五分钟，马已经浮了起来，不是在跑，而是在游了。水流以其巨大的冲力，极快速地挟带着马儿，一小时行二十多英里。

在众人陷于绝望之中时，突然，麦克那布斯大喊一声。

"树！"少校喊道。

"在哪儿？"格里那凡爵士喊道。

"在那儿，在那儿。"塔卡夫叫道。

他边喊边用手指着北边八百码处孤立于水中的一棵高高大大的胡桃树。

众人喜出望外。急流冲着人和马，不停地快速往前。这时，奥斯丁的马突然一声长鸣，不见了踪影。奥斯丁急忙蹬掉马镫，奋力游了起来。

"快抓住我的马鞍！"格里那凡爵士连忙冲他喊道。

"谢谢爵士，"奥斯丁回答，"我的胳膊很有力。"

"你的马怎么样，罗伯特？"爵士转而又问小罗伯特。

"它还不错，爵士！它游得像鱼儿一样！"

"小心点！"少校大声嘱咐他道。

少校的话刚一说完，洪水的巨浪已经涌了过来。那是一个四十英尺高的冲天巨浪，隆隆之声胜过雷鸣，向这九个落难之人扑了上来。他们立刻就全都连人带马地被卷进了泡沫飞溅的大漩涡中，不见了踪影。成百万吨的洪水波涛汹涌地卷裹着这几个人和马旋来转去，翻上倒下的。等这巨大的浪头过去了之后，落水之人又都浮了上来，彼此赶忙点了点人数。人倒是一个没少，可马匹除了桃迦驮着自己的主人而外，其他的就不知去向了。

"要挺住！要挺住！"格里那凡爵士不停地大声叫喊着，一只手托住巴加内尔，另一只手在划着水。

"我还行！还行！我并不讨厌这……"

他不讨厌什么？没人知道！只是他刚说了这半句，就呛了一大口泥浆水，把那下半句话给噎了回去。少校则是像平时一样地不紧不慢，很有规律地左一下右一下在划动着。那两个水手，更是水中蛟龙，在水里大显身手。而小罗伯特则眼疾手快，一把抓住桃迦的鬃毛，让马带着他游。桃迦在劈波斩浪，勇敢顽强地随着向大树冲过去的那股急流，终于冲到了大树附近了。

离树只有二十码远了。不一会儿，众人便抓到了树枝。真是万幸啊！若是没有这棵救命的大树，这些人必然是葬身波涛之中。

水已经把大树的主干给淹没了，树枝正好贴在水面上向四下里伸展着，众人毫不费力地便爬到树上来。

塔卡夫松开桃迦，先把小罗伯特托到树上，然后逐一地把其他落水的人都拉上树。可是，桃迦却被水冲走了，很快便漂到很远的地方。只见桃迦拼命地扭过头来，嘶鸣着，声嘶力竭地在呼唤自己的主人。

"您怎么把它给抛弃掉呀！"巴加内尔责怪塔卡夫道。

"我怎么会抛弃它呀！"塔卡夫大声地喊叫着。

突然，扑通一声，塔卡夫跃入洪流之中，在离救命大树十码远处又冒出脑袋来。一会儿过后，只见他手臂挽住桃迦的脖颈，人和马一起向着北面那茫茫一片天际漂过去。

第二十三章

像鸟儿一样地栖息在大树上

　　格里那凡爵士等几人在其上栖身的这棵大树，像是一棵胡桃树。树叶油光锃亮，树冠呈圆形，与胡桃树非常相似，但却并不是胡桃树，而是一棵翁比树。阿根廷平原上的翁比树总是孤独地生长的。树干粗大，根系发达，主根深入地下，副根从各个方向把树干稳稳地固定住，可以抵御任何方向的大风和洪水的来袭。

　　这棵翁比树高达上百英尺，树冠有一百二十平方米的面积，枝干层层叠叠，盘旋而上，是一把实实在在的巨型遮阳伞。任何雨水都休想透进它那成百上千层的枝叶叠层！这棵树有一枝横向生长着的枝干，枝叶奄拉在水面上。整棵大树好似大海中的一座绿色孤岛，而那根横枝则像向前伸展的一个海岬。树中有无数的空间，伞形枝叶圆周间有许多缺隙，可让空气流通，处处有阴凉，阳光也从枝叶间的缝隙透过来，给大树下带来了光亮。

　　落水的人们爬到树上，惊得一群鸟儿连忙向上层枝叶间飞逃，叽叽喳喳的，像是在抗议这几个非法入侵者。其实，鸟儿们也是飞到这棵翁比树上来避难的。这些鸟儿多得不计其数，成群成窝地飞来飞去，有乌鹩，有椋鸟，有"伊萨卡"鸟，有"喜格

落水的人们爬到树上，惊得一群鸟儿连忙向上层枝叶间飞逃，叽叽喳喳的，像是在抗议这几个非法入侵者。

罗"鸟。还有那"披迦佛罗"鸟，属于蜂鸟类，五颜六色，还特别多。它们在飞起来时，宛如被风从树上吹落的一朵朵鲜花一般。

格里那凡爵士一行人就栖身在这棵大树上。小罗伯特和身壮体健的威尔逊一上了树，便爬到最高的树枝上去了。他们把头钻出那绿色的穹隆，一眼可望到很远很远的地方。放眼四周，一片汪洋，大树被洪水团团围住。水面上没再见到一棵树，只有这翁比树孤孤单单地立于洪水之中，被急流冲得在颤动。水面上漂流着一些被连根拔起的大树，横冲直撞地向下游奔去；还有不少被淹死的牲畜、横七竖八的树枝、草房的屋顶……还有一棵漂漂荡荡的大树，上面趴着一窝黑斑虎，绝望地怒吼着，由南往北地顺流而下。突然间，威尔逊发现远处影影绰绰地有一黑点在动，引起了他的极大注意，他屏气凝神，仔细看着，发现竟是塔卡夫和他的桃迦，在远处天际逐渐地消失！

"塔卡夫，我的朋友！"小罗伯特向远方伸出双臂，高声呼喊道。

"您别担心，他不会淹死的，罗伯特先生，"威尔逊说道，"咱们下去，同大家在一起吧。"

没一会儿，小罗伯特和威尔逊便穿过三重树枝，到了主干的顶端。格里那凡、巴加内尔、麦克那布斯、奥斯丁、穆拉迪都在那儿，或骑，或坐，或躺，各做各的。威尔逊把所看到的情况汇报了一下。大家都与他的看法一致：塔卡夫不会被淹死，只是不知将是塔卡夫救起桃迦，还是桃迦救起塔卡夫。眼下，这几个人的处境比塔卡夫还要危险。树虽说是不致被洪水冲倒，但架不住洪水继续往上涨，最终会把整棵大树给没了顶的！这一带地势非常低洼，简直就像是一个大蓄水池。格里那凡爵士心细，一上树便拿出小刀刻下水位高度，以观测水位是涨还是落。这时，水位倒是稳定了，没有继续往上涨，好像已达到最高峰了，大家因而把悬着的心稍微放下了点儿。

"现在我们该干什么呢？"格里那凡爵士问道。

"那还用问呀！做窝呗！"巴加内尔不失风趣地回答道。

"做窝？"小罗伯特感到惊讶。

"当然了，孩子！没过上鱼儿的生活，就过过鸟儿的日子吧！"

"那好啊！"格里那凡爵士说，"可是，窝做好了之后，谁给我们喂食呀？"

"我。"少校回答。

大家立刻向少校那边看去，只见他斜靠在一根软软的树枝上，把他那湿漉漉的褡裢递了过来。

"啊！麦克那布斯，"格里那凡爵士叫喊道，"您真是太棒了！想得这么周到！"

"人不能淹死，也不能饿死。"少校听了爵士的称赞后说。

"我本该也想到这一点的，只可惜自己太粗心了。"巴加内尔不无遗憾地说。

"您那褡裢里装了些什么呀？"奥斯丁问道。

"够七个人吃两天的食物。"

"太好了，"格里那凡爵士说，"但愿洪水在二十四小时内退得差不多了。"

"或者说，在二十四小时之内我们能有办法回到陆地上去。"巴加内尔补充道。

"因此，我们的首要任务就是吃早饭。"格里那凡爵士说。

"总得先把衣服烤干吧？"少校提出了自己的看法。

"哪儿有火呀？"威尔逊问道。

"没有火就生呗。"巴加内尔说。

"在哪生火呀？"

"在这主干顶上。"

"用什么生呀？"

"用枯枝败叶，树上有的是！"

"有了也生不着的，"格里那凡爵士说，"火绒都湿透了，成了海绵了！"

"用不着火绒！"巴加内尔回答道，"找点干苔藓，我用我的望远镜，借助太阳光照上一会儿，就有火冒出来了。现在，谁去打点柴呀？"

"我去！"小罗伯特自告奋勇地说。

他说着，便像只猫似的忽地往上蹿去，钻进树叶深处；威尔逊紧随其后。他俩走了之后，巴加内尔便动手找来不少的干苔藓。当时，阳光正强，他很容易便找到有阳光的地方，用望远镜把干苔藓点燃，然后，把点燃的干苔藓捧到翁比树主干的分支处，铺一层湿树叶托住。这就成了一个天然炉灶，而且不用担心引起火灾。没多会儿工夫，小罗伯特和威尔逊便回来了，弄了一大抱干树枝，放在点燃的苔藓上。巴加内尔爬到"炉灶"上方，叉开两条长腿，像阿拉伯人一样，一蹲一起，用自己的篷罩扇风、点火。干树枝引燃了，不一会儿，只见火苗往临时"炉灶"上蹿了起来。众人围着这堆火烤自己的湿衣裳。接着，便开始吃起早饭来。每人只能吃分配的定量，因为还得想到日后，也不知大水是否能像格里那凡爵士所希望的那样迅速退去，而所带的干粮又极其有限，再说，翁比树上又不结果子。不过，幸运的是，树上有许多的鸟巢，鲜鸟蛋可不少，而且，鸟儿也可以杀了食之。看来，不必为吃食过于犯愁。

现在，不得不做长时间栖息在树上的打算，睡的问题也要考虑，尽量舒适些。

"厨房和餐厅都在楼下，那么，卧室就设在楼上吧，"巴加内尔幽默地提议道，"房子很大，房租也不要，还是住得宽畅些好。我看见大树上方有不少藤蔓，形成了天然的网，把它们固定牢之后，就是一张张的吊床！我们轮流守夜，什么都不用怕，我们人数不少，足以打退印第安人和野兽的攻击。"

"只是没有武器。"奥斯丁说。

"我有手枪。"格里那凡爵士说。

"我的手枪也在。"小罗伯特紧跟着说。

"光有枪还不行，得巴加内尔先生想出法子来制造点弹药出来。"奥斯丁又说。

"用不着制造弹药。"麦克那布斯说着便把保存好好的弹药袋拿了出来。

"您是哪儿弄来这么一袋弹药的呀，少校？"巴加内尔惊讶地问道。

"是塔卡夫给我的。他在跳入水中之前，估计我们可能有用，就把弹药袋交给了我。"

"真是一位侠义的印第安人呀！"格里那凡爵士不禁感叹道。

"是呀，"奥斯丁说，"如果所有的巴塔哥尼亚人都像他一样，那这个民族就真的不同凡响了！"

"还有桃迦哪！"巴加内尔补充道，"那真是一匹好马，它也是巴塔哥尼亚人的一部分呀。我估计我们还会见到他和它的。"

"这离大西洋还有多远？"少校问道。

"顶多也就是四十来英里，"巴加内尔回答道，"诸位，我得先告辞了，我要到上面去找个观察点，用望远镜侦察一番，看看有什么情况，好向诸位报告。"

说着，巴加内尔便灵巧地爬了上去，不一会儿，他的身影就被密密实实的树叶给遮挡住了。于是，其他人便各自忙于整理自己的"床铺"，找一个自己觉得中意的树杈，绑上几根藤条，睡觉的地方就出来了。

整理好床铺之后，大家又不约而同地回到下面，围"炉"闲聊开来。他们并没有谈论眼前的处境，因为，现在除了忍耐与静观，已别无他法。他们谈论的还是此行的目的：寻找格兰特船长。只要大水退去，不几日他们便可回到邓肯号上去。可是，横穿美洲大陆的目的却未能达到！没能找到哈利·格兰特及两名水手，把他们带回邓肯号，一起返回祖国。所有希望看来都化成了泡影。还能去哪儿寻找他们呢？海伦夫人和玛丽·格兰特要是得知这一情况，该会多么伤心啊！

"唉，我可怜的姐姐呀，"小罗伯特悲叹道，"我们没有希望了！"

格里那凡爵士张了张嘴，竟找不出一句话来安慰他。再说，光说几句安慰的话，又能解决什么问题呢？

"可是，"格里那凡爵士非常纳闷儿，"这南纬三十七度是实实在在的呀！哈利·格兰特的失事地点和被俘地点，信件上说得不是一清二楚，明明白白吗？那是不会有错的呀！"

"是呀，没有错，阁下，可我们没有找到他们也是真的呀！"奥斯丁说道。

"真让人灰心丧气，苦恼心烦！"格里那凡爵士大声嚷道。

"苦恼心烦倒是可以的，但灰心丧气就不对了，"麦克那布斯平静地说道，"我们毕竟掌握着一些可靠的数字，我们应该根据这些数字追寻到底！"

"您这话是什么意思？"格里那凡爵士在问少校，"您认为我们还有什么可做的呢？"

"我们要做的事既简单又合乎逻辑，我亲爱的爱德华。回到邓肯号上之后，我们便让船仍旧沿着三十七度线行驶，往东去，哪怕一直走到我们的出发点为止！"

"唉，麦克那布斯，您以为我们就没有想到这一点吗？"格里那凡爵士回答他道，"我都想过不知多少次了，可是，有希望成功吗？我们再往前走，岂不是离哈利·格兰特信件上指明的巴塔哥尼亚越来越远了吗？"

"我们已经查明，不列颠尼亚号的失事地点既不在太平洋沿岸也不在大西洋沿岸，那还有什么必要回到潘帕斯地区去呢？"麦克那布斯反驳道。

格里那凡爵士没有回答。

"这条纬度线是他明确指出的，我们只要沿着它去找他，就有希望！哪怕希望再小，也值得一试！"麦克那布斯又说道。

"那当然……"爵士应答道。

"朋友们，"少校转向大家说，"你们赞成我的看法吗？"

"完全赞成。"奥斯丁、穆拉迪和威尔逊异口同声地回答。

"朋友们，你们现在听我说，"格里那凡爵士接过话头说道，"你也仔细听好，罗伯特，因为这事关重大。我要想尽一切办法找到格兰特船长，这是我已经承担下来的责任，必要的话，我会付出毕生的精力去完成自己的职责。格兰特船长是个好人，他一直在为苏格兰的利益而尽职尽责，我是代表苏格兰人民去寻找他的。因此，即使希望再渺茫，我也要继续找下去！哪怕是沿三十七度线绕地球一周，也在所不惜。但是，现在的问题不在这里，而是我们有没有必要继续在美洲找下去？"

这个问题十分棘手，大家一时没法回答，陷于沉默之中。

"您说说看。"爵士问少校。

"亲爱的爱德华，"麦克那布斯少校回答道，"事关重大，很难轻率地回答'是'与'否'。这事得从长计议。首先，我想知道三十七度线都经过些什么地方。"

"这个问题得由巴加内尔来解答了。"

"那就先问问他看。"少校说。

巴加内尔已经钻到上面去了，被枝叶遮挡住了，看不见他，大家只好大声地喊他。

"巴加内尔！巴加内尔！"

"唉！"一个声音从半空中应答道。

"您在哪儿呢？"

"在观察站上！"

"您在干什么呢？"

"在观察那一眼望不到头的天边！"

"你能下来一下吗？"

"有事吗？"

"是啊！"

"什么事呀？"

"三十七度线都穿越哪些地方呀？"

"这问题太简单，我就不用下去了。"

"那您说说看！"

"好吧，听着。南纬三十七度线离开美洲之后，就穿越大西洋。"

"然后呢？"

"然后到透利斯坦达昆雅群岛。"

"然后呢？"

"然后往下两分度，经过好望角。"

"然后呢？"

"然后穿过印度洋。"

"接下来呢？"

"接下来，掠过阿姆斯特丹群岛中的圣彼得岛。"

"再往后呢？"

"再往后，就横穿澳大利亚的维多利亚省。"

"然后呢？"

"然后，出澳大利亚……"

巴加内尔说到这儿，有所停顿，大家觉得疑惑。他是不是记不准了？突然间，浓密的枝叶间，传来一声大叫，格里那凡爵士及其朋友不觉大吃一惊，面面相觑。出什么事了？是不是倒霉的学者从树上摔下去了？威尔逊和穆拉迪腾地站了起来，准备上去救他。突然，巴加内尔从上面滚落下来，双手抓不住任何东西，眼看要掉进波涛中去了。说时迟，那时快，只见少校眼疾手快，一伸胳膊，把他架住了。

"谢谢您了，麦克那布斯！"巴加内尔大声地感谢少校。

"您怎么搞的？"少校关心地问道，"怎么会滚下来？是不是又犯老毛病了？"

　　"是呀，是呀，粗心大意……这一次，要开创一个新纪元了！"巴加内尔回答道。

　　"怎么粗心还能开创新纪元？"

　　"我们错了！我们错了！我们又错了！"

　　"什么又错了？到底是怎么回事呀？"

　　"爵士、少校、小罗伯特、朋友们！你们听我说，"巴加内尔大声说道，"我们这是专在格兰特船长不在的地方找他！"

　　"您在说些什么呀？"格里那凡爵士不解地问。

　　"我们寻找的地方，格兰特船长非但不在，而且他也从来没有到过！"

第二十四章

依然栖息在树上

　　地理学家的这番话弄得大家一头雾水。他这是什么意思呀？他是不是神经上出了毛病呀？可是，他说话的样子好像是成竹在胸，把握十足，不像是神神道道的呀！大家都看着格里那凡爵士，因为巴加内尔的话是冲他说的，可是，爵士却在摇头，他不赞成巴加内尔的说法。

　　"这是确确实实的呀，"巴加内尔一阵兴奋之后，又以坚定的语气说道，"我们确实是找错了地方，信件根本就没提这儿！"

　　"您说说为什么吧，巴加内尔！"少校镇静地说道。

　　"这很简单，少校，我同你们一样，起先也钻到牛角尖里去了，错误地理解了信件上的意思。刚才，我在回答你们说'澳大利亚……'时，心中突然一亮，顿有所悟！"

　　"怎么！"格里那凡爵士惊呼道，"您认为格兰特船长……"

　　"我认为，"巴加内尔回答道，"信件上的 austral 不是指'南半球'，而是指 Australia（澳大利亚），是这个词的前半部分。"

"这种解读未免太奇怪了。"少校说。

"岂止奇怪,"格里那凡爵士耸了耸肩说,"简直是乱弹琴!不可能!"

"爵士,任何事情都是可能的。在我们法国,根本就不承认'不可能'这个词。"巴加内尔辩白道。

"怎么?您真的认为不列颠尼亚号是在澳大利亚海岸遇难的?"格里那凡爵士以颇为怀疑的口吻问道。

"我坚持这么认为。"

"说实在的,巴加内尔,从地理学会的秘书嘴里说出这样的话来,真让我吃惊。"格里那凡爵士说。

"这有什么可吃惊的。"巴加内尔听到格里那凡爵士的这种口语颇为不悦。

"如果真的是在澳大利亚的话,那里就该有印第安人,可澳洲还从未见过有印第安人呀!"

巴加内尔早已料到会有这种疑问,所以格里那凡爵士的反诘并不令他感到意外,他莞尔一笑地回答道:"我亲爱的格里那凡爵士,您的这种说法没有多大道理。"

"那您就解释解释看吧。"

"信件上根本就没提什么'印第安人'和'巴塔哥尼亚'!那个'indi'是'indigènes'(当地土著)的意思,而不是'Indiens'(印第安人)的意思。难道澳大利亚没有土著人?"

"嗯,言之有理。"少校赞同道。

"您认为呢,亲爱的爵士?"

"我承认这也说得通。但是,'gonie'又作何解呢?那不是指'巴塔哥尼亚'（Patagonie）吗？"格里那凡爵士反问道。

"当然不是！您怎么解释都行，就是不能解释为'巴塔哥尼亚'。"

"那又能怎么解释呢？"格里那凡爵士不解地问。

"可以解释的多了，它可以是指：创世记（Cosmogonie）、多神教（théogonie）、十分危险（agonie）。"

"那就是'十分危险'了！"少校说。

"这个词可以说无关紧要，怎么解释都可以。关键的是austral 一词，必须把它认定为'澳大利亚'！可惜，我们一开始先入为主了。如果我先看了这封信，我也就不会受到你们的看法的影响，也许就不会出现这么大的一个错误！"

大家听到这儿，都非常高兴，喜形于色，纷纷地向巴加内尔表示祝贺和钦佩。格里那凡爵士一直紧锁的眉头也渐渐舒展开来，对巴加内尔开始表示心悦诚服。

"亲爱的巴加内尔，我还有个问题，您若能解答的话，我就完全认输了。"

"您请讲，爵士。"

"按照您的解释，整封信又怎么解读呢？"

"这很简单，信件就在这儿。"巴加内尔边说边把几天来他一直在细心研读的信拿了出来。

大家全都屏声敛息，准备聆听地理学家的解读。巴加内尔用手指指着信件上不完整的词和句，以坚决的语气解读道：

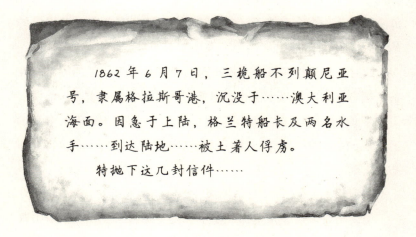

1862年6月7日，三桅船不列颠尼亚号，隶属格拉斯哥港，沉没于……澳大利亚海面。因急于上陆，格兰特船长及两名水手……到达陆地……被土著人俘虏。

特抛下这几封信件……

"很好，"格里那凡爵士说，"可是，澳大利亚是个岛呀，怎么能和'大陆'一词连在一起呢？"

"这您就不必担心了，一流的地理学家们都称它为'澳洲大陆'的，亲爱的爵士。"

"那我现在只有一句话可说了：去澳洲！"

"去澳洲！"众人异口同声地呼喊道。

"巴加内尔，您知道吗？是上苍把您给派到邓肯号上来的呀！"

"得了！就算是上苍派来的，也别再提这事了！"巴加内尔说道，心想，别哪壶不开提哪壶呀！

巴加内尔的这番解释把众人从绝望之中解脱了出来，让大家重新见到了希望的光芒。他们的心一下子便撇开了美洲大陆，飞向澳洲那片希望的土地去了。当他们回到邓肯号上时，不会把绝望带了回去，不会让海伦夫人和玛丽·格兰特为哈利·格兰特船长的一时没有找到而大恸悲声了。霎时间，大家忘记了眼前的危险处境，一个个兴奋不已，欢欣鼓舞起来，只觉得唯一遗憾的是，无法立即上路。

此时正是下午四点。大家决定六点钟吃晚饭。巴加内尔想准备一顿丰盛的晚餐以示庆祝，但所带的饭菜太少。于是，他便邀请小罗伯特到附近的"林子"里去打猎。小罗伯特高兴得直拍手。他们带上塔卡夫留下的弹药袋，擦拭了一下手枪，装上弹药，立刻出发。

"别跑太远了。"少校不无担心地叮嘱他们道。

他俩出发之后，格里那凡爵士和麦克那布斯少校便忙着去观察树上刻下的水位标记，而威尔逊和穆拉迪则把临时炉灶中的炭火重新点燃起来。

水流湍急，看不出有任何退水的迹象，只是，水位已经升到最高点，水不会再继续往上涨了。水仍然在由南往北急速地流淌着，这说明阿根廷所有河流的水量尚未得到平衡。水在退下去之前，会像海面在涨潮停止落潮开始时一样，先要保持一段时间的稳定。因此，只要河水老这么一直往北急速流动，就别指望它一时半会儿之间退下去。

二人正在仔细观察水文时，只听见树上方响起了枪声，接着，便是一阵如枪声一般响亮的欢呼声爆发出来。小罗伯特的清脆童音与巴加内尔的沉重低音交融在一起，听起来让人觉得完全是两个孩子在欢笑。他们一定是大有收获，晚上肯定是有好吃的了。格里那凡爵士和少校回到临时炉灶旁，发现威尔逊突发奇想，竟然用一根针穿上线钓起鱼来。他已经钓到好几十条小鱼了，全都放在篷罩的褶缝里，都是些"摩查拉"鱼，非常鲜活，这种鱼味道极其鲜美，是一道美味佳肴。

两个猎手从上面下来。巴加内尔小心翼翼地捧着一些乌燕蛋，还提着一串小麻雀。小罗伯特还打着几对"喜格罗"，这是一种黄绿相间的小鸟，肉质鲜美，在蒙得维的亚¹市场上一直是颇受青睐的名贵野味。巴加内尔烹制禽蛋类菜肴的手艺堪称一绝，但现在迫于环境所限，他只能将就着把乌燕蛋放在热灰中烤熟了。不管怎么说，这顿晚餐还是蛮丰盛可口的。烤鱼、熟蛋、煨摩查拉、烧麻雀，可谓样样俱全。

　　大家边吃边聊，十分开心，一致赞扬巴加内尔，说他既是个好猎手，又是个好厨师。巴加内尔美滋滋地谦虚着。然后，话题便转向这棵巨大的翁比树。

　　"我同小罗伯特还以为是跑到一座大树林了哩，"巴加内尔说道，"我甚至还迷了路，以为钻不出来了。眼看太阳要落山，想循着原路返回，可却不见了来时的踪迹！而且，肚子还咕咕直叫！黯黑的树丛中已经有猛兽的吼声了……我是说……不对！没有什么猛兽，唉，真可惜！"

　　"什么！"格里那凡爵士说道，"没有猛兽您还可惜？"

　　"是啊，太可惜了！"

　　"这洪水就如同猛兽，已经够凶恶的了……"

　　"从科学的意义上说，没有什么凶恶不凶恶的……"巴加内尔回答道。

　　"这么说，猛兽对人是有好处的了，巴加内尔先生？"少校说道。

　　"少校先生！"巴加内尔提高了嗓门儿，"猛兽可是分门别

1　乌拉圭—城市名。

类的呀，有门、纲、目、科、属、种……"

"这就叫'对人是有好处的'呀！"麦克那布斯反唇相讥，"我却用不着这种好处！如果诺亚方舟上有我的话，我是绝对不会带上一对狮子、一对老虎、一对豹子、一对狗熊，以及其他什么有害无利的兽类的。"

"您真的会那样？"巴加内尔逼问道。

"当然会。"

"那么，从动物学的角度来说，您可就犯了大错了。"

"从人道的角度来讲，我就是完全正确的了。"少校顶撞道。

"您真让人恼火！"巴加内尔又说，"要是我的话，我就不像您那样，我不仅要带上您所不想带的那些猛兽，还要带上大懒兽、翼手龙以及大洪水之前的所有生物。真可惜啊，我们现在已经见不到大洪水前的一些生物了！"

"我告诉您吧，诺亚那么做是大错特错了，"少校寸步不让，"他保留下来那些猛兽，应该受到世世代代的学者们的诅咒。"

少校的怒斥引得众人大笑不已，因为他一向与人无争，现在却常常无端发火，今天又同巴加内尔为了诺亚方舟的事争吵了起来。当然，是巴加内尔在有意激他。格里那凡爵士便息事宁人地出来打圆场，说："关于猛兽的问题，说可惜也好，不可惜也好，就动物学观点说也好，就人道观点说也好，反正我们现在没见到有猛兽。不管怎么说，巴加内尔总不能希望在这棵大树的空中会遇上野兽吧！"

"怎么不可能？"巴加内尔反问道。

"树上会有吗？"奥斯丁问。

"当然会有呀！美洲虎，也就是黑斑虎，被猎人追急了，它会往树上爬的；现在，洪水来了，黑斑虎无路可逃，怎么就不会往树上爬呢？"

"您刚才起码是没遇上黑斑虎吧？"少校又顶了巴加内尔一句。

"是呀，没有遇上。真可惜！要是遇上了就好了，可以来一场围猎！黑斑虎凶猛异常，一爪子就能把马脖子弄断！它只要吃过一次人肉，就专爱吃人肉了。它最爱吃的是印第安人，然后是黑人以及白人和黑人的混血种，最后才是白人。"

"幸好把我排在了第四位。"麦克那布斯少校说道。

"这只能证明您这人没有味道。"巴加内尔故意气他道。

"是您让我这样的。"少校毫不相让。

"这就证明您这个人很没劲儿！白种人向来是以头等人自居的，但黑斑虎不一定持有这种看法。"巴加内尔的话越说越重。

"行了，巴加内尔，"格里那凡爵士又出来打圆场了，"现在，我们这儿既没有印第安人，也没有黑人，更没有混血种人，您的那些亲爱的黑斑虎还是别来的好。我们的处境本来就……"

"怎么！不舒适？"巴加内尔觉得这个词儿可以把话题岔开，便赶忙说道，"您是说我们运气不好吗，爵士？"

"当然啰，"格里那凡爵士回答道，"待在树枝上，既不方便，又不柔和，您觉得舒适呀？"

"我可是觉得从没这么舒适过，就是待在我的书房里也没这么舒适的。栖息在树上，像鸟儿一般自由自在！我觉得，人类本来就该在树上生活的。"

“可惜缺少一对翅膀。”少校说。

“将来总有一天会长出翅膀来的。”

“在长出翅膀来之前，我亲爱的巴加内尔，您还是让我先爱公园小径、卧室、地板或船上的甲板吧。”格里那凡爵士回答道。

“格里那凡爵士，”巴加内尔反驳道，“您该不会忘了‘随遇而安’吧？您是不是后悔离开了您的玛考姆府那温柔乡了？”

“没有，不过……”

“我相信小罗伯特是很喜欢这儿的。”巴加内尔连忙打断对方，想找到一个能够支持自己观点的人。

“是的，巴加内尔先生。”小罗伯特快快活活地回答道。

“这是因为这种生活适合他这种年龄的孩子。”格里那凡爵士说。

“也适合我这种年龄的人！”巴加内尔反驳道，“一个人，只要能随遇而安，他的需求就少，需求少了，人也就感到幸福多了！”

“看见没有？巴加内尔这是在开始向一切现代文明发动攻击。”少校说道。

“非也，非也，”学者巴加内尔摇头晃脑地说，“您这么一说，倒让我想起一个阿拉伯的小故事来。如果你们愿意听的话，我就给你们讲上一讲。”

“愿意，愿意，巴加内尔先生。”小罗伯特兴奋地回应道。

“您的故事想证明什么？”少校问道。

“伙计，它证明所有故事所证明的东西。”巴加内尔回答道。

“那也就是说，它什么也不证明，”麦克那布斯少校顶了他一句，"好吧，您就讲吧，舍赫拉查[1]，您就专会讲故事，那您就讲出来让我们听听吧。"

"从前，"巴加内尔开始讲了起来，"有一个大主教的儿子，总也快乐不起来。于是，他便前去请教一位长者，长者告诉他说，尘世中的幸福很难找到，不过，我倒是有一个百试不爽的妙法，可以让您快乐起来。主教之子便连忙求教，长者就说：'您去找一个快乐的人，把他的衣服穿到自己身上。'主教之子千恩万谢，便去寻找快乐的人，要把他的衣服穿到自己身上。于是，他便出发了。他访遍了世界各国，把皇帝、国王、王子、贵族的衣服都试了个遍，可他仍旧是不快乐。然后，他又把艺术家、士兵、商人等的衣服也拿来试了试，但仍然不奏效。他非常失望，沮丧地回到了自己的家中。有一天，他偶然地走到乡间去，见一农夫一边犁地一边唱歌，十分快活。他心想：这该算是个快乐的人了。如果说他还不快乐，那么，世上就再没有快乐的人了。于是，他便走上前去，与农夫打招呼道：'喂，这位农人，您快乐吗？'农夫回答道：'我很快乐。'主教之子又问：'您就不想再要点什么吗？'农夫答道：'不想要什么了！'主教之子又说：'让您当国王，不让您再做农夫了，怎么样？'那人回答道：'绝不！'主教之子就说：'那么，您把您的衣服卖给我吧！'农夫回答：'衣服？我哪儿有衣服呀！'"

1　舍赫拉查系《一千零一夜》里说故事的人，此处用以比作巴加内尔。

第二十五章

水火无情

　　大家都对巴加内尔生动讲述的故事表示十分赞赏，但各人的见解都不尽相同。地理学家获得了一般学术讨论的通常结果：谁也没能说服谁。不过，有一点却是大家的一致看法：无论遇上多大的困难都决不灰心丧气，既然现在无地方可住，那就只好忍耐一下，先在这棵大树上栖身。

　　大家谈着谈着，天色已晚。经过惊心动魄的这么一天，大家是该好好地睡上一觉了。翁比树上的鸟儿们已经停止了歌唱，藏在浓密的树叶间，美美地睡上了。

　　临睡之前，格里那凡爵士、小罗伯特和巴加内尔都爬到观察站上瞭望了一番，对那一片汪洋进行最后一次观察。当时已是九点钟了。太阳正从西边地平线上的浓雾中沉落下去。水雾茫茫，水天相连；星辰也模糊不清，只能隐约地辨清方位。巴加内尔便趁此机会给小罗伯特讲起了天上的星座来，什么"南极十字架"啦、"人马星座"啦、"麦哲伦星团"啦……可惜，"猎户星座"尚未出来。

　　这时候，东边天空乌云翻滚，那儿肯定已经是大雨如注了。

乌云滚动得极快，不一会儿，便把半个天空给占据了。一切都在静止之中：树叶没有颤动，水面没有涟漪，连空气仿佛都停止了流动。

"暴风雨要来了。"巴加内尔说道。

"你怕打雷吗？"格里那凡爵士问小罗伯特道。

"我不怕，爵士。"小罗伯特回答。

"那就好，一会儿就会电闪雷鸣了。"

"看这架势，这场暴风雨来头不小。"巴加内尔说道。

"我倒不是害怕暴风雨，只是大雨浇下来，我们都得被浇透了的。不管您怎么说，巴加内尔，反正人住在鸟窝里总不是个事。"格里那凡爵士对巴加内尔说。

"唉，请您豁达一点好不好呀！"巴加内尔讥讽地说。

"豁达了，就不被浇透了吗？"

"身子虽免不了被浇透，但豁达了，心里就暖洋洋的了。"

"行了，咱们下去吧，让我们的朋友们豁达一点，用斗篷把自己裹严实了！"

这时候，乌云把整个天空全都给覆盖住了，天空的乌云与水面上的雾气混在了一起，沉闷的声响从远处传来。

"下去吧，当心炸雷。"格里那凡爵士催促道。

三个人连忙下到下面，只见到处有微光在闪烁，那是无数的小光点发出来的，它们在水面上乱纷纷地游移着，跳动着……

"是不是磷光呀？"格里那凡爵士问道。

"不是，"巴加内尔回答道，"是磷虫，很像萤火虫。这是鲜活而廉价的金刚钻，布宜诺斯艾利斯有钱人家的女子用它们制成装饰品佩戴。"

"什么！昆虫就能像火星子一样？"小罗伯特惊奇地问。

"是呀，我的孩子。"

小罗伯特伸手捉到一只会放光的虫子。巴加内尔说得没错。这是一种大土蜂，印第安人称之为"杜可杜可"。它的翅膀前有两个斑点，光就是从那儿发出来的。它的光度很强，可在黑夜利用它来看书。巴加内尔把它移近表蒙子，居然看见表针正指着夜晚十点。

格里那凡爵士来到少校和三个水手身边，告诉他们暴风雨即将来临，让他们做好准备。大家按照他的要求，把自己牢牢地绑在"吊床"上。暴风雨一来，大树必将摇来晃去，人会被甩掉下去的。

大家互相道了"晚安"，怀着并不"安"的心情躺下睡了。

但是，暴风雨即将袭来，人人毕竟心中没底儿，总怕灾难降临，心总在怦怦地跳，连最坚强的人遇此情况也不例外。

第一声炸雷炸响时，将近十一点，大家还都没有入睡。那雷声还不是在近旁炸响的，而是从远处传了过来的。格里那凡爵士便冒着危险，把头伸出枝叶外面，想看看外面的情况。

黑如锅底的夜空，被撕开了一个锯齿状的明亮的缺口，清晰地倒映在水面上，仿佛水面也给撕裂开来了。

"情况怎样，爵士？"巴加内尔问道。

"来势凶猛，这风暴小不了！"

"太好了！"巴加内尔兴奋不已地说，"既然躲不过，能看到一场大自然奇观也很不错吗！"

"您少来点奇谈怪论，好吗？"少校顶了他一句。

"少校，这场暴风雨来势凶猛，无法躲过。既然如此，何不豁达一点，好好欣赏一番。我记不清在哪本书看到过，1793年，就在这布宜诺斯艾利斯省，一场大风暴竟落了三十七次雷，有一声雷鸣竟然长达五十五分钟！"

"手里拿着表数的？"少校问道。

"是呀……不过，这无关紧要，"巴加内尔接着又说，"诸位，科学家们都劝告人们雷雨天别躲在树下避雨，因为树比人高，更容易遭到雷击。我们的这棵翁比树可是这片'汪洋'中唯一的最高点，可以肯定，它会遭到雷击。"

"这倒还算一句正经话。"少校说。

"对呀，巴加内尔，别光说俏皮话。"格里那凡爵士说。

"啊！响雷了！"巴加内尔大声嚷道。

雷声滚滚，越来越响，一声紧似一声。按音乐术语来说，由低音转入中音，多声部的合唱就要开始了！闪电在空中跳跃，上下蹿动，形成一片火海。

闪电形状各异，纵横交叉，有的如珊瑚树一般在天空中扭转，有的则直落落地射向地面，不愧为一自然奇观。

天水之间，已经变成了电火的世界，而水中的倒影又将这电火扩大增长，使整个世界充满了火光，而翁比树就在这电火世界的中心立着。

树上的人们脸都被照亮了，一个个都默然无声地看着这骇人的景象：格里那凡爵士坚强刚毅地不动声色；少校镇定自若地眯着眼睛；巴加内尔饶有兴味地观赏着、研究着；小罗伯特则惊恐地紧攥住树枝；当然，几位水手的面庞上显露的则是司空见惯、不以为然的神情。

雨终于下来了，宛如天上的瀑布决了口子，倾泻而下，在水面上击出无数的大水坑来……

电闪雷鸣，暴雨倾泻。突然间，一个大火球迅速地自天而降，轰的一声，在翁比树顶上炸了开来。

一股浓烈的硫黄味在雨水中弥漫开来……

突然，只听见奥斯丁大喊一声："树上着火了！"

奥斯丁没有看错。翁比树的西边部分立刻燃起了熊熊大火，只听见噼里啪啦的树枝的燃烧声响成一片。

火借风势，越烧越旺，众人连忙向没有着火的一边逃去。他们个个连滚带爬、手忙脚乱地攀到颤颤悠悠的树枝上。

毕毕剥剥的燃烧声、上下蹿动的火蛇一般的火焰、不断往下掉落的烧断了的树枝，弄得大家无处藏身。树上再也没法待下去了。摆在面前的只有一条路：不是烧死就是淹死。两害相较取其轻，还是选一种比较没那么悲惨点的死法吧。

"快跳水！"格里那凡爵士喊道。

威尔逊身上已经着火了，他第一个跳了下去。可是，大家都听见他在没命地呼喊："救命呀！救命呀！"奥斯丁连忙跑过去，一把又将他拉了上来。

"怎么了？"奥斯丁问他。

"鳄鱼！鳄鱼！"威尔逊胆战心惊地回答道。

借着火光，众人看到有一圈扁平脑袋、眼睛暴突、嘴巴很大、满身疙瘩的家伙围住了树干。

这下完了！必死无疑！不是被烧死就是被鳄鱼咬死！连平时十分镇定的少校也不禁低下了脑袋，哀叹一声："看来是一点希望也没有了。"

不过，自然界的事物总是一物降一物的。格里那凡爵士一行人上有火，下有水，外加鳄鱼虎视眈眈，会有奇迹发生吗？

此刻，暴雨势头变弱，一股强大的旋风在水面上搅起了一团锥形的水雾，锥尖冲下，锥底冲上，卷起了冲天的水柱，以令人惊奇的速度移动着。

霎时间，那股水柱便一下扑向了翁比树，把大树团团围住，树被摇得东倒西歪的，格里那凡爵士还以为是鳄鱼快要把树给咬断了！

其实，大树在一瞬间已经被连根拔起，倒在了水中。

树上的人紧紧地搂抱住树干。

树下的鳄鱼已被水柱卷走了，只有一只爬到了树干上，张开血盆大口，向落难的人们爬了过来。穆拉迪眼疾手快，立即抓起一根烧断了的大树枝，猛地向鳄鱼腰间砸下去。鳄鱼的腰折了，滚落到水里去，可它那骇人的尾巴还在横扫着……

爵士一行人见鳄鱼已死，便立即向上风口爬去，紧抱住树干。这时，翁比树便带着一团火焰，在夜影中顺水漂流。火焰被大风吹得越来越旺，大树如同一条张着火帆的船在向前冲锋。

第二十六章

大西洋

　　燃烧着的翁比树在漫无边际的水面上漂流了两个小时了，仍然没碰到陆地，但燃烧着的火焰却已经在逐渐熄灭。大的危险算是过去了。少校轻巧地说了一句："现在，没什么大的危险了，我们算是得救了。"

　　水流的速度仍旧很快，而且仍旧保持着由西南奔向东北的方向。天空中，只有角落里还有几条残余的闪电在稀稀拉拉地闪着，夜又黑下来了。

　　雨点也越来越小，变成了水雾雨帘；水雾会随风飘舞，渐渐地被撕裂成一团团的云，在空中疾驶而去。

　　翁比树像是装上了发动机似的，顺流直下，犹如飞驰，也不知它会这样漂流多久。然而，将近凌晨三点，少校让大家注意看，树枝似乎有时掠到了水底。奥斯丁折断一根长树枝，插向水中探了探，水确实已不太深了。果然，二十分钟过后，翁比树轰然一声，撞到了什么，停止了漂流。

　　"陆地！陆地！"巴加内尔兴奋地喊道。

　　确实，翁比树撞到了一片高地，搁浅了。从未有过哪位航海家遇到陆地像他们这么高兴的。小罗伯特和威尔逊蹦到了高地上，大声高喊着"万岁"！正在这时候，突然有一个为大家所熟悉的声音传了过来，同时还听见了马蹄声。一个印第安人的高大身影出现了。

"塔卡夫！"小罗伯特首先叫喊道。

"塔卡夫！"众人异口同声地呼喊道。

"阿来哥斯[1]！"巴塔哥尼亚人也在呼喊。他知道他们会顺流而下，必然会漂流到这儿，因为他自己就是被冲到这儿的，所以他正在这里恭候着同伴们。

塔卡夫一把把小罗伯特搂住，而巴加内尔也从其身后把他给搂抱住了。格里那凡爵士、麦克那布斯少校和水手们见到自己的向导大难不死，都高兴得不得了，使劲地同他紧紧握手。然后，塔卡夫把众人领到一个废弃的厄斯丹厦的敞棚底下，那儿正燃着一堆旺火，火上还烤着大块大块的肉。大家边取暖边大快朵颐，好不快乐！吃饱了，身子也暖和了，这时，大家才开始感叹，竟然在上有火、下有水、外加鳄鱼的艰难处境之下活了过来！

塔卡夫简略地向巴加内尔讲述了多亏了他的桃迦，他才得以逃过这一劫。而巴加内尔也把对信件的新的解读，以及这种新的解读给大家带来的希望告诉了塔卡夫。后者显然不甚明白他的新的解读，但看到朋友们一个个重新燃起了希望，他也跟着高兴起来。

稍事休整，一行人又踏上了征途。时间正是早晨八点。这儿离海边还有四十英里，步行得要三十六个小时。谁走累了，可以

1　西班牙语，意为"朋友们"。

让桃迦驮一下。

一行人背对着身后的一片汪洋，跟随着塔卡夫向高地走去。高地上除了稀稀拉拉的几棵树而外，就是满目荒凉了。

第二天，在距海边还有十五英里的时候，就可以嗅到大海的气味了。海风十分强劲，植被受风力的影响，长得都很矮小，偶尔还可看到亮光闪闪的盐滩，盐滩光滑如镜，难以行走，只好绕行。一直走到晚上八点，一个个都累得快要散架了，可是，眼前却偏偏出现一座四十多米高的沙丘，挡住了后面的一条泡沫飞溅的白线。不一会儿，涨潮的声音便传到了众人的耳朵里来。

"大海！"巴加内尔欢呼道。

"是的，到大海边了。"塔卡夫大声道。

已经累得迈不动步的长途跋涉者们，突然间为之一振，来了精神，步伐矫健地往那沙丘上爬去。

冲上沙丘顶上时，只见夜色中的大海苍苍茫茫，什么也看不清楚，也根本见不到邓肯号的影子。

"邓肯号肯定会在这一带海边等待着我们的！"格里那凡爵士焦躁地说。

"明天准能看见它的。"麦克那布斯少校应答道。

奥斯丁朝着邓肯号可能出现的方向，扯开嗓门儿呼喊着那艘看不见的船，但没有一丝回音。这时，风大而浪急，沙滩又浅，邓肯号不会在海岸边五英里以内停泊的。船长孟格尔是个谨慎的人，他明白浅滩比礁石更加可怕。水手们冲着大海喊了一阵，当然一点效果也没有。在这种情况之下，再这么寻找邓肯号确非明智之举。

少校劝大家不要着急，等天亮之后再说，当务之急是安排过夜的地方。于是，大家便仿照少校的样子，在沙丘上挖掩体，作为睡觉的床铺，准备就寝。临睡之前，大家把最后的一点干粮吃掉，然后便倒头睡去。格里那凡爵士虽然与大伙儿一样，疲惫不堪，但却怎么也睡不着。眼望着那黑夜中的大海，听那海风怒号，浪涛拍岸，沙丘飞沙走石，格里那凡爵士不敢指望邓肯号会在周围的海面上出现。但若是说它不会到达约定的地点，那也找不出任何的理由来。格里那凡爵士一行离开塔尔卡瓦诺湾已经整整三十天了，他们横穿了美洲大陆，邓肯号也应该有足够的时间绕过合恩角，穿过南纬三十七度线来到大西洋岸边了！邓肯号是一艘快船，又有一位好船长以及好船员，它不可能会延误的呀！

理智的分析与情感上的揣度在苦苦地折磨着格里那凡爵士。在这漫漫的黑夜里，他的脑海中浮现出他的亲人们的身影：海伦、玛丽·格兰特、邓肯号上的水手们……

他待在这荒凉的海岸上，眼望着茫茫大海，恍惚中似乎影影绰绰地看到了邓肯号上的灯光在闪烁。

"没错，那一定是邓肯号上的灯光。可是我怎么又看不清楚了呢？我的视力为何就穿不透这夜的黑幕呢？"他独自在嘟囔着。

突然间，他想起来，巴加内尔曾说过他是夜视眼，可以看清黑暗中的东西。于是，他便忙不迭地去找巴加内尔。后者在自己的沙窝窝里睡得正香，忽然被一只强有力的大手拖了出来。

"谁呀？"巴加内尔喊道。

"是我，巴加内尔。"格里那凡爵士回答。

"您是谁呀？"

"格里那凡。快起来，我得借用您的眼睛。"

"借我的眼睛？"巴加内尔猛揉着眼睛，莫名其妙地问。

"是的，借用您的眼睛。我想让您穿透这夜的黑幕看到我们的邓肯号。您快点，快来。"

"唉，有了夜视眼活该倒霉！"巴加内尔嘟囔着，但心里头却十分高兴自己能为格里那凡爵士做点事。

他立马爬了起来，伸了伸懒腰，跟着爵士来到海岸边。

格里那凡爵士要他仔细地看看远处幽暗的天际。巴加内尔认认真真、仔仔细细地看了有好几分钟。

"怎么样？看见什么了吗？"格里那凡爵士急切地问道。

"什么也没看见！漆黑一片，猫眼也看不出两步远去。"

"您再仔细看看，有没有一盏红灯或绿灯，就是船上左舷灯或右舷灯？"

"看不见！只是漆黑一片！"巴加内尔回答着，眼睛又不由自主地闭上了。

巴加内尔被心急如焚的爵士拖来拉去地足足有半个钟头。他的头低垂在胸前，被爵士拉着走，时而又抬起头来。对方问一句，他答一句，不问就不答，脚步踉踉跄跄的，好像是个醉汉。格里那凡爵士看了看他，发现他走着走着又睡着了。

于是，格里那凡爵士不忍心叫醒他了，只是挽住他的胳膊，把他扶回了他的沙窝窝里去，又用沙子把他埋好。

天刚放亮，只听见一阵"邓肯号！邓肯号！"的欢呼声，众人一下子便从梦中惊醒过来了。

"万岁！万岁！"大家高兴不已，欢叫着奔到海岸边。

果然，在海上，离岸边五英里开外，邓肯号正收起全部的帆，缓缓地行驶着。烟囱里冒出来的烟与晨雾混杂在一起。海浪很大，邓肯号这样吨位的船难以驶到沙滩边沿，否则便会出事。

格里那凡爵士举起巴加内尔的望远镜，仔细地观察邓肯号的动向。显然，孟格尔船长尚未发现他们，因为它并没掉头，仍旧继续往前缓缓地行驶着。

这时候，只见塔卡夫在往枪里装火药，然后，冲着邓肯号上方连发三枪。枪声在沙丘上响起了很大的回声。

突然，邓肯号腰部冒出一股白烟来。

"他们看见我们了！"格里那凡爵士激动地叫喊道，"是邓肯号在开炮！"

众人全都欢呼起来。

不一会儿，只见邓肯号升帆转头，向他们这个方向开了过来。

举起望远镜，可以看见大船上放下来的一只小艇。

"浪太大，海伦夫人可别来！"奥斯丁说。

"孟格尔也别丢下船跑了来！"麦克那布斯说。

"姐姐！姐姐！"小罗伯特伸开双臂冲着那颠簸剧烈的小艇大呼小叫道。

"啊！我真恨不得一步跨到小艇上去！"格里那凡爵士急不可待地说。

"别着急，爱德华，再过两个小时您就到船上了。"少校回答他道。

是啊，小艇打个来回至少得两个小时！

格里那凡爵士回过头来找塔卡夫，只见后者搂抱着双臂，远远地站着，身旁伴着他的桃迦，静静地看着波涛汹涌的海面。

格里那凡爵士走过来拉住他的手，指着远处的小艇，对他说道："跟我们一起走吧。"

印第安人缓缓地摇着头。

"走吧，我的朋友。"格里那凡爵士恳求他道。

"不，"塔卡夫轻声答道，一边指了指自己的马和身后的大陆，"桃迦！潘帕斯！"

格里那凡爵士明白，塔卡夫是不会离开这块生他养他的土地的，因此，他紧紧地握了握塔卡夫的手，不再勉强他。

当爵士提及报酬的事时，塔卡夫微微一笑，回答他道，他这全是"为朋友帮忙"，不要任何报酬。

格里那凡爵士不知如何回答是好。再说，他现在什么也没有了，没有什么可以作为报酬的。突然，他脑子一转，想到了一个办法：他从皮夹子里掏出一个精巧的小雕像框，嵌有一张小画像，是劳伦斯[1]为海伦夫人画的头像。

"这是我的妻子。"爵士说道。

塔卡夫看着画像，激动地说："美丽贤惠的女人！"

接着，小罗伯特、巴加内尔、少校、奥斯丁和两个水手全都走上前来，与巴塔哥尼亚人激动地话别。朝夕相处多日，经历了生与死的考验，说分离就分离，心中的悲伤难以言表。塔卡夫伸开他那长胳膊，把大家全搂在了一起，场面让人动容。巴加内尔想起塔卡夫经常看他的地图，便忍痛割爱，把自己这唯一的宝贝送给了他。小罗伯特无物相赠，只是一个劲儿地亲吻塔卡夫。他亲吻着自己的救命恩人，同时也没忘记吻他所喜爱的桃迦。

小艇渐渐地在靠近岸边。

"我妻子呢？"格里那凡爵士喊问道。

"我姐姐呢？"小罗伯特喊问道。

1　劳伦斯（1769—1830）：英国著名画家。

"海伦夫人和格兰特小姐都在大船上等你们哩！"一名桨手回答道，"快上船吧，阁下，开始退潮了！"

众人最后一次拥到塔卡夫身边，又是握手，又是拥抱，又是亲吻。塔卡夫把朋友们一直送到小艇边，小艇又被推到水里。小罗伯特在上船之前，又忍不住扑到塔卡夫的怀里，塔卡夫紧紧地搂抱住他，慈祥地对他说道："去吧，孩子，你现在已经是个大人了！"

"再见，朋友！再见啦！"格里那凡爵士大声喊道。

"我们还会再见吗？"巴加内尔喊问道。

"奎延萨白！（但愿吧！）"塔卡夫双臂伸向天空回答道。

印第安人的这最后一句话在晨风中消失了。

小艇划入海面，被浪潮推拥着，越去越远了。

众人隔着飞溅的浪花，仍影影绰绰地看见塔卡夫那高大的身影，一动不动地屹立在海岸边，越来越小，越来越小……

一个小时之后，小罗伯特第一个跳上邓肯号的甲板，扑到姐姐的怀里。船上的水手们发出一片"万岁"的欢呼声。

沿着一条直线横穿南美大陆的远征就这么结束了。大自然的重重障碍，都在他们英勇顽强的意志面前退让了。

第二巻

第一章

返回邓肯号

格里那凡爵士等人一回到船上，大家便沉浸在一种劫后重逢的欢乐气氛之中。为了不扫大伙儿的兴，也为了不让海伦夫人和玛丽·格兰特小姐失望，爵士没提寻访失败的事，只是说："不要灰心！朋友们，要坚定信心！虽然此次格兰特船长未能同我们一起归来，但是我们有把握找到他。"

本来，海伦夫人和玛丽·格兰特小姐在船上已经等得心急火燎了，当她们看到小艇出现的时候，她们的心情一下子从绝望转为了兴奋。玛丽·格兰特小姐紧张得心跳加速，站立不稳，幸好海伦夫人一把将她搂住，她才没有摔倒在地。

"他来了！他在小艇上！我的父亲啊！"格兰特小姐已经是泪眼模糊，一边仔细地看着小艇上的人，一边喃喃道。

船长孟格尔就站在她的身旁，他用他那水手的犀利眼睛，默默地打量着小艇上的人，但却并没有发现有格兰特船长。

小艇距离大船越来越近，已不足十英尺远了，连海伦夫人都看清楚了，艇上并没有格兰特船长的身影。玛丽小姐自己也看清楚了，小艇上并没有她的父亲，她感到彻底地失望了。

正是在这种情况下，格里那凡爵士才说了上面的那番话，让大家心情平静了一些，又燃起了希望的光芒。

在一阵激动不已的拥抱之后，格里那凡爵士便把此次陆地探险的艰险以及意外讲述给海伦夫人、格兰特小姐和孟格尔船长听了。首先，他夸赞了一番巴加内尔的聪明智慧，把学者对信件的新的解读叙述了一遍。接着，他又对小罗伯特大加赞扬，说他如何临危不惧，遇到险情时，镇定自若，机智英勇，并说格兰特小姐应该因有这个弟弟而感到自豪。

小罗伯特被夸奖得不知如何是好，羞涩地躲进姐姐的怀里。

"干吗难为情啊，小罗伯特！这才不愧为格兰特船长的儿子呀！"孟格尔船长边说边把小罗伯特拉到自己身边，吻着他的小脸蛋，那脸蛋上还沾着他姐姐的泪珠哩。

当然，还必须提一句，少校和巴加内尔也受到大家的热情欢迎。大家还对那个巴塔哥尼亚人赞不绝口。海伦夫人竟然因未能有幸与这个热诚的印第安人谋面而深感惋惜哩。

在一阵欢叙之后，麦克那布斯少校便钻进自己的舱房去刮胡子了。而巴加内尔却在进来逛去，不是找这个就是找那个，仿佛要吻遍全船的人，当然也包括海伦夫人和玛丽·格兰特小姐在内。于是，他便从她俩开始，逐一地亲吻着大家，直到奥比内先生。

奥比内先生对巴加内尔的热情无以回报，只好宣布开饭。

"吃午饭了！"巴加内尔欢叫道。

"是的，开午饭了，巴加内尔先生。"奥比内应答道。

"是一顿正儿八经的午餐？大家围桌而坐？有餐具、餐巾什么的？"

"是的，巴加内尔先生。"

“不用再吃‘沙肌’[1]焐鸟蛋和鸵鸟肋条了？”

“啊！先生，您这话从何说起？”厨师因别人奚落其烹饪技术而大为不满。

“我这可不是挖苦您，我的朋友！”巴加内尔微笑着说，“您知道，一个月来，我们一直都在吃这些玩意儿，而且是席地而坐或骑在树枝上吃，没有桌子，没有椅子！所以您刚才宣布开饭时，我仿佛觉得自己是在梦中。”

“那好，我们就去看看，看是不是货真价实的午餐，巴加内尔先生！”海伦夫人忍俊不禁地回答道。

“夫人，请允许我挽住您的玉腕。”巴加内尔殷勤地说。

“爵士，您对邓肯号还有什么指示吗？”孟格尔问道。

“亲爱的约翰，午饭后我们再好好研究一下我们下一步的探险计划吧。”格里那凡爵士回答道。

船上的乘客和船长都来到了方形厅。

船长命令轮机师把火烧旺，随时待命，扬帆远航。

少校已经刮好了脸，乘客们也都梳洗完毕，大家纷纷落座，围在餐桌旁。

奥比内先生准备的午餐，让众人吃得美滋滋的，异口同声地赞扬道，比潘帕斯草原的那些盛筵强过百倍。而巴加内尔则每样菜都夹上双份，还诡称是自己粗心大意使然。

一提到粗心大意，格里那凡夫人便问那位可爱的法国人一路上是否犯过老毛病。少校和格里那凡爵士闻言，相视一笑，巴加内尔则纵声大笑起来，样子显得天真极了。他首先以自己的名誉

---

1 南美当地人吃的一种干牛肉。

担保说，在今后的整个行程中，绝不再犯老毛病，然后，便讲起自己如何苦读喀孟斯的大作，但自己说的话别人仍旧听不懂的有趣故事来，说得津津有味，最后说了一句："不管怎么说，反正我也没吃亏，吃一堑，长一智嘛！"

"此话怎讲，我尊敬的朋友？"麦克那布斯问他道。

"这还用多说吗？由于这次的阴错阳差，我不但学会了西班牙语，还学会了葡萄牙语，这不是一箭双雕吗？"

"原来如此，那我倒该祝贺您了，巴加内尔。我真心实意地祝您一下子掌握了两门外语。"麦克那布斯少校说道。

大伙儿也跟着向巴加内尔表示祝贺。巴加内尔也不应答，只管自顾自地吃饭，嘴从没停下，而且，边吃边与大伙儿逗笑。

席间有个秘密，只有格里那凡爵士有所察觉：孟格尔船长坐在玛丽·格兰特小姐的身旁，对她关怀备至，十分殷勤。爵士便对其夫人挤了挤眼，相视一笑。格里那凡爵士带着怜爱、带着慈祥看了看这对男女青年。突然间，他喊问了一句："孟格尔，你们一路上怎么样？"

"好极了，不过，阁下，我们没有从麦哲伦海峡经过。"孟格尔船长回答道。

"好啊！"巴加内尔叫嚷道，"你们趁我不在船上，背着我绕过了合恩角！"

"您别为没看见合恩角而懊恼，亲爱的巴加内尔，"格里那凡爵士说，"您当时人在潘帕斯大草原，您又不会分身术，怎么可能同时又去绕经合恩角呢？"

"不能是不能，不过，总免不了有所遗憾罢了！"巴加内尔回答道。

大家没再逗弄巴加内尔，而是听孟格尔船长讲述航行经过。他首先讲到他们沿着美洲西海岸航行，观察了美洲西边所有的群岛，但都没有发现任何有关不列颠尼亚号失事的踪迹。航行至皮拉尔角时，遇上了顺风，于是，便一直向南驶去，驶到南纬六十七度线附近，绕过合恩角，沿火地岛航行，穿过勒美尔海峡，再沿普巴塔哥尼亚海岸北上。此时，他们遇上了爵士一行在潘帕斯大草原上遇到的那股大风，但人和船却安然无恙。他们沿着海岸连续行驶了三天，焦急地等着爵士一行人，直到听见了枪声。航行过程中，海伦夫人和格兰特小姐尽管焦急万分，但仍不动声色，镇定自若，可钦可佩。

听完孟格尔船长的讲述之后，格里那凡爵士对他大加赞扬，然后，又转向格兰特小姐，对她说道："亲爱的小姐，孟格尔船长对您倍加赞扬，想必您在船上不会寂寞吧。"

"怎么会寂寞呢？"格兰特小姐一边回答，一边看了看海伦夫人和孟格尔船长。

"啊！我姐姐很喜欢您，孟格尔先生，我也喜欢您！"小罗伯特叫嚷道。

"我也爱你，亲爱的孩子！"船长回答道。小罗伯特的话让孟格尔船长脸上飞红，也让玛丽·格兰特脸上泛起了红晕。

然后，为了打破窘境，孟格尔便转移了话题，说道："邓肯号沿途经历我已讲完，阁下能否把你们横穿美洲大陆的详细经过和这位小英雄的事迹跟我们说说？"

海伦夫人和格兰特小姐最喜欢听这类惊险故事了。于是，格里那凡爵士便把他们翻越安第斯山、遇上地震、小罗伯特失踪、恶战红狼，以及洪水暴发、鳄鱼逞凶、狂风肆虐等，一幕幕惊险场面详详细细地讲给他们听。最后,他说道:"现在,朋友们,过去的事情都已经过去了,我们该想想下一步应该做的事。我们还是再来谈谈格兰特船长吧。"

午饭后,大家都聚集在海伦夫人的小客厅里,围着一张桌子坐下来。桌上放着一些彩色的和素底的地图。

"我亲爱的海伦,"格里那凡爵士开言道,"上船时,我告诉过您,我们有希望找到格兰特船长。尽管此次失事的人们没能同我们一起归来,但是,横穿美洲大陆的结果却增强了我们的信心。或者更确切地说,我们坚信,不列颠尼亚号的失事地点既不在太平洋沿岸,也不是在大西洋沿岸。总之,我们一开始就错误地解读了信件的内容。多亏了巴加内尔先生的聪明才智,重新研读了信件,做了一番新的正确的诠释,纠正了我们开始时的错误。现在,就请巴加内尔先生来给大家解释一番,让大家心里明白。"

地理学家并不谦让,立刻接受了请求,滔滔不绝地讲了起来。他有理有据地解释了 gonie 和 indi 这两个不完整的词的意思,又从 austral 解读出 Australia(澳大利亚)来,然后,证明格兰特船长离开秘鲁海岸返回欧洲时,可能是因为船上机件失灵,船便被太平洋南部的海流裹挟到了澳洲海岸。他的解读和诠释合情合理,精确无误,就连一向性格固执、不易受他人影响的孟格尔船长听了之后,也不住地点头称是。

巴加内尔讲完之后,格里那凡爵士便下令让邓肯号扬帆起锚,驶往澳洲。

这时候,麦克那布斯要求在命令船掉头往东去之前,允许他提出一个小小的建议。

"您说吧，麦克那布斯。"格里那凡爵士允许道。

"我无意推翻我们的朋友巴加内尔先生的推断，他的解读有理有据，缜密完善，完全可以作为我们今后航行的依据，我们应该重视。但是，我又在想，我们是否再对这几封信做最后的一番推敲，以臻完善，达到无可指责的尽善尽美的地步。"少校说。

大家知道麦克那布斯一向行事谨慎周密，这时，大家十分困惑，不知他这番话究竟意欲何为。

"请您接着往下说，少校，我准备好回答您提出的所有问题。"巴加内尔回答道。

"我的问题非常简单，"少校说道，"五个月前，我们在克莱德湾研究那三种文字的信时，曾以为我们的理解完全正确，无懈可击，除了巴塔哥尼亚东海岸之外，不会另有沉船地点。对于这一解读，我们没有产生过一丝一毫的怀疑。"

"您说得对。"格里那凡爵士说道。

"随后，巴加内尔先生因粗心大意误上了我们的邓肯号，他在看了我们给他看的那三封信之后，也完全认同我们的解读，完全赞同我们往美洲海岸去找寻。"

"没错，是这样的。"巴加内尔回答道。

"可是，我们却错了！"少校说。

"是呀，我们是错了，但是，麦克那布斯，人总是免不了会犯错的，问题是不要坚持错误，有错必纠，否则就是愚蠢。"巴加内尔回答道。

"您先别急，听我把话说完，巴加内尔。我并不是说我们仍旧得在美洲寻找。"

"那么，依您的意思呢？"格里那凡爵士问他道。

"我并没有别的意思，我只是要你们认定，澳洲显然就是不列颠尼亚号失事的地点，如同我们当初认定美洲是出事地点一样。"

"我们当然是这么认定的。"巴加内尔回答他道。

"既然如此，我想告诉您，您不要总是以您的凭空想象来断定今天这个'显然是'，明天又是那个'显然是'，否则，今天的'显然'否定了昨天的'显然'，而明天的'显然'，又会否定今天的'显然'的。谁能保证我们的澳洲之行显然是正确的，一定会如愿的？说不定我们'显然'还得往别处去寻找的。"

少校的话不无道理，格里那凡爵士和巴加内尔彼此对视着，无言以对。

"因此，我建议，"少校继续说道，"在起航前往澳洲之前，再做最后一次验证。我们按照信件所示，在地图上把三十七度线所穿越的地方一个个加以研究，看看还有没有其他地方与信件有关的。"

"这太容易了，费不了多少事，"巴加内尔回答道，"因为，很巧，三十七度线穿越的陆地并不多。"

"那我们就来研究一下吧。"少校说着便把一张英文地图展开来。大家围了上来，听巴加内尔按图解说。

"我已经说过，"地理学家说道，"南纬三十七度线在穿过南美洲之后，就是透利斯坦达昆雅群岛。我认为信件上没有一个字与这个群岛有关。"

大家又仔细地研究了一遍那几封信，不得不承认巴加内尔言之有理，于是，便继续往下看那张地图。

"往下去，"巴加内尔解说道，"经过大西洋，绕过好望角，便进入了印度洋。在这一纬度上，遇到的只有阿姆斯特丹群岛。我们再比对一下那几封信看看。"

大家又仔细地研究了一番那几封信，无论英文信、德文信，还是法文信，都看不出有什么与阿姆斯特丹群岛相关的字句。

"现在，我们便来到了澳洲，"巴加内尔继续解说道，"南纬三十七度线从百努依角穿入，进到澳洲大陆，再从杜福湾出来。很显然，英文信件上的 stra 和法文信件上的 austral，都让人联想到 Australia（澳大利亚）。事情是明摆着的，无须我多说。"

大家都对巴加内尔的分析表示赞同。

"再往下看。"少校说道。

"在地图上旅行是极其便当的事，"巴加内尔回答道，"出了澳洲，就是新西兰了。不过，法文信件上的'contin'显然是指 continent（大陆），而新西兰却是一个岛，格兰特船长显然是不会逃到那儿去的。"

"绝对没有这种可能。"孟格尔船长研究了地图和信件后，态度十分坚决地赞同道。

"绝不可能，"众人纷纷表示赞同，包括少校也表示认可，"不可能去新西兰，这与新西兰无关。"

"那么，再往下去，在美洲海岸和新西兰岛之间的辽阔海洋里，南纬三十七度线穿过一个荒无人烟的小岛。"

"什么岛？"少校问道。

"您看地图，该岛名叫玛丽亚泰勒萨岛，但三封信中都未见与此岛相关的文字。"巴加内尔说道。

"确实没有。"格里那凡爵士赞同道。

"既然如此，朋友们，现在我们该做出决定了，该不该去澳洲呀？"格里那凡爵士接着又说道。

"应该，当然应该！"船长和全体乘客一致表示道。

"孟格尔，燃料和粮食备齐了吗？"于是，格里那凡爵士便向船长问道。

"都备齐了，阁下，在塔尔卡瓦诺就补充了不少。再说，我们到了好望角时，也很容易获得燃料和粮食的。"

"那好，我们就扬帆起航吧……"

"我还有点想法。"少校打断格里那凡爵士的话，说道。

"你说吧，麦克那布斯。"

"我们暂且别管澳洲之行能否获得成功，我想提议在透利斯坦达昆雅岛和阿姆斯特丹群岛也停泊一两天，看看能否打听到有关不列颠尼亚号的失事情况，况且，又是顺路，不必绕行。"

"少校就是生性多疑，非常固执。"巴加内尔嚷道。

"我确实很固执，但我可不想将来又走回头路。"

"我觉得他这么考虑也不是坏事。"格里那凡爵士说。

"我并没反对，我也是赞同的。"巴加内尔辩解道。

"既然如此，孟格尔，"格里那凡爵士命令道，"那就向着透利斯坦达昆雅岛前进吧。"

"遵命，阁下。"孟格尔船长答应一声，便走上甲板。

不一会儿，邓肯号便驶离美洲海岸，船头劈波斩浪，向东驶去。

第二章

云中山峰

美洲与澳洲之间，确切地说，澳洲的百努依角与美洲的哥连德角之间，相距一百九十六经度，距离有一万一千七百六十海里。从美洲海岸到透利斯坦达昆雅是两千一百海里。邓肯号一路向东行驶着，如果一路顺风顺水的话，孟格尔船长希望十天内跑完这段路程。

果然，当天晚上，西风劲吹，邓肯号轻快地在大西洋宁静的海面向前行驶着。大家因航行顺利而高兴异常，谈兴顿起。他们又谈论起格兰特船长来，仿佛并非去寻找失踪的他，而是前去把他迎接归来。格兰特船长及其两名同伴的舱房都已准备好了。玛丽·格兰特小姐心情舒畅，乐呵呵的，亲手为父亲布置卧室。这间卧室原是由奥比内先生住着的，现在他把它让了出来，自己住到妻子的舱房里去了。

巴加内尔先生仍旧住在自己所预订的那间六号舱房里。他埋头写作，夜以继日地在写他的《一位地理学家漫游阿根廷潘帕斯大草原印象记》，时而还停下笔来，铿锵有力地朗读一下自己所写的文字。有时候，为了换换脑子，他也走出舱房，同大家聊上几句。海伦夫人就经常真心实意地赞扬他勤于做学问。

少校也同样很佩服他，常常赞扬他，但总不免要叮嘱他一句："不过，您可别再粗心大意了，我亲爱的巴加内尔先生。"

船上的生活很愉快。格里那凡爵士和海伦夫人对孟格尔船长和玛丽也倍加关心，只是从不点破他们，让他俩顺其自然，自由发展。

"将来，如果格兰特船长知道了这件事。他会有何想法？"有一天，格里那凡爵士问海伦夫人。

"他一定会觉得孟格尔船长与他女儿十分般配，您说是吗，亲爱的爱德华？"海伦夫人这么回答丈夫。

五天后，11月16日，海面上又刮起了凉爽的西风；非洲南端经常是刮东南风的。这场西风在这一带海域可真是天赐良机。邓肯号鼓起了船上所有的风帆——主帆、纵帆、前帆、顶帆以及各种辅助帆，全部张开来了，船在飞速地向前疾驶着。

第二天，邓肯号驶入一片满是海藻的洋面，船速受到影响，减慢下来。

又过了二十四小时，天刚破晓，担任瞭望哨的水手大声呼喊道："陆地！"

"在哪边？"担任值星官的奥斯丁问道。

"迎风的方向。"那水手回答道。

水手的喊叫声惊动了船上的乘客们，全都激动地拥到甲板上来。不一会儿，只见一只大望远镜从艉楼里伸了出来，随后便看到了巴加内尔的身影。

这位地理学家架起了望远镜，对着水手所指的方向看了又看，但却没有发现什么。

“往云里看。”孟格尔船长对他说。

“啊，没错，像是一座山峰，影影绰绰的。”巴加内尔回答道。

“那就是透利斯坦达昆雅峰。”

“透利斯坦达昆雅峰海拔七千英尺，在这样的距离看到它，我想我们与它相距有八千海里。”巴加内尔说道。

“完全正确。”孟格尔船长回答道。

几小时后，远处的那又高又陡的岛屿已经可以看得一清二楚了。透利斯坦达昆雅峰那圆锥形峰顶在旭日初升的万道霞光中显露出来。接着，大家又看清了主岛从那片岩石中显现。群岛呈三角形，主岛占据三角形的顶端，另有莺岛和云路岛两座小岛作为依托。该群岛是南大西洋上的孤独的岛群，而且不在航线上，所以很少有船只经过这里。

下午三点左右，邓肯号驶往透利斯坦达昆雅的法尔默思湾。那里停泊着一些捕猎海豹的船只。这一带海岸，海兽种类繁多，无以计数。

孟格尔船长选择好一个合适地点，把邓肯号停泊在距离岸边约有半海里的深水处。船上的乘客们立刻上到一只大艇上，在一片黑黑的细沙地上登上陆地。

透利斯坦达昆雅群岛的首府是个小小的村落，位于海湾深处的一条水声淙淙的溪水旁。该村大约有五十所房屋，都是典型的英国式建筑，错落有致。村后是一片平原，有一千五百公顷左右，平原尽头就是那座山峰，高耸入云。

格里那凡爵士受到了当地总督的热情接待。原来，这儿是属于好望角英国殖民地政府管辖的。格里那凡爵士便急切地向这位总督大人打听哈利·格兰特船长以及失事的不列颠尼亚号的情况，但总督对这两个名字并无耳闻。由于此处不在航路上，过往船只很少，记录在案的船只失事情况也只有三次。

格里那凡爵士本来也没抱多大希望，只不过是出于礼貌随便问问。不过，他还是派人划上邓肯号上的大艇小艇，绕着岛察看了一番。这岛也不大，周长也超不出十五英里，绕一周费时不多。

格里那凡爵士在向总督打听情况的时候，船上的乘客们就在村子里和海岸边散步。该岛人口不足一百五十人，多为英国人和美国人，有的与当地黑人通了婚。平原上溪流遍布，随处可见翠绿的一片灌木丛，野芹、凤尾草、狮子头草长满田野。田里种着小麦、玉米等农作物以及各种蔬菜，村外放牧着成群成群的牛羊。

散步的人们有说有笑地边观赏风光边交谈着，直到日暮时分才回到大船上。格里那凡爵士派去巡察的水手也回来了，没有发现不列颠尼亚号的任何踪迹。因此，透利斯坦达昆雅便在大家心中被删除掉了。

邓肯号本该当晚便驶离该岛的，但岛上海豹等动物非常之多，格里那凡爵士便决定让水手们晚间捕猎海豹，次日白天把它们熬成油，贮存起来。

因此，邓肯号延迟到第三天，也就是 11 月 20 日才启程。

晚饭时，巴加内尔讲了一些有关透利斯坦达昆雅的史实。原来，该岛群是葡萄牙人透利斯坦·达·昆雅于 1506 年发现的。由于此处处于风暴地带，此后一百多年间，几乎很少有人来过。1700 年，天文学家哈雷[1]对该岛的方位进行了测定。这之后许多年，才陆陆续续地有人来这儿居住。

---

1 哈雷（1656—1742）：英国天文学家。

当晚，邓肯号的水手们成绩斐然，捕杀了五十多头海豹。第二天，大家便忙着把这些海豹剥了皮，炼成油。白天，格里那凡爵士和少校携带了枪支，想在岛上打点野味。他们一直走到山脚下。这儿到处是黑色多孔的岩石，足见系由熔岩所构成，说明这座山原是一座火山。

　　他俩在这儿发现了几头野猪，少校举枪，命中一头。格里那凡爵士则打中几只黑竹鸡。当晚晚餐桌上可有好吃的了。

　　晚上八点，大家吃了晚饭之后，便休息了。邓肯号于当天夜里起航，离开了透利斯坦达昆雅。

第三章

阿姆斯特丹岛

孟格尔船长想要在好望角添加燃料，便不得不偏离南纬三十七度线，往北走上两度。

邓肯号有老天帮忙，乘着西风劲吹，不到六天，便跑完了透利斯坦达昆雅至非洲南端的一千三百海里的路程。

11 月 24 日下午三点，从船上就已能望见桌山山脉了。不一会儿，约翰·孟格尔便把方位测定好，确定了海湾入口处，将近八点时分，船驶入海湾，在开普敦港里停泊下来。

巴加内尔身为法国地理学会会员，他知道这非洲的南端是1486 年由葡萄牙海军上将狄雅兹首先发现的，1497 年，著名的航海家瓦斯科·达·伽马[1]曾经绕过这里。

开普敦位于开普湾深处，1652 年，由荷兰人凡·利伯克建立起来的。它是这儿的殖民地首府，地理位置十分重要。1815 年之后，根据所签订的条约，这里才归属英国。

孟格尔船长需要在此添加燃料，得一天的时间，并决定 26

1　瓦斯科·达·伽马（1460—1524）：葡萄牙著名航海家，是他第一个发现绕过好望角到印度的航路的。

日一大早开船，因此，邓肯号上的乘客们有十二小时的空闲时间游览全城。

其实，游览开普敦全城并不需要太多的时间。所谓的开普敦城只不过是一个由住宅排列而成的方格子大棋盘，约有三万名居民，有白人和黑人。城里并无什么名胜可言，顶多也就是城东南的那座高耸起的城堡，还有总督衙门、证券交易所、博物馆以及狄雅兹当初发现好望角时所竖起的一个石头十字架值得看看。乘客们参观了上述名胜之后，又品尝了一下贡斯丹斯公司生产的上等土酒——彭台酒，也就心满意足，再没有什么值得留恋的了。第二天清晨，邓肯号便扯起了触帆、三角帆、主帆、前帆，起锚出发。几个小时之后，它绕过了那著名的"风暴角"——后被葡萄牙国王更名为"好望角"。

从好望角到阿姆斯特丹岛全程两千九百海里，顺风顺水的话，十天左右便可跑完。我们的远航者们比在潘帕斯大草原幸运得多，天公作美，印度洋风平浪静，助了他们一臂之力。

"啊，海洋啊，海洋！"巴加内尔大发感慨，"海洋才是人类真正的用武之地！船舶是真正的文明使者！你们想想看，朋友们，如果地球光是一片陆地，那么人类即使到了 20 世纪也不会了解它的千分之一的面积的。西伯利亚的森林、中亚细亚的草原、非洲的沙漠、美洲的大草原、澳洲的原野以及两极那冰雪严寒地带，连最最勇敢的人也会望而却步的。再说，陆地上问题多多，什么交通工具啦，炎热、疾病啦，还有土著人的威胁啦，等等，不一而足，更增加了人们了解上的困难。二十英里的沙漠地带就可以给人以远隔千里之感，而五百英里的海洋却让人觉得是一衣带水。只要在陆地上隔着一大片森林，人们彼此间就感觉到对方成了另类，而英国与澳洲相距甚远，但却像是边境相连。非洲大陆的埃及与塞内加尔相距并不遥远，但却像是相隔千万里；而北京与圣彼得堡更像是天各一方似的。今天，我们在大海上航行，比穿越一个小的撒哈拉沙漠要便当得多。因此，可以说，有了海洋，全球陆地之间才建立起友好的联系来。"

巴加内尔对海洋的这份感慨，由衷而发，连一贯爱挑剔的少校也无法反驳。确实，有了海洋，才使得这些寻找哈利·格兰特的人从一个陆地跑到另一个陆地，不然的话，要是光在陆地上行走，那困难就无法想象了。

12 月 6 日，天刚泛白，海面上影影绰绰地显现出一座山峰来。那就是阿姆斯特丹岛。

阿姆斯特丹岛位于南纬三十七度四十七分，东经七十七度二十四分。天气晴朗时，在五十英里开外就能看见岛上那座山峰的圆锥形峰顶。

"这座山峰与透利斯坦达昆雅峰十分相似。"格里那凡爵士说道。

"您的看法十分正确，"巴加内尔肯定道，"依据几何定理，假定甲乙两岛同丙岛相似，则甲乙两岛必相似。我要补充一句，阿姆斯特丹岛与透利斯坦达昆雅岛一样，过去和现在都有鲁滨孙一类的人生活着，而且海豹非常多。"

"到处都有鲁滨孙吗？"海伦夫人问。

"那当然，夫人，"巴加内尔回答道，"就我所知道的岛屿中，很少没有这类故事的。在您那位同胞笛福写《鲁滨孙漂流记》之前，就已经不乏此类故事了。"

"巴加内尔先生，可以向您请教一个问题吗？"玛丽·格兰特小姐问道。

"亲爱的小姐，您问两个问题都行，我保证给您以满意的答复。"巴加内尔回答她道。

"那好。假若您独自一人待在一座荒岛上，您害怕不害怕？"

"害怕？我会害怕？"巴加内尔嚷道。

"行了，我的朋友，您想必不会说您迫切希望被抛弃在一座荒岛上吧！"麦克那布斯少校挖苦他道。

"我当然是不会这么希望的，不过，真有这样的遭遇的话，我也不会讨厌的。我就重新安排好自己的生活，打打猎，捕捕鱼，冬天住在山洞里，夏天住到树上去，并且还建起一座储藏库房，把猎物贮存起来。总而言之，我要把我的荒岛开发出来。"

"就您一个人？"

"无奈之下，一个人就一个人。不过，在这个世界上，并没有绝对的孤独。我可以找动物做朋友。我可以驯养一只山羊，教一只鹦鹉学会说话，教一只猴子听懂我的语言，与我交流，如果能遇上一个忠实的'星期五'，那就更好了！两个人作为朋友，同住孤岛，其乐融融！要是少校和我……"

"谢谢，我可不学鲁滨孙，您别把我给扯进去。"少校打断他说。

"亲爱的巴加内尔先生，"海伦夫人接过话茬儿说道，"您又在天马行空地胡思乱想了。我想，现实与梦想毕竟是大不相同的。您想事情总是从好的方面去设想。"

"怎么，夫人，这么说，您认为一个人就无法在荒岛上生活得快乐点？"

"是的，我是这么认为的。人生来就得过社会性的生活，而非离群索居。孤独就会产生绝望，只是时间早晚罢了。一个人若是生活在孤岛上，一开始只考虑着如何活下去，如何无生命之忧，或许还不会感到孤独。但是，时间长了，想到自己远隔重洋，无法回到故里，无缘与亲人重逢，他该怎么想呢？他的痛苦就可想而知了。听我的话，巴加内尔先生，您还是别做这样的好梦才是。"

巴加内尔虽心有不甘，但不得不承认海伦夫人的话不无道理。然后，大家一直围绕着孤独与快乐这一话题继续交谈着，直到邓肯号在离阿姆斯特丹岛沿岸一海里远的海面上停泊下来，谈话才宣告终止。

阿姆斯特丹岛孤独地悬在印度洋上，由两个岛屿组成，这两个岛屿之间相距有三十三英里，北边的那个叫阿姆斯特丹岛，又叫圣彼得岛，南面的那个叫圣保罗岛。

这两个岛屿是 1796 年 12 月被荷兰人弗拉明发现的。圣保罗岛位于阿姆斯特丹岛以南，是一座无人居住的小岛，由一座圆锥形山构成。阿姆斯特丹岛周长十二英里，岛上住着三个看守渔场的人：一个法国人和两个黑白混血儿。渔场和岛都属于印度洋上留尼汪岛 [1] 的一位名叫奥特凡的商人。三个渔场看守者都是该岛岛主兼商人奥特凡所雇用的。阿姆斯特丹岛隶属于法国；原先，其占有权归属波旁岛圣德尼 [2] 的一个名为卡曼的船主，后让给了一个波兰人，后者便雇用马达加斯加岛上的一些奴隶来此垦殖。此人虽是波兰人，但也是法国人，因此，该岛后来又落到法

1　留尼汪岛旧称波旁岛，位于印度洋上，马达加斯加岛以东，系法国—海外省。

2　波旁岛的首府。

国人奥特曼的手里了。

　　岛上的这三个人中，有一位长者，名为维奥，法国人，热情地招待了格里那凡爵士一行远方来客，对他来说，这简直是幸福的一日。因为，平日里，他们只能同一些前来这里捕海豹和海狗的粗人打交道。

　　维奥先生向客人们介绍了他的两个臣民：那两个黑白混血儿。他们三人就住在该岛西南部一个天然港湾的深处。

　　很早以前，该岛就曾经有过遇难的人在此栖身。巴加内尔还讲了两个与此相关的故事，让大家听得津津有味。

　　一个故事讲的是两个苏格兰人在这儿的遭遇。这两个苏格兰人，一个名叫贝纳，二十二岁，另一个名叫博尔夫，四十八岁。他俩原是由捕海豹的船送来这里的，要在此待上一个月，捕杀海豹，剥皮熬油。但是，一个月过去了，并没有船来接他俩回去。因此他们在阿姆斯特丹岛上一待就是十八个月，靠着小心保护着的一点点火种，熬着时日，其饥饿痛苦之状，难以描述。直到1827年，英国的一条名为巴米拉号的船才将他俩搭救了。

　　另一个故事讲述的是费龙船长的事。费龙船长和两个法国人、两个英国人留在岛上准备捕猎海豹，准备在此待上十五个月。结果，十五个月过去了，不见船只来接。粮食告罄，相互间的关系变得紧张起来。两个英国人首先发难，但多亏了自己的两位同胞的帮助，费龙船长才免遭杀害。这之后，双方争斗时有发生，互有胜负，彼此都在警惕着对方，在焦虑与困苦中熬着时日。最后，他们才被一条英国船给救了出来。

　　在这两件事之后，就没有任何船只来此，也就没有船员在岛上漂流的事情发生了。那位长者从未听说过什么不列颠尼亚号、格兰特船长的事。格里那凡爵士对这位长者的回答既不感到惊讶也未觉得失望。他只是想弄清楚格兰特船长没有来过这儿就行了。因此，邓肯号决定第二天起航。

大家去这个岛上游览了一天，直到夜晚。岛上的景色迷人，但动植物并不多。植物尤其少，至于动物，也就是有点野猪、信天翁、鲈鱼、海豹等而已。不过，这里却有不少的温泉从淡黑色的熔岩石堆中喷出来，热气腾腾，有几处的温度极高。孟格尔船长用温度计测试了一下，竟高达华氏一百七十六度[1]，几乎接近沸水了。从相距不远的海里捕上来的鱼，放到这泉水中去，几分钟工夫就煮熟了。看来，即使巴加内尔这个粗心大意的人，也不会不知轻重地下去沐浴的。

众人兴致颇高地在岛上游览了一日，傍晚时分，格里那凡爵士便向那位忠厚长者辞行。大家纷纷向这位名叫维奥的长者祝福，祝愿他在小岛上万事如意，健康长寿。维奥先生也祝愿格里那凡爵士一行一路顺风，寻访成功，并且感谢大家前来这里，蓬荜生辉。

接着，格里那凡爵士一行便上了小艇，回到邓肯号上。

1　合80摄氏度。——作者注

第四章

巴加内尔与少校打赌

12 月 7 日凌晨三点，邓肯号的锅炉便开始隆隆地响了起来。水手们转动着绞盘，将船锚吊上来。螺旋桨开始转动，邓肯号重新驶入大海。上午八点，乘客们登上甲板的时候，阿姆斯特丹岛已消失在天边海雾中了。从阿姆斯特丹岛到澳洲，航程三千海里。只要海上一直刮着西风，不出现什么意外情况，只需十天工夫，邓肯号就可以驶达目的地。

玛丽·格兰特和小罗伯特望着印度洋的波涛，思绪万千。也许，不列颠尼亚号正是在印度洋上突遇强大风暴而失事的，然后又随着海流漂到了澳洲。

孟格尔船长拿来海图，把印度洋的各种海流指给格兰特小姐看，其中有一股横流，直冲澳洲而去，也许，不列颠尼亚号正是被这股横流给冲到澳洲海岸去的。

可是，这其中仍有一个问题令大家十分困惑。据《商船日报》记载，格兰特船长是在 1862 年 5 月 30 日从卡亚俄发出最后的信息的，可是，不列颠尼亚号却在离开秘鲁之后七天，即 6 月 7 日，就驶入印度洋海域，这是怎么回事呢？巴加内尔被问及这一问题时，倒是做出了合乎逻辑的回答，大家也就信服了。

有一天晚上，也就是 12 月 12 日晚上，离开阿姆斯特丹岛的第六天，格里那凡夫妇、格兰特姐弟俩、孟格尔船长、麦克那布斯少校和地理学家巴加内尔等聚在一起闲聊。与平时一样，大家又提起不列颠尼亚号来，就在这时候，格里那凡爵士便冷不丁地提出了令大家困惑的那个问题，仿佛往众人头上泼了一瓢凉水。

巴加内尔没有想到格里那凡爵士会提出这么一个问题来，便默然无语地站起身来去找那几封信件，回来时，不屑一顾地耸了耸肩。

"您既然耸耸肩膀，我亲爱的朋友，那就是说这是个不成问题的问题了？那太好了，您就给我们解释一番吧。"格里那凡爵士说。

"您先别着急，待我先问孟格尔船长一个问题。"巴加内尔回答道。

"您说，巴加内尔先生。"约翰·孟格尔回答道。

"在一个月的时间里，一艘快船能否穿过美洲到澳洲之间的太平洋？"

"如果它的速度每天是两百海里的话，那是有可能的。"

"这是最快的速度了？"

"不，快速帆船的速度比这还快。"

"那好，听我说吧。信件上的 6 月 7 日中间有空隙，如果我们不把它看成 6 月 7 日，而看成'6 月 17 日'或'6 月 27 日'的话，问题也就迎刃而解了。"

巴加内尔的这一解释不无道理。

"对呀，从 5 月 30 日到 6 月 27 日……"海伦夫人说道。

"格兰特船长有足够的时间穿越太平洋，驶入印度洋。"

　　大家十分信服地接受了巴加内尔的这一说法。

　　"多亏了我们的这位朋友，我们又解决了一个困惑的问题。现在，我们只等着前往澳洲西海岸去寻找不列颠尼亚号的踪迹了。"格里那凡爵士兴奋地说。

　　"或者是东海岸？"孟格尔船长说道。

　　"没错，约翰，您说得对。信件上并没有提及是东海岸还是西海岸，因此，我们得在三十七度线穿过的澳洲的东西两岸寻找。"

　　"这么一来，不就又有问题了吗，爵士？"格兰特小姐说。

　　"啊，问题是不会有的，小姐。"约翰·孟格尔连忙说道，以解除玛丽·格兰特的疑惑。然后，他转向爵士又说道："万一格兰特船长是在澳洲东海岸登陆，那他会很快得到救助的，因为东海岸一带住的都是一些英国侨民，格兰特船长等人走不出十里地就能遇上自己的同胞的。"

　　"您说得对，船长，"巴加内尔说道，"在东海岸，在杜福湾，在艾登城，格兰特船长都能找到栖身之所的，还能找到返回欧洲的交通工具。"

　　"这么说，"海伦夫人问道，"我们邓肯号要寻访的那一地带，遇难的船员诸事都十分不便了？"

　　"是的，夫人，"巴加内尔回答道，"那一带非常荒凉，没有一条路通向阿德雷得或墨尔本。如果不列颠尼亚号是在那一带失事的话，它就会像是在非洲的那些荒无人烟的海岸一样，得不到任何的救援。"

　　"那我父亲这两年来的日子又如何熬得过呀？"格兰特小姐

悲痛地说。

"亲爱的玛丽小姐，"巴加内尔对她说道，"您一直相信格兰特船长上了澳洲大陆就不会有问题的，对吗？"

"是的，巴加内尔先生。"少女回答道。

"那么，登上澳洲大陆之后，格兰特船长会怎么样呢？可能的推测只有三个：一是他与其同伴们去了英国移民区；二是落入土著人之手；三是在荒无人烟地区迷失了。"巴加内尔说到这儿，略作停顿，看看众人的反应，是否同意他的分析。

"请继续说，巴加内尔。"格里那凡爵士催促道。

"好，我接着往下说。首先，我要否定掉第一种推测。格兰特船长并没有到英国移民区，不然的话，他早已回到家中，与儿女们团聚了。"

"可怜的父亲！"玛丽·格兰特在自言自语，"他离开我们都两年了。"

"别打岔儿，姐姐，让巴加内尔先生继续说，他会告诉我们……"小罗伯特说道。

"唉，我的孩子，我也无法告诉你们更确切的情况了。或者我们可以断定他已落入土著人之手，或者……"

"澳洲的土著人是不是……"海伦夫人急切地问道。

"放心好了，夫人，"巴加内尔明白海伦夫人的意思，便说道，"这儿的土著人虽是未开化的、愚蠢的，但却性情温和，并不像他们的近邻新西兰土著人那样嗜杀成性。如果不列颠尼亚号上的船员被他们俘虏了去，他们是绝对不会加害于他们的。许多的旅行家都说过，澳洲的土著人最怕杀人流血，他们甚至与旅行家们联合起来，击退被流放在当地的囚犯们的侵袭。"

"巴加内尔先生的话，您都听见了吧？如果令尊落入澳洲土著人之手，我们一定会找到他的，而且，信件上似乎也在告诉我们他们可能是被土著人掳走了的。"海伦夫人安慰格兰特小姐说。

"可是，如果是迷失在荒无人烟的地带，那可怎么好呀？"格兰特小姐焦急地问道。

"就算是迷失在那儿，我们也一定能找到他的，对不对，朋友们？"巴加内尔似乎胸有成竹地回答她说。

"那当然啰，不过，我都不相信他会迷失的。"格里那凡爵士想岔开这一令人悲伤的话题，这么说道。

"我也不相信！"巴加内尔赞同道。

"澳洲地方大吗？"小罗伯特问。

"澳洲大约有七千七百五十万公顷那么大，我的孩子，相当于欧洲的五分之四。"

"有那么大？"少校问。

"是的，有那么大，麦克那布斯，误差顶多也就是一码。信件上说了有大陆，您说该相信它可以称得上是大陆了吧？"

"真有这么大的话，那当然可以称之为大陆了，巴加内尔。"

"我还想补充一句，尽管它地域辽阔，但旅行家在此迷失的却并不多。"

"难道澳洲尚未被全部勘察过？"海伦夫人问道。

"没有，夫人，差得远了。人们对它的了解并不比对非洲内陆的了解多。不过，这并非探险家们的过错。从 1606 年到 1862 年，有五十多人曾经前往澳洲内陆或沿海从事过勘察工作。"

"什么，有五十多人！"少校惊问道。

"当然，麦克那布斯。把那些勇闯澳洲海岸和到内陆从事探险的旅行家算在内，足足有五十多人。"

"即使把他们包括在内，也没有那么多。"少校反驳道。

"您觉得我说五十多人是夸大其词了？我还可以列出更多一些来呢，麦克那布斯。"巴加内尔回击道，别人越反驳，他就越兴奋，越来劲儿。

"那您就列出来看看，巴加内尔。"

"您要是不信，我可以一口气给您列出五十个人来。"

"哼！学者总是这样，说话老这么肯定。"少校不服气地说。

"少校，您敢拿您的那支普德摩马枪与我的斯克勒丹望远镜打赌吗？"巴加内尔在激少校。

"有什么不敢的？赌就赌！"

"那好呀，少校，从今往后，您甭想再拿您的那支马枪打羚羊打狐狸了！不过，您若想向我借，我还是会借您一用的。"

"巴加内尔，您以后向我借望远镜，我也会答应的。"少校毫不相让地回击道。

"那好，我们现在就开始。女士们，先生们，请你们给当个裁判。罗伯特，你来计数。"

格里那凡夫妇、玛丽、小罗伯特、少校、孟格尔都被逗乐了。他们静静地听着巴加内尔说探险家们的名字，也可借机了解一下澳洲的历史。

"尼姆辛[1]啊！赐予您虔诚的崇拜者以灵感吧！"巴加内尔大声祈祷道。然后，他便开始叙述开来。

"朋友们，两百五十年前，人们还根本不知道有个澳洲存在

1　尼姆辛：希腊神话中司记忆的女神，是九个司文艺的女神的母亲。

哩。亲爱的格里那凡，贵国大英博物馆的图书馆里，保存着两幅 1550 年绘制的地图，图上标明着亚洲南部有一片陆地，被命名为'葡萄牙的大爪哇'，但这两张图并不十分可靠。因此，我想从 17 世纪讲起。1606 年，西班牙航海家科罗斯发现了一片陆地，并取名为'神圣的澳大利亚'。现在，我们不去讨论这一问题，因为，后来的地理学家认为那并非现今的澳大利亚，而是现在的新赫布里底群岛。罗伯特，你就记下科罗斯的名字。"

"记下了。"小罗伯特回答道。

"同年，科罗斯船队的副指挥托列斯则一直往新陆地的南边去勘察。但是，重大的发现应归功于荷兰人赫特兹，他在澳洲西海岸南纬二十五度的地方登陆，并以其船名恩德拉为该地冠名。这之后，航海家来得就越来越多了。1618 年，齐申考察了北海岸的安亨和凡第门等地。1619 年，厄代尔沿西海岸勘察了一段，并以自己的名字为那段海岸命了名。1622 年，雷文一直下到现在以他的名字命名的雷文角。1627 年，内兹和维特二人，一个在西，一个在南，又来到了这儿，对前人的发现进行了补充。其后，卡奔塔船长率领其船队到达现在的卡奔塔里亚湾。1642 年，著名的航海家塔斯曼绕凡第门岛一周，并以巴塔维亚总督的名字给那儿冠了名，后被人更名为塔斯马尼亚岛。1665 年，澳洲大岛被硬加上了'新荷兰'的名字，而这个时期，正是荷兰航海家的活动就要结束的时候，所以'新荷兰'这个名字并未被保留下来。现在，有几个人了，罗伯特？"

"说了十个人了。"小罗伯特回答道。

"很好，"巴加内尔继续说道，"现在，我开始说说英国人。

1686 年，一个在美洲猎野牛的浪人头头[1]，一个出没于海岸[2]之间的人，一个横行于南海的最有名的海盗[3]，名叫威廉·丹别尔，曾经跑到新荷兰，与当地土著人结下了友谊。此后七十多年，从 1699 年到 1770 年，再没有任何一位航海家到过这儿。直到 1770 年，世界上最著名的航海家库克船长开始对新大陆进行勘察探险。这之后，欧洲人便往这一地区开始移民了。库克船长曾经做过三次轰动一时的旅行，分别为 1770 年 3 月、1773 年和 1777 年。1770 年 3 月 31 日，他在'新荷兰'登陆，那是他的第一次。他在大溪地清晰地观察到金星贯日[4]的天文奇观，然后便行驶到太平洋的西边。他勘察了新西兰，然后就来到澳大利亚东海岸的一个海湾，发现了许多新奇的植物，便把该海湾称作'植物湾'，也就是今天的波塔尼湾。1788 年，菲利普船长在约克港建立了第一个英国殖民地。1797 年，巴斯穿越了巴斯海峡……"

"啊！已经有二十四个了！"小罗伯特惊呼道。

"很好，少校的枪已经有一半归我了。说完了航海家，我再来说说陆地上的探险家。"巴加内尔说道。

"太好了，巴加内尔先生，"海伦夫人说道，"不得不承认，您的记忆力简直是太惊人了！"

"真是怪了，"格里那凡爵士说，"一个人这样……"

1　原文为 boucanier，是 16、17 世纪的欧洲浪人或冒险家，在美洲以猎获野牛、剥皮贩卖为业，兼干抢掠的勾当，后经西班牙追杀，下海为盗，与 flibustiers（见本页注 3）同流合污。

2　此海岸似乎指美洲海岸。

3　原文为 flibustiers，17、18 世纪美洲海域上的海盗。

4　该天文现象应是 1769 年发生的。金星从日轮面前穿过的现象很罕见，这在天文学上具有很大的意义。因为根据这一现象，我们可以准确地计算出地球与太阳之间的距离来。——作者注

“这样粗心大意，是吧？”巴加内尔连忙接上去说道，“我只不过记了一些年代和事实而已。”

“二十四个。”小罗伯特重复了一遍。

“好。第二十五个是陶斯大尉。1789 年，他试图翻过东海岸那条漫长的山脉，深入腹地，走了九天之后，他又由原路回到了约克港。同年，特齐船长又想翻越这条山脉，但也没能成功。1792 年，裴特逊上校也做了同样的尝试，同样也以失败而告终……1829 年和 1830 年，司各特船长先后勘察了达令河和墨累河。”

“已经三十六个人了。”小罗伯特说。

“好。我再继续往下说。”巴加内尔继续说道，“现在，我们该提一下埃尔和雷沙德了，他们于 1840 年和 1841 年游历了部分的内陆地区。1846 年，格勒高里兄弟和赫普曼游历了西澳。1847 年，科迪到过维多利亚河；1848 年，他到达过澳洲北部。这之后，著名的旅行家斯图亚特穿越了澳洲。从 1860 年到 1862 年，邓斯特兄弟、纳尔逊、马金莱、赫维特……”

“五十六个了。”小罗伯特大声嚷道。

“好。少校，我还没提吉伯雷、伯格维尔、斯特克斯……”

“行了，行了！”少校说。

“还有裴罗尔、科伊、贝内特、科宁汉……”

“行了，饶了我吧！”

“还有迪克斯、雷德、维科斯、米切尔……”

“打住吧，巴加内尔，得饶人处且饶人，少校已经认输了。”格里那凡爵士笑着说。

“那他的马枪呢？”巴加内尔神气活现地问道。

"当然是归您了，巴加内尔！尽管我实在是舍不得，但我不得不服输，您的记忆力简直是无人能敌！"少校心服口服地说道。

　　"我看，没人能比他更了解澳大利亚的了，即使是一个小小的地名，一件小小的事实……"海伦夫人也佩服地说。

　　"小小的事实！"少校打断了海伦夫人的话，摇了摇头，有点不相信。

　　"怎么，您还不服气，麦克那布斯？"巴加内尔追问道。

　　"我的意思是，您不一定对澳大利亚的很多细微的情况也都知道得一清二楚。"

　　"那可不一定！"巴加内尔非常笃定地说道。

　　"那我就举出一个事实，您若不知道，您得把马枪还我。"

　　"好啊，您说，少校。"

　　"说话算数？"

　　"当然算数。"

　　"那好，巴加内尔，您说说看，为什么澳大利亚不属于法国呀？"

　　"这个嘛，我想……"

　　"或者，至少您能说出英国人对此有何看法吧？"

　　"这……我说不上来，少校。"巴加内尔神情懊恼地说。

　　"其实理由非常简单。因为您的那位同胞，波丹船长，1802年到达澳洲之后，听到一片蛙鸣，吓得起锚开船，一去不回头。"

　　"怎么！"巴加内尔生气地说，"你们英国人就这么笑话人？"

　　"我承认，是在取笑人，但这也确实是事实。"

　　"无聊至极！"富有爱国心的地理学家说，"英国人现在仍旧在这么说？"

"仍旧在这么说，我亲爱的巴加内尔先生。您怎么连这么个事实也不清楚呢？"格里那凡爵士回答道，大家已是笑得前仰后合了。

"这我还真的是一点也不知道。但是，我不相信！英国人说法国人是'吃青蛙的人'，我们既然敢吃青蛙，又怎么会害怕青蛙呢？"

"道理倒是对的，但事实总归是事实。"少校微笑着答道。

这么一来，那支打赌的马枪回到了麦克那布斯少校的手里。

第五章

印度洋的怒涛

　　这次交谈后的第三天中午，孟格尔船长测算出邓肯号的方位是在东经一百三十三度三十七分，与百努依角相距不到五度。估计四天后，就可以看到百努依角出现在海平线上了。

　　直到此时，邓肯号一直顺风顺水，但近几日来，这西风却在逐渐减弱。到了 12 月 13 日，一丝风也没有了，船帆鼓不起来，全都软塌塌地挂在桅杆上。

　　邓肯号若不是装备着强有力的驱动装置，就会漂流在这宁静的海面上，无法前行了。

　　这种无风状况可能会一直持续下去。晚上，格里那凡爵士同孟格尔船长谈起了这种尴尬的状况。年轻的船长知道煤舱快要空了，对眼下的这种无风状态尤为焦急。他把船上大大小小的帆悉数挂了起来，希望能利用上哪怕一丝丝的微风，但却未能如愿。

　　"不过，也别太怨天尤人了，"格里那凡爵士劝慰道，"无风总归比逆风要强。"

　　"阁下说得对，"孟格尔船长回答道，"不过，天气突然这么平静下来，说明要变了。我们正处于印度洋上的信风[1]带。这种信风每年 10 月到来年的 4 月间，从东北往西南吹。只要信风稍稍刮起，我们的航程就要受到影响，因此我才这么着急。"

"那也没有办法，约翰。真的是这样的话，我们也只好忍耐了。不就是耽搁点时间嘛。"

"那倒是，不过可千万别遇上风暴。"

"怎么，天气真要变？"格里那凡爵士边说边观察天空，从海平线到头顶上方，天上未见一片云彩。

"是呀，我担心天气会变，"船长回答道，"不过，这话我只想告诉阁下您，我不想让海伦夫人和格兰特小姐知道，免得她们担惊受怕的。"

"您考虑得很周到。但是，真的会有什么可怕的事情出现吗？"

"肯定会遭遇一场大风暴。您别看现在天上什么也没有，那只是表面现象。两天来，晴雨表已经低得让人心里不安了，现在只有二十七度了[2]。这是一种警报，我最害怕的是南海上的风暴，因为我尝过它的滋味，知道它的厉害。它是由极区风与赤道风相交织而产生的风暴，遇上了它，没有不倒霉的。"

"约翰，"格里那凡爵士宽慰约翰·孟格尔道，"邓肯号船体坚固，船长又十分能干，风暴来就来吧，我们有办法对付它的。"

约翰·孟格尔出于水手的本能，见晴雨表下降，不由得担心起来，因此便采取了一切必要的预防措施。

---

1 印度洋上的信风十分猛烈。其方向不定，随季节而变更，夏季的信风通常与冬季的信风风向相反。——作者注
2 合73.09厘米，而晴雨表柱的通常高度为76厘米。——作者注

夜晚，约翰·孟格尔一直待在甲板上。十一点时，南边天空出现了一块块云斑。于是，他立即把水手们招呼到甲板上来，把小帆落下，只留下主帆、纵帆、前帆和触帆。午夜时分，风力加强，每秒达十二米。桅杆被吹得咯咯直响，帆索发出噼啪的声音，舱内隔板也在咔咔地响。原先并不知情的乘客们，此时已知道是怎么回事了。巴加内尔、格里那凡、麦克那布斯和小罗伯特都上了甲板，或出于好奇，想看个究竟，或想上来帮上一把。临睡之前所见到的万里无云、繁星闪烁的天空，此刻已经是乌云翻滚，十分吓人。

"是飓风吗？"格里那凡爵士问孟格尔船长道。

"现在还不是，不过马上就要来了。"孟格尔船长回答道。

约翰·孟格尔命令水手们卷起前帆下面的收缩部。水手们爬上软索梯，颇费周折地才把前帆的下面的收缩部卷了起来，用帆索捆扎好，固定在帆架上。孟格尔船长想尽量保留一部分帆面，以压住船，使之不致左右摆动个不停。

随后，孟格尔船长又发出一道道命令给奥斯丁和水手长，准备应付即将袭来的飓风。系缚小艇的绳索和扳桅的缆索都拉紧了。炮两侧的滑车也绑结实了，横桅索和后支索也都拉牢了，舱门也关上了。这时，孟格尔船长俨如一位严阵以待的军官，屹立在炮位上似的，站在楼舱顶上，迎着风，观察着变幻莫测的天空。

这时候，晴雨表已降至二十六英寸了，这么低实属罕见。同时，风暴镜[1]也指示出风暴即将袭来。

凌晨一点，海伦夫人和格兰特小姐在舱房内感到了剧烈的颠

1　此镜内装有化学药品，随风向和空中的电压而变换颜色。最好的风暴镜是英国海军中的两位光学家——尼格莱迪和臧伯拉发明的。——作者注

簸，便冒险跑到甲板上来了。此时，风速已达到每秒二十八米。缆索被风吹得猛烈地抖动着，发出巨大的声响；绞盘在相互撞击，绳索在粗糙的索槽里发出刺耳的声音；帆布也被吹得嘭嘭直响，如同大炮在轰鸣；浪涛汹涌，一浪高过一浪，邓肯号在浪涛中颠簸腾跃着。

孟格尔船长一见海伦夫人和格兰特小姐上了甲板，便立刻迎上前来，请她们立刻回到自己的舱房里去。由于风浪实在太大，海伦夫人几乎听不见船长在说些什么。

"不会有危险吧？"趁风浪稍有一点平静，海伦夫人立即问孟格尔船长。

"不会有危险的，夫人。不过，您还是别待在甲板上，还有您，玛丽小姐，也回到自己的舱房去吧。"

海伦夫人和格兰特小姐不能违抗船长的命令，便回到自己的舱房里去了。

这时候，风吹得更猛，桅杆在帆的压力之下快要弯下去了，船仿佛是浮在浪尖上，跳动个不停。

"卷起主帆！降下前帆和角帆！"约翰·孟格尔大声命令道。

水手们立即奔向各自的岗位，放吊帆索，紧卷帆索，一片忙碌。邓肯号的烟囱里黑烟喷涌，螺旋桨轻一下重一下地在拍击着海浪，与狂风恶浪艰难地搏击着。

格里那凡、麦克那布斯、巴加内尔和小罗伯特看着与风浪顽强拼搏的邓肯号，既钦佩又担心。他们紧紧地抓住舱壁上的横板，默默地看着大群的海燕在狂风中翱翔。

突然间，机房里传出一阵震耳欲聋的响声，盖住了风暴声。那是蒸汽在猛烈地喷射出来；它不是从泄气管里喷射的，而是从锅炉的熔栓里喷出来的。汽笛声立刻尖声响起，船猛地一倾斜，扶着舵盘的威尔逊冷不丁地被舵杆击倒。邓肯号横对着海浪，失去了控制。

"怎么回事？"孟格尔船长边喊边冲着指挥台奔去。

"船舵倒了。"奥斯丁回答道。

"船舵倒了？"

"救机器呀！快救机器！"轮机师一连声地在呼喊。

孟格尔连滚带爬地奔向轮机舱。舱内雾气弥漫。活塞在汽缸里已不再动弹，轮机师怕把锅炉憋炸了，所以关掉了气门，让蒸汽从排汽管里排出去。

"怎么回事？"船长问道。

"螺旋桨弯了，或者是被卡住了，转不动了。"轮机师回答道。

"什么？卡住了。弄不开来？"

"好像弄不开。"

螺旋桨转不动了，蒸汽排放掉了，而且此时此刻又不是排除故障的时候，孟格尔船长只好利用船帆，向眼前这凶恶的敌人——风暴——借点力。

孟格尔船长又跑了上来，向格里那凡爵士简单地汇报了一下情况，并劝他带着另外三名乘客回到舱房里去。格里那凡爵士却坚持要留在甲板上。

"这不行，阁下！只有我和船员们可以留在这儿。快回舱房吧，否则大浪会把你们卷到海里去的。"孟格尔船长语气坚决地奉劝道。

"我们留下或许能帮上点忙的。"

"不行，进去吧，快进去！爵士，你们必须回到舱房里去。

现在，由我说了算。听我的，回舱房去吧。"

孟格尔船长语气坚决，不容商量，可见情况确实十分严重。格里那凡爵士觉得还是应该听从船长的指挥，于是，他领着另三名乘客来到了两位女乘客的舱房里。后者早已等得心急火燎的了，很想知道现在的情况到底怎样了。

"约翰真是个好样的。"格里那凡爵士走进舱房时说道。

"是的，"巴加内尔应声道，"他使我想起你们伟大的莎士比亚的《暴风雨》中的一句台词。剧中的那位司锚官对乘坐在战舰上的国王嚷叫道：'您给我走开！不许出声！快回到您的舱房里去！您要是无法让风浪停息，就赶快闭上嘴。告诉您，别挡我的路！'"

这时候，孟格尔船长正在全力以赴地抓紧指挥，使船摆脱险境。螺旋桨卡住，无法转动，他决定利用少量的船帆，借助风力，使船能继续往前，不致太偏离原定航线。船员们在镇定的船长指挥下，升起前帆，又在主桅杆的辅助杆上升起一面三角帆来。坚固结实、性能良好的邓肯号借助暴风的强大风力，像离弦之箭一般地向前疾驶着。

这么行驶并非没有危险，万一船落入浪谷里去爬不上来，那就无法补救了，因此，孟格尔船长把自己捆绑在护桅索上，时刻监视着桀骜不驯的大海。而船员们全都聚集在他的周围，准备随时听候船长的差遣。

这一夜就在这种情况之下，紧张地过去了。大家原本希望天亮后，暴风会渐渐地减弱下来，但情况并非如此。上午八点钟左右，风力加大了，风速竟高达每秒三十六米，这种风速肯定就是飓风了。

约翰·孟格尔表面上不动声色，但内心深处却在为这条船以及船上的人而担忧。船在风浪中严重倾斜，甲板支柱发出嘎吱嘎吱的响声，有时主桅上伸出的辅杆被浪头所没，船滑入浪谷，幸好很快又爬了上来。船摇摆颠簸剧烈，继续如此，后果不堪设想，于是，孟格尔船长便决定再把三角帆扯起来。花了好几个小时，也不知扯了多少次，最后，在下午三点时，这张小三角帆才被扯到辅杆上去。

邓肯号立刻被这张小三角帆带动起来，迎着波涛，左冲右突，像一条鲸鱼似的，划过一个又一个扫过其甲板的巨浪，在暴风中以惊人的速度向东北方向驶去。

12 月 15 日的白天和黑夜，在这种险象环生的境况中过去了。孟格尔船长始终坚守在自己的岗位上，不吃不睡；他表面上沉稳镇定，内心却心急如焚，眼睛始终紧紧地盯着北边的憧憧雾影。他一直预感到灾难的发生。确实，邓肯号被飓风刮出了航线，疾速向澳洲海岸冲去，危险时刻在威胁着它，万一触礁，船毁人亡，在所难免。现在，离澳洲海岸不足十二海里，船若靠近岸边，就会触礁失事，他倒是希望船仍留在海上，即使风浪再大，也还是有法可想的。

孟格尔船长前去找格里那凡爵士，把眼下的危险处境告诉了他，并说明必要时，迫于无奈，将冒险靠岸。

"这是为了救船上的人，爵士，因为这么孤注一掷，或许有生还的可能。"

"您就见机行事，当机立断吧，约翰。"格里那凡爵士回答他说。

"海伦夫人和格兰特小姐那儿怎么办？"

"由我来告诉她们，如果船真的无法留在海上，您及时告诉我一声。"

"好的，爵士。"

格里那凡爵士回到女乘客们的舱房中来。后者已经感到情况不妙，但究竟危险到什么程度了，她们并不十分清楚。这时候，巴加内尔正在给小罗伯特解释大气环流方面的理论，讲述西非龙卷风与台风的不同。

上午十一点时，风暴稍许小了一点，雾气也在开始散开。孟格尔船长看见了一片陆地，在下风口六海里远处。邓肯号正在朝着那片低低的陆地疾驶而去。正在这时候，前方一排巨浪，高得吓人，排山倒海似的压了过来。孟格尔船长马上便想到，海浪遇到强大的阻力，才会腾起这么高的。

"有暗滩！"他对奥斯丁说。

"我也这么认为。"奥斯丁回答道。

"我们的性命这回是完全悬于上帝的手上了。如果这暗滩没有缺口，或上帝不让邓肯号船头正对缺口，那我们便难逃此劫了！"

"此刻，潮水正高，船长，也许我们能够闯过这险滩。"

"您瞧那浪头有多高吧！船能高过那浪头吗？还是祈祷上帝吧，奥斯丁！"

邓肯号由它的小三角帆带动着，以飞快的速度向海岸冲去。在离暗滩两海里远时，约翰·孟格尔看到满是泡沫的水面后边的海水较为平静，心想，如果船能驶入那片平静的水面，那就安全了。

约翰·孟格尔让所有的乘客都上了甲板，他不愿看到船要沉没时，乘客们还被关在舱房里。格里那凡爵士几人上了甲板，一见到滔天巨浪，不禁往后缩去。玛丽·格兰特小姐的脸吓得煞白。

"约翰，"格里那凡爵士轻声细气地对孟格尔船长说，"我想法救我妻子，如果救不了她，我就与她一起死，您嘛，您就负责救格兰特小姐好了。"

"好的，阁下。"孟格尔船长眼噙泪水点头应道。

邓肯号离暗滩越来越近，只有几链远了。此时，海水正在涨潮，正可以把船送过暗滩。但是，海浪太大，一上一下，船忽被抛起，忽被抛下，这样下去船底后部就有可能撞上暗滩。如何才能让浪头平缓一些呢？

约翰·孟格尔终于想到一个孤注一掷的办法，便冲水手们喊道："油！弟兄们，倒油！快倒油！"

原来，油若是漂流在海面上，可以压住海浪的激荡，海面暂时可以保持点平静。然而，这种办法虽能立竿见影，但却不能维持长效。船一驶过，海浪会变得更加汹涌，后面的船只就必然遭殃[1]。

面临生死关头，水手们力气倍增，用斧头砍破桶盖，挂在左右舷边，将许多桶装得满满的海豹油全都倾倒进海里去了。

在船长的命令之下，油全倒入海中，白浪滔天的海面立即被油压住了，一时间，平静了下来。邓肯号趁此机会，一眨眼的工夫，便越过了暗滩，进到那片平静的水面。

随后，船后面的海面挣脱了油层的束缚，更加汹涌奔腾开来。

1　因此，航海法规明确规定，后面有船跟上来时，前面的船绝对不允许采取这种倾油压浪的办法。——作者注

第六章

百努依角

约翰·孟格尔立即在船的两侧各抛下一只锚，将船稳稳地停泊住。此处海水深约五英尺，海底多为粗沙石，扒得住锚，落潮时，锚不致走滑，船不致搁浅。

邓肯号在惊涛骇浪之中艰难地拼搏了好几个小时，此刻总算进到了一个安全的天然港湾。这里群峰环抱，海风吹不进来。

格里那凡爵士拉住年轻船长的手，动情地说道："谢谢您，约翰！"

就这么几个字，已让约翰·孟格尔感到无比欣慰了。

现在，首先要弄清楚邓肯号究竟是处于什么方位，离百努依角有多远？孟格尔船长立即进行测算。他一面观察，一面在海图上做标记。

测算结果出来了，还挺好，船仅偏离原航线两度，位于东经一百三十六度十二分，南纬三十五度七分的地方，地名为"灾难角"，在南澳的一个尖端上，离百努依角有三百海里。

"灾难角"，一听这名字就让人毛骨悚然。它与坎加鲁岛[1]遥遥相望，中间隔着一条探险家海峡。该海峡连接着北边的斯宾塞湾和南边的圣文森湾。南澳省省会阿德雷得港就坐落在圣文森湾的东岸。该港口城市始建于 1836 年，人口约四万，资源丰富，但城市农民以农耕为主，种植葡萄、柑橘以及其他一些农作物，对工商业不太重视。

能否尽快把邓肯号修复好，这也是当前亟须解决的问题。为了摸清船的损毁情况，孟格尔船长立刻派潜水员下水检查船的后底部。潜水员检查过后，向船长报告说，一只螺旋桨叶扭歪，顶住了龙骨，致使螺旋桨无法转动。这么看来，船损坏得不轻，须用特有的工具才能修复，可阿德雷得港又不可能有这类修理工具的。

约翰船长与格里那凡爵士进行了认真的研究之后，决定让邓肯号借助风帆的动力，沿着澳洲海岸行驶，沿途正好可以打听一下不列颠尼亚号的下落，然后，驶到百努依角稍事休整，再继续南下，直到墨尔本。

大家都一致赞同这一决定。因此，孟格尔船长便在等待顺风的到来，起锚开船。傍晚时分，飓风完全停止，西南风随之刮起，大家便开始做开船的准备。凌晨四点，水手们开始转动绞盘，把锚拖上来。邓肯号张开主帆、前帆、顶帆、纵帆、辅帆，借助风力，向前驶去。

两小时之后，船驶入探险家海峡。灾难角从大家的视线中消失了。傍晚时分，邓肯号绕过波大角，沿着坎加鲁岛海岸几链远处行驶着。远远地就可以看出岛上有成群的袋鼠在树林中或草

1　此为音译，意译为"袋鼠岛"。

原上跳跃奔腾。该岛是澳洲诸小岛中最大的一个岛,多为从澳洲逃出的囚徒们的栖身之所。第二天,邓肯号放下小艇,众人上岸寻访。此时,船泊在南纬三十六度线上。格里那凡爵士不愿在三十六度线和三十八度线之间留下任何一个未经探访的空白点。

12 月 18 日,邓肯号一整天都在扬帆前进,紧贴着遭遇湾的海岸边。

这次航行中,小艇可是大有用武之地。格里那凡、巴加内尔和小罗伯特跟随水手们一起寻访,却一无所获。但是,他们仍旧每次都非常认真仔细,从不漏掉任何一个地方。他们夜间泊船,白天上岸寻访。

他们就这样边走边寻,一路查过来,于 12 月 20 日抵达拉西贝德湾尽头的百努依角。这儿虽未找见任何踪迹,但这并不表明不列颠尼亚号船长格兰特没有到过此地。何况,不列颠尼亚号已失事两年多了,失事船只的残骸很可能被海水冲得无影无踪。而且,遇有船只失事,当地土著人一定会闻讯赶来,早把格兰特船长及其两位伙伴给掳到内陆地区去了。

不过,这么一来,与巴加内尔原先的推测就有出入了。巴加内尔肯定地说,信件上所标明的纬度是被拘押的地点,而不是不列颠尼亚号的失事地点。要是事发于潘帕斯大草原,因为河汉很多,漂流瓶会漂流到大海中去,但澳洲的情况却并非如此。在这相同纬度的澳洲地区,跨越三十度线的河流并不多。再说,科罗拉多河和内格罗河都是经由荒漠地带入海的,那儿无人居住,而墨累河、雅拉河、套伦河、达令河等河流,又是支流交错,来往船只众多,一只易碎的玻璃瓶,怎么可能安然无恙地一直漂流到大海中去呢?

显而易见，这是根本不可能的事。因此，巴加内尔所说的漂流瓶从内河漂到大海里去的说法是不符合逻辑的。这么看来，信件中的纬度应该是指沉船地点了。

不过，这并不能否定格兰特船长被人掳走的假设。因为信件上明明写着被当地土著人所掳。这么一来，光是沿着三十七度线寻找而不去别处寻查似乎又不合道理了。

大家围绕这个问题讨论来讨论去，最后总算有了一个基本共识：如果在百努依角仍然寻找不到不列颠尼亚号的任何线索的话，寻访工作就此结束，格里那凡爵士返回欧洲，因为他总算是尽到了自己的义务了。

这样的一个决定难免让大家扫兴、丧气。格兰特姐弟俩更是沮丧、绝望。当他俩跟随格里那凡爵士、孟格尔船长、麦克那布斯少校、巴加内尔学者等人一起乘上小艇上岸时，他们心里就一直在想，成功与否，就看此举了。

"有希望的！会有希望的！总会有希望的！"海伦夫人如此这般地宽慰着格兰特小姐。

百努依角延伸至海中两英里，顶端为一缓坡，小艇划到一个由珊瑚礁构成的天然小港湾里去。

邓肯号上的这几位乘客顺利地登上了岸。这一片陆地荒凉至极，巉岩围着海岸，形成一道六十七丈高的天然屏障，没有梯子与钩绳是绝对没法爬上去的。幸好，孟格尔船长在南边半英里处发现了一个缺口，那显然是因海浪冲刷，岩壁崩塌而形成的。

格里那凡爵士一行人便钻进缺口，沿着一条陡坡向上攀爬。小罗伯特像只猫似的灵活自如，第一个登上了最高处。巴加内尔见状，颇为不悦，心想，自己一个四十岁的大人，两条腿竟然不敌一个十二岁孩子的腿脚。幸好，还有少校落在他的后头，不紧不慢地往上爬着，巴加内尔心里也就平衡了不少。

众人登上岩顶，放眼望去，一片平原，稀稀落落地长着一些灌木。这一带海岸看上去似乎无人居住，但远处却有一些建筑物，看那架势，应有人烟，而且不像野蛮之人的居所。

"哟！一个风磨！"小罗伯特喊道。

果然，三英里远处，有一个风磨的羽翼在风中转动着。

"真是一个风磨，造得很好看，而且很实用，看着很顺眼。"巴加内尔举起望远镜看后说道。

"很像是一座教堂的钟楼。"海伦夫人说道。

"是的，夫人，风磨是为人的肉体磨食粮的，而教堂则是在磨人的精神食粮。因此，二者颇为相似。"巴加内尔答道。

"好，我们就往风磨那边去吧。"格里那凡爵士说。

于是，众人便往那个方向走去。走了有半个小时左右，便来到一个由树篱围起来的新开垦的庄园前。草场上可见几头牛和几匹马在吃草，草场四周长着高大的豆球花树。田地里麦穗金黄，果园里充满诗情画意。一座普通的住宅立于其中，就在风磨下面。

这时候，四只大狗突然狂叫不止。一位五旬上下、慈眉善目的男人闻声走出屋来，后面跟五个身强力壮的青年男子和一位高大壮实的妇人，想必是那男人的儿子们和妻子。一看便知，这是一个典型的爱尔兰人家庭。他们远渡重洋，逃避国内苦难，前来求生。

格里那凡爵士正要做自我介绍，便听见那男人已先开口表示欢迎了："远方的客人们，欢迎大家光临帕第·奥摩尔家，不胜荣幸。"

"您是爱尔兰人吧？"格里那凡爵士握住那男子的手问道。

"从前是爱尔兰人，现在是澳洲人。屋里请，诸位。不管你们来自何方，都请把这儿当成自己的家。"

大家也就不再客气地接受了主人的这番热情。海伦夫人和格兰特小姐由奥摩尔太太陪着进到屋里，孩子们则帮着男客人们卸下了携带着的武器。

这幢屋子系由圆木构筑而成。楼下为一间宽敞明亮的大厅。几条长条凳钉在涂有鲜艳色彩的墙上。厅里还摆放着十几只圆凳、两只橡木橱，橱里放着白色陶器和明亮的锡壶。大厅中央，由一张又宽又长的大桌子占据着，能坐得下二十来人用餐。家具如同主人，显得十分结实。

午餐已经摆在桌上。一盆热气腾腾的肉汤居中，两边放着烤牛肉和烤羊腿，一圈大盘碟，放着橄榄、葡萄、柑橘以及各色小吃。主人热情好客，桌子宽大结实，菜肴丰盛可口，众人恭敬不如从命，围桌就座。这时候，庄园里的雇工们也平等地前来与主人一起用餐。

"我早就恭候诸位了。"主人帕第·奥摩尔说道。

"早就恭候了？"格里那凡爵士觉得好生奇怪，不禁问道。

"是呀，凡来寒舍的人，都是我所恭候的。"主人谦虚地说。

然后，大家肃立，主人神情庄重地在做餐前祈祷。海伦夫人见主人这么虔诚笃信，十分感佩。

大家吃得十分开心，谈笑风生。苏格兰人和爱尔兰人一握手便成了一家人了。主人随即开始讲述自己的经历。

奥摩尔当年举家离开故土，在澳洲阿德雷得下了船。他没去当矿工，而宁愿从事农业。当年，南澳地区土地都被划分为块，每块地大约八十英亩，由政府作价让与移民。一个勤劳的农民耕种这样

308

的一块地，除可养家糊口而外，每年尚可剩余八十英镑。

帕第·奥摩尔有着丰富的农业经验，又善于持家，他通过耕种第一块地获得了收益，又买下了几块地。不到两年工夫，他已经拥有五百英亩的土地和五百多只牛羊，成为农场主。现在，他的农场十分兴旺，他在当了欧洲人的奴隶之后，如今自己已经成了自己的主人。

格里那凡爵士等人听了主人的讲述之后，由衷地向他表示钦佩和祝贺。随后，奥摩尔也在等着客人们做自我介绍。格里那凡爵士因急于想知道不列颠尼亚号的消息，便直截了当地向主人提出了这一问题。

那爱尔兰人的回答并未让大家高兴起来。他说他从未听说过这个船名。而且，两年来，据他所知，还从未有船只在百努依角这一带海岸失事的。而不列颠尼亚号失事也才两年，所以他肯定地说，失事的不列颠尼亚号上的船员绝对没有来到西海岸。

"我想问一句，爵士，这事与您有什么关系呀？"主人问道。

于是，格里那凡爵士便把寻访格兰特船长的事细说了一遍。并且还说，听了主人的回答，他感到对寻找到遇难船员已彻底绝望了。

大家听了爵士的话，不禁唏嘘起来，玛丽和小罗伯特更是满眼含泪。巴加内尔也不知说什么来安慰这姐弟俩。

邓肯号船长约翰·孟格尔心里也颇不是滋味，冒险航行这么远，到头来竟然是一场空！

正当众人一片唏嘘、沮丧绝望的时候，突然有人说了这么一句："爵士，您就感谢上帝吧！如果格兰特船长真的还活着的话，那他一定是活在澳洲大陆上！"

第七章

一位神秘水手

这句话不禁让众人为之一震。格里那凡爵士猛地站起身来，推开坐凳，大声问道："是谁在这么说？"

"是我。"桌子的另一头，农场的一个雇工回答道。

"是你呀，艾尔通！"帕第·奥摩尔与格里那凡爵士同样深感惊讶地说。

"是我。我同您一样，爵士，我也是苏格兰人，而且我也是不列颠尼亚号的一名遇难船员。"艾尔通颇为兴奋，语气坚定地说。

他的话真可以说是"语惊四座"。玛丽·格兰特小姐心里一阵惊喜，差点晕了过去，不由自主地倒在了海伦夫人的怀里。孟格尔、小罗伯特、巴加内尔也都纷纷离座，围到了帕第·奥摩尔称之为艾尔通的那个人的身边去了。

此人年约四十五岁，身材瘦削高挑，肌肉发达，面孔严峻，两眼炯炯有神，充满智慧，让人一看便会产生好感。看得出来，此人吃过不少苦，也能吃得起苦，是个硬汉。

格里那凡爵士代表同伴们向艾尔通提了一连串的问题，只是

310

一开始因为激动不已，问起问题来没有条理，不见章法。

"您真的是不列颠尼亚号的遇难船员？"

"是的，爵士，我是格兰特船长船上的水手。"

"您是在船失事后与他一起脱险的吗？"

"不是的，爵士。在那可怕的一刹那，我被震掉下水，被冲到了岸上。"

"您不是信件中提到的那两位水手中的一位？"

"不是。我不知道信件的事，船长把信件丢到海里时我已不在船上了。"

"那么船长呢？船长在哪儿？"

"我原以为不列颠尼亚号上只有我一人得以逃生，其他人全都淹死了，失踪了。"

"您刚才不是说船长还活着吗？"

"不，我刚才说的是'如果格兰特船长真的还活着的话……'"

"您不是说他一定是活在澳洲大陆上吗？"

"是的，他只能是活在澳洲大陆上。"

"那您知道他究竟是在什么地方？"

"我不知道，爵士。我再说一遍，我原以为他已葬身海底了，或者撞上岩石而亡了，是您告诉我说他还活着的。"

"那您到底知道些什么呢？"

"我只知道，如果格兰特船长真的还活着的话，他就一定是在澳洲大陆上。"

"船究竟是在什么地方失事的？"麦克那布斯少校终于把这个关键的问题提了出来。

此前，问话一直是空泛的，没有逻辑性，经少校这么一提，谈话才有了条理。艾尔通是这么回答麦克那布斯的。

"我当时正在船头扯触帆，突然之间，被震出船外。不列颠尼亚号正直奔澳洲海岸，距海岸只有两链远。因此，出事地点一定就在这个地方。"

"是在南纬三十七度线上吗？"孟格尔船长问道。

"是在三十七度线上。"

"是不是在西海岸？"

"不，在东海岸。"

"什么时间？"

"1862 年 6 月 27 日夜里。"

"对，对极了！"格里那凡爵士大声嚷叫道。

"这您该明白了吧，爵士，如果格兰特船长真的还活着的话，那就在澳洲大陆上去找他，不用去别处了。"

"我们一定去找，我们一定会找到他，把他救出来，朋友。"巴加内尔信誓旦旦地大声说道。然后，又补上一句道："啊！宝贵的信件啊！你们可真的是落到聪明人的手中了！"

没有人接巴加内尔的话茬儿。格里那凡夫妇、玛丽·格兰特姐弟俩都在激动地握着艾尔通的手，仿佛有艾尔通在眼前，格兰特船长的生命就安全了。既然水手艾尔通能够脱险，难道船长格兰特就逃不出劫难吗？众人兴奋不已地不停地向艾尔通问这问那，他也很高兴地既清楚又明确地回答大家的问题。玛丽·格兰特握住父亲同伴的手，眼泪都快要流出来了。

此时，除了少校和孟格尔船长而外，没有人对艾尔通的水手身份、对他的话心存疑虑。这种意外的巧遇确实是会引起怀疑的。当然，艾尔通讲了许多事实，许多日期也与他所叙述的事情相吻合，包括许多细节也完全相符，但尽管如此，仍让人不能完全放心，所以，麦克那布斯始终有所保留，没有妄下结论。

但孟格尔船长的疑虑很快便被打消了。他看到艾尔通在同玛丽小姐谈论她的父亲时，就觉得他真的是格兰特船长的一位同伴。他好像对玛丽和小罗伯特都很了解。他还说不列颠尼亚号在格拉斯哥港起航时见过他们姐弟俩。当时，格兰特船长在举行告别宴会，他们姐弟俩也都参加了。督政官麦克恩特尔也出席了。当时，小罗伯特还不满十岁，由水手长迪克·汤纳照应着，可他却背着水手长，偷偷地爬上了前桅的横木上去了。

"是的，有这么回事。"小罗伯特承认道。

艾尔通还讲了许多的琐碎的事情。他只要一停下来，玛丽小姐便立即催促他继续往下讲。

"您继续讲呀，艾尔通先生，再讲讲我父亲的事。"

艾尔通在尽量满足玛丽小姐的要求。尽管格里那凡爵士还有许多紧迫的问题要问，但海伦夫人却示意他先别提问。

于是，艾尔通又讲述了不列颠尼亚号在太平洋上的航行情况。玛丽·格兰特对那次的航行也知之甚详，因为直到1862年为止，报上连篇累牍地在介绍那次航行。这一年，格兰特船长几乎在大洋洲各主要陆地都停泊过，比如新赫布里底群岛、新几内亚、新西兰、新喀里多尼亚等。由于英国当局的歧视，所到之处，都受到英属殖民地当局的监视。但是，他最后竟在巴布亚西海岸找到了一个重要的地点，认为可以在那儿建立起苏格兰移民区，并且可以引来过往船只，使那儿繁荣起来。

不列颠尼亚号考察完巴布亚之后，就前往卡亚俄筹集粮食。1862年5月30日，它离开了卡亚俄港，打算经由印度洋返回。三个星期后，遭到一场巨大的风暴的袭击，船只受损，船底出现一个大洞，无法堵塞，只能用抽水机日夜不停地抽水，人们一个个都累得快散架了。就这样，在海上熬了八天，船舱中积水达六英尺深。船渐渐地在往下沉，小船也被飓风刮跑了，大家只有等死这一条路了。6月27日夜晚，船漂到了澳洲东海岸，撞毁在那儿，艾尔通正是在此时被海水冲上岸的。当时，他人已昏了过去，等醒过来时，知道已落入土著人之手。土著人把他带到内陆。这之后，他就再也没有听到过不列颠尼亚号的消息了。他断言，不列颠尼亚号早就在杜福湾的礁石群中沉没了。

艾尔通随即又简单地讲述了一下他自己被俘之后的情况。被土著人掳去之后，他被带到达令河一带，也就是在南纬三十七度线北边四百英里处。当地土著部落十分贫穷，他确实是吃了不少的苦，但却并未受到虐待。在两年的奴隶般的生活中，他无时无刻不在想着逃跑。

1864年10月的一个风高月黑夜，他乘土著人不备，逃了出来，在森林中躲藏了月余，以草根、含羞草汁为生。白天靠太阳，夜晚靠星斗辨别方向。他翻过了一座座高山，走过了一片片沼泽地，涉过了一条条河流，踏过了探险家们都不敢涉足的无人地带，经常是险象环生，但都化险为夷，绝处逢生。最后，在他已精疲力竭，几乎走到了人生尽头的时候，却遇上了仁慈的奥摩尔先生，在他家中依靠劳动谋生。

"艾尔通满意我，我也满意他。他既聪明又勇敢，干活儿又卖力。如果他愿意的话，我这里永远是他的家。"爱尔兰人奥摩尔先生听完艾尔通的叙述之后说道。

艾尔通鞠躬致谢，然后，便等着大家提问，不过，问来问去，他的答复也是多有重复，所以也没有什么新的问题可问的了。于是，格里那凡爵士便请大家议论一下，看看能否根据艾尔通所提供的情况制订下一步的寻访计划。

这时候，麦克那布斯便向那水手问道："您刚才说您是不列颠尼亚号上的水手？"

"是的。"艾尔通语气坚定地回答。

但是，他又觉得少校这一问中含着不信任，便又补充说道："我有在船上服务的证书。"

说着他便站起身来，走出大厅，去取他的证书了。

奥摩尔先生这时便对格里那凡爵士说道："爵士，我可以向您保证，艾尔通是个诚实可靠的人。他到我家已有两个月了，我还没找到什么可以责备他的地方。我知道他是怎么被掳去当奴隶的。他为人光明磊落，完全值得信赖。"

格里那凡爵士正要回答说他并没有怀疑艾尔通，而艾尔通已经手拿证书走进大厅里来。证书是不列颠尼亚号船东和格兰特船长共同签署的，玛丽·格兰特也认出了父亲的笔迹。证书上写道：兹委派一级水手汤姆·艾尔通担任格拉斯哥港三桅船不列颠尼亚号的水手长。艾尔通既然有证书为证，对他的身份也就没有什么好再怀疑的了。

"现在，"格里那凡爵士说，"我们来讨论一下，下一步该怎么办。艾尔通，您如果能给我们提出一些宝贵的意见的话，我们将会深表感谢的。"

"谢谢您对我的信任，爵士。我对这儿，对土著人的风俗习惯多少还是知道一点的，如果我能帮得上大家的忙的话……"

"当然能帮得上忙。"格里那凡爵士说。

"我和你们的想法一样，"艾尔通说道，"格兰特船长和他的两个水手都逃过了沉船那一劫。不过，既然他们至今仍旧音信全无，那就说明他们并没有去到英属殖民地。因此，我估摸着，他们也同我的遭遇一样，被土著人给掳走了。"

"您所说的这些，正是我所预料到的，艾尔通，"巴加内尔立刻接着说道，"他们肯定是被土著人俘虏了，信件上也这么说了。但是，他们是否也同您一样被掳到三十七度线以北的地方去了呢？"

"这很有可能，先生，"艾尔通回答道，"因为那些土著人仇视欧洲人，所以他们很少住在英国人统治的地区附近。"

"这么一大片陆地，找起来就太困难了。"格里那凡爵士一时也没了主意。大厅里寂然无声，一片沉默。海伦夫人以目横扫了一遍大家，但没有一人吭声。就连一向爱说的巴加内尔也缄口不言了。约翰·孟格尔在大厅里踱来踱去，十分焦急，不知如何是好。

"艾尔通先生，依您的意见，应该怎么办呀？"海伦夫人向艾尔通请教。

"要是我的话，夫人，我就立刻回到邓肯号上去，直奔出事地点，然后，视情况再做定夺。"艾尔通爽快地回答道。

"这倒也好，可是，得等到邓肯号修好了才行。"格里那凡爵士说。

"什么？船坏了？"艾尔通惊讶地问。

"是的。"孟格尔船长回答道。

"严重吗？"

"严重倒也不严重，只是需要特殊工具来修理，而船上又没有。是一只螺旋桨叶弯曲了，只能到墨尔本去修了。"

"升起帆来行驶不成吗？"

"当然可以，但是，稍有点逆风，到杜福湾就很费时间了。无论如何，反正船还是要回墨尔本的。"

"那就让船去墨尔本好了，"巴加内尔连忙大声嚷道，"我们就别坐船了，从陆地走到杜福湾去。"

"怎么个走法？"孟格尔问道。

"沿三十七度线走呗。"

"那邓肯号呢？"艾尔通关切地问。

"邓肯号去接我们，或者我们回头去找它，到时候看情况再说。如果途中找到了格兰特船长，我们就一起回墨尔本；如果没找到，我们就一直找到海岸边，邓肯号去接我们。这个计划怎样？少校，您反对吗？"

"我不反对，"麦克那布斯说，"如果横穿澳大利亚大陆是可能的话。"

"完全可能。我建议海伦夫人和格兰特小姐与我们同行。"

"您别开玩笑了，巴加内尔！"格里那凡爵士说道。

"我没有开玩笑，亲爱的爵士。路程只有三百五十英里，不会再多的。一天走上二十英里，用不了一个月就走完全程了。而邓肯号也正好需要这么长时间来修理。如果往北边一点去穿越的话，那儿就宽多了，而且要穿越酷热难耐的沙漠地带，也就是说，要做最大胆的探险家都未曾做过的事，那情况就大不一样了。可三十七度线是从维多利亚省穿过的。那儿是英属地区，有公路，有铁路，沿途有居民。如果大家高兴的话，我们可以乘坐四轮马车或轻便马车前往。这如同从伦敦前去爱丁堡旅行一样，没有区别。"

"要是遇上猛兽怎么办？"格里那凡爵士说道。

"澳大利亚根本就没有猛兽。"

"那要是遇到野蛮的土著人呢？"

"这条纬线上没有土著人，即使有的话，也没有新西兰的土著人那么凶残。"

"遇上流放于此地的囚犯[1]怎么办？"

"澳大利亚南部诸省没有流放犯，只有东部殖民地才有。维多利亚省不仅拒绝一切流放犯入境，还制定了一项法律，连其他省的流放犯也不准许入境。今年，省府甚至还通知半岛轮船公司，如果该公司的船只再在西部有流放犯的港口加燃料的话，政府将停止对该公司的一切补助。这些情况，连您这个英吉利人[2]也不知道？"

"我不是英吉利人。"格里那凡爵士纠正巴加内尔道。

"巴加内尔先生所言极是。不单单是维多利亚省，就连南澳、昆士兰、塔斯马尼亚都不允许流放犯入境。自从我创建农庄时起，我就从未见到过流放犯。"奥摩尔说道。

"我也从未见到过。"艾尔通也说。

1　指英国流放到澳洲做苦工或垦荒的罪犯。

2　"英吉利人"广义而言系指英国人，而狭义上指的是英格兰岛人，巴加内尔说的是广义，而格里那凡爵士回答的是狭义上的。

"这一下你们该可以放心了吧，朋友们？这儿没有土著人，没有猛兽，没有流放犯。在欧洲，像这样的地方也不多见的。你们同意此次行动吗？"

　　"您认为呢，海伦？"格里那凡爵士问妻子道。

　　"我的意见同大伙儿一样，"海伦夫人回答丈夫说，然后，又转而对大家说，"动身吧！出发了！"

第八章

到内陆去

格里那凡爵士是个当机立断的人，决定下来的事情，便立即付诸执行。他接受了巴加内尔的建议，吩咐大家做好行前准备，12 月 22 日登程。

这次横穿澳洲之行结果如何？谁也说不清楚，没人敢肯定就一定能找到格兰特船长，但是，起码可以获得一些线索。如果艾尔通同意与大家一起去的话，就可以帮助大家穿越维多利亚森林，到达东海岸。为此，格里那凡爵士便开始征询庄园主帕第·奥摩尔的意见。

奥摩尔一开始并不希望失去自己的这么一位好帮手，但最后还是同意了。

格里那凡爵士获得主人的允准之后，便转而向艾尔通问道："艾尔通，您愿意跟我们一起去寻找不列颠尼亚号上的遇难船员吗？"

艾尔通并未立即回答，他略加思索之后，说道："好吧，爵士，我跟你们去。即使我领着大家找不到格兰特船长的踪迹，但至少也要把你们送到失事的地点。"

"太谢谢您了，艾尔通。"格里那凡爵士激动地说。

"我还有个问题想问，爵士。"

"您请讲，朋友。"

"我们在哪里与邓肯号会合？"

"如果我们无须走完整个行程的话，就去墨尔本与邓肯号会合；如果必须一直走到东海岸，那就在东海岸与它会合。"

"邓肯号的船长呢？"

"船长在墨尔本等候我的指示。"

"好，爵士，没问题，您相信我好了。"

"我信任你，艾尔通。"

大家对艾尔通的决定非常高兴，深表感谢，尤其是格兰特船长的一对儿女，更是感激涕零。然后，格里那凡爵士便请求忍痛割爱的帕第·奥摩尔提供必要的交通工具，并与艾尔通约定好见面的时间和地点。

大家高高兴兴地回到船上，为能找到流落在澳洲大陆上的格兰特船长而兴奋不已。

如果一切顺利，两个月后，邓肯号就能将格兰特船长载回苏格兰了。

约翰·孟格尔支持横穿澳洲大陆的建议，本以为自己也可以随同众人一同前往，没想到没有他的份儿。于是，他便提出种种理由，要紧随海伦夫人和格里那凡爵士左右，说自己去了可以派上用场，帮上大忙，而留在船上则一点用处也没有。其实，他还有一个非常重要的理由没有说出来，格里那凡爵士非常清楚。

"约翰，您对您的大副绝对信赖吗？"格里那凡爵士问他道。

"当然绝对信赖，"孟格尔船长回答道，"汤姆·奥斯丁是个好水手，而且听从命令，恪尽职守，他一定会把邓肯号开到目的地的，并且会尽快地把船修好，阁下可以像对我一样地信赖他。"

"那好，既然您这么说，约翰，那您就一起去吧。找到玛丽的父亲时，您也能在场也好。"格里那凡爵士微笑着说。

"嗯……阁下……"孟格尔含含糊糊地应声道。

第二天，孟格尔船长便领着船上的木匠和几名水手抬着食粮等物，来到了帕第·奥摩尔的庄园，同主人商量交通工具的事。

主人全家都在等候着他们，准备随时提供帮助。

有一点，主人和孟格尔的意见完全一致：女士们坐牛车，男士们骑马，所需之车子、牛马等，由主人提供。

主人提供的牛车是一种二十英尺长的大拖车，上有一皮面大篷，下有四只圆木截成的轱辘，没有辐条，也没有铁箍。车辕长三十五英尺，可套六头牛并排拉车。赶这种大拖车是需要有一定的技巧的，艾尔通在主人这儿学过赶车，因此，赶车的任务只有靠他了。

这牛车没有弹簧，坐着很不舒服。大家也只好将就着点了，但约翰·孟格尔却尽可能地在把车内的环境、装饰弄得好一些。他决定把车厢分成两个部分，中间用木板隔开来。后半部分装载行李、粮食和奥比内的炊事用具，前半部分留给女士们搭乘。木匠把这前半部分改造成一间小房间，下面铺上厚毯子，放两张床，并装备着洗漱设备。房间四面挂着皮帘子，夜间可抵御风寒；下雨时，男士们也可以进来避雨。但平时，他们还是得搭帐篷歇息。

男人们则以马代步。共准备有七匹骏马，给格里那凡、巴加内尔、小罗伯特、麦克那布斯、孟格尔和威尔逊、穆拉迪两位水手骑。奥比内先生不善骑术，愿意坐在行李车厢里。

牛马在庄园草地上吃饱了草，出发时一吆喝，就集中起来了。

一切安排就绪之后，下午四点，约翰·孟格尔就把前来回访爵士的爱尔兰主人一家带到船上，艾尔通也跟着来了。

格里那凡爵士对主人的到来非常高兴，在船上设宴招待了他们。帕第·奥摩尔对于船上的家具什物以及装饰等赞不绝口，而艾尔通却不然，认为这是不必要的耗费，所以并未表示出赞赏的样子来。

不过，这位不列颠尼亚号的水手长却从航行的角度对邓肯号做了一番考察。他船上船下里里外外看了个遍，询问了船的机器动力和煤耗量，查看了一下煤舱和粮仓。他还格外关心武器舱，对船头上的大炮的射程也询问了一番。最后，他察看了桅杆和船具，说道："您这条船真的非常漂亮，爵士。"

"这是一条特别坚固的好船。"格里那凡爵士回答道。

"吨位多少？"

"两百一十吨。"

"邓肯号开足马力，一小时可跑十五海里，我猜得对吗？"

"如果您说十七海里，那就完全正确了。"格里那凡爵士纠正道。

"十七海里！"那水手长惊呼道，"这么说，任何一艘战船，哪怕是最好的战船，也甭想追得上它？"

"没错？没有任何战船能追得上它的！"约翰·孟格尔回答道，"邓肯号是一条名副其实的游艇，无论采用什么方式参加比赛，都不会落后于人的。"

"即使只用风帆航行也比别的船快？"

"是的，没错。"

"啊，爵士，还有您，船长，"艾尔通又说道，"请你们接受一个懂得开船的水手的衷心祝贺！"

"谢谢，艾尔通，"格里那凡爵士回答道，"如果您愿意的话，您就留在这条船上干吧，您可以把它当作是您的船。"

"我以后会考虑您的建议的，爵士。"艾尔通简单地回答道。

这时候，奥比内先生上来报告爵士说，筵席已经准备就绪，于是格里那凡爵士便招呼客人们向楼舱走去。

"这艾尔通可是个聪明人。"巴加内尔对少校说道。

"有点过于聪明了。"麦克那布斯含糊不清地嘟囔了一句，他总觉得艾尔通有点不对劲，但又说不出是什么缘故。

席间，艾尔通对他所十分熟悉的澳洲大陆做了详细而有趣的描述，并问格里那凡爵士打算带上多少水手进行这次长途旅行。听说只带威尔逊和穆拉迪两名水手一同前往，艾尔通不禁惊讶万分。他劝爵士把船上最优秀的水手全都带上，而且非常坚持这一点。他的这种态度倒是让少校心中的疑虑消除了。

"为什么呀？"格里那凡爵士问道，"横穿南澳地区非常危险吗？"

"危险倒没什么危险。"艾尔通急忙回答道。

"那就应该多留点人在船上。邓肯号扬帆航行得用人，修理也得要人，更重要的是，它得准时抵达指定地点，与我们会合。因此，船上的人不能再抽调了。"

艾尔通像是明白了格里那凡爵士的意思，没再坚持己见。

天色已晚，苏格兰人与爱尔兰人挥手告别。艾尔通随爱尔兰人奥摩尔全家人回到庄园。

出发的时间定在翌日早晨八点，车马届时都得准备停当。

海伦夫人和格兰特小姐很快便做好了行前的一切准备。但巴加内尔这位大学者就啰唆不少。他把自己的那只大望远镜的玻璃拆下来，擦了又擦，把螺丝又拧得紧紧的，折腾了大半夜。因此，第二天天一亮，少校大声喊他时，他还在睡梦中哩。

约翰·孟格尔已经派人把行李物件先行送往庄园里去。一只小艇在等着，大家纷纷登了上去，坐好。孟格尔船长又最后叮嘱了一遍汤姆·奥斯丁，嘱咐他一定要在墨尔本等候爵士的命令，并坚决执行，不得有误。然后，他也上了小艇。

小艇在船上众人的欢送声和祝愿声中离开了大船。十分钟后，便靠了岸。又过了一刻钟，一行人已经来到了爱尔兰人帕第·奥摩尔的庄园里了。

一切都已准备就绪。

海伦夫人对为她准备的床铺十分满意，她也非常喜欢那古朴笨重的马车以及那六头两两并排的牛。艾尔通手握赶车鞭，在等候自己新主人的吩咐。

"哈哈！"巴加内尔说道，"这辆牛车真的太棒了，赛得过世界上任何一辆驿车，真像是一座活动房屋，乘坐它来旅行真是妙不可言啊！"

"巴加内尔先生，欢迎您光临我的沙龙。"

"啊，荣幸至极。您哪一天是沙龙接待日呀？"

"我的沙龙天天接待尊贵的客人，何况您是……"

"您的最热忱的朋友。"巴加内尔殷勤有加地回答海伦夫人道。

这时候，预订的七匹马由帕第·奥摩尔的一个儿子牵了过来，鞍辔齐备。格里那凡爵士与帕第·奥摩尔结清了账，付清了一切购置费用，并说了许多感激的话。

该出发了。海伦夫人和格兰特小姐坐进了她们那装饰一新的车厢；奥比内先生钻进了行李杂物车厢；艾尔通坐到了赶车人的座位上。格里那凡、麦克那布斯、巴加内尔、小罗伯特、约翰·孟格尔以及两名水手，身佩马枪、手枪，纵身上马。帕第·奥摩尔说了句："愿上帝保佑你们！"全家人也随声和着。然后，艾尔通发出一声奇特的吼声，长长的牛车车轮滚动，车厢板咯吱咯吱地响着出发了。

不一会儿，转过一道弯，那位诚实热情的爱尔兰人的庄园便看不见了。

第九章

维多利亚省

这一天是 1864 年 12 月 31 日。

12 月，在北半球，那可是天寒地冻，一片冰封；可在南半球的澳洲大陆，已进入炎热的夏季了。

在这一带的太平洋上，包括澳洲大陆、新荷兰、塔斯马尼亚、新西兰以及周围的岛屿等英国所属的各个领地，通称澳大利亚。而澳洲大陆本身则被划分成若干个大小不等的殖民地，各个殖民地的贫富差别也很大。打开地图，可以看到各个殖民地之间的界线是直线界定的，而且不依河流、地形、气候和种族来区分。唯有其海岸线是迂回曲折的，有河口、海湾，显示出大自然的生动可爱，参差不齐，而非整齐划一。

这种直线划界所形成的棋盘式格局，令巴加内尔这位学者哑然失笑。他声称，如果澳大利亚归属法兰西，那么，法国地理学家们是绝不会犯这种可笑的错误的。

澳洲大陆被划分为六个殖民地：新南威尔士，首府为悉尼；昆士兰，首府为布利斯班；维多利亚省，首府为墨尔本；南澳，首府为阿德雷得；西澳，首府为珀斯；北澳，如今尚未有首府。澳洲大陆只有沿海各地住有移民，只有很少很少的一部分胆大的移民曾经冒险深入内陆两百英里远处。真正的内陆腹地相当于欧洲的三分之二，几乎无人知晓其隐秘情况。

幸好，三十七度线并不穿过那人迹罕至的广袤地带。格里那凡爵士一行所走的是澳洲南部地区，包括阿德雷得省很狭小的一部分，整个维多利亚省和新南威尔士的那个倒置的三角形的尖端。

再说，从百努依角到维多利亚省边界，不到六十二英里，只不过两天的行程。艾尔通计划第二天晚上就在维多利亚省最西边的阿萨布雷城过夜。

因为是长途跋涉，必须爱惜马匹，不能让它们太累，所以决定每天平均只走二十五英里到三十英里的路程。

而且牛车笨重，行驶缓慢，又是全队人的核心，所以骑马的男士们只好缓辔徐行，围绕在牛车周围，不能离得太远。

这么一来，可以说，骑士们是在散漫地骑马漫步，或去打猎，或与女士们闲聊，或彼此间探讨问题。巴加内尔则是三件事同时在做，忙得不亦乐乎。

在阿德雷得省境内，没有什么东西是引人注目的。放眼望去，一片丘陵，光秃荒凉，偶尔出现一片草原，上面灌木丛生。麦克那布斯说大家恍若置身于阿根廷境内，而巴加内尔则说，未必如此，情况想必会有变化的。

下午三点时，一行人走入一片旷野之中，此处俗称"蚊原"。巴加内尔说这个名称名副其实。只见令人讨厌的挥之不去的双翅目昆虫铺天盖地地袭来，叮得人无处可躲。好在车上带着防虫药水，擦一擦也就不痛不痒没事了。巴加内尔因身材修长高挑，是群蚊首选的目标。蚊子叮得他招架不住，骂不绝口。

晚上八点，一行人来到了红胶站，那是一些内地饲养牲畜的木栅栏建筑物。牧民们热情地款待了他们。

第二天，天刚放亮，艾尔通便驾起牛车上路。沿途多为高低不平的山峦地带，不过，倒也没有遇到什么艰难险阻。

就这样，他们一口气走了两天，走了六十英里，23日傍晚，到达了阿萨布雷。这是进入维多利亚省的第一座城市，位于东经一百四十一度线上。

艾尔通把牛车赶到一家名为"皇冠旅舍"的小客栈的车库里去。全城没有一家像样的旅店，所以大家只好将就地住了下来。晚餐是纯羊肉餐，菜式多种多样，端上桌来，热气直冒。

一向喜欢神侃的巴加内尔，没等大家催请，边吃边聊了开来，以"幸福的澳洲"的维多利亚省为题，畅谈一通。他说道："首先，'幸福的'这个形容词用词不当，应该说是'富足的'，因为一个地方与一个人一样，富足并不就是幸福。澳洲有金矿，但却断送在那些残酷的、专门搞破坏的冒险家的手中了。等我们走过金矿地区的时候，你们就可以看见了。"

"维多利亚这个殖民地，时间不长吗？"海伦夫人问道。

"是的，不长，夫人，只有三十年的历史。1835年6月6日，星期二……"

"晚上七点十五分。"少校见巴加内尔总是把日期说得十分精确，便打趣地接了一句。

"错了，是七点十分。"巴加内尔一本正经地纠正他道，"巴特曼和弗克纳二人在菲利普港建立了一个据点，就是今天墨尔本所在的港湾上面。最初的十五年里，这个殖民地还是新南威尔士的一部分，属于首府悉尼管辖。到了1815年，这儿宣布独立，正式定名为维多利亚。"

"独立后就繁荣起来了吗？"格里那凡爵士问道。

"您可以想一想看，我尊贵的朋友，"巴加内尔回答道，"我这里有一些统计数字，不管少校讨厌不讨厌，我觉得很有意义。"

"您就说吧。"少校说道。

"那好吧。1836 年，菲利普港殖民地拥有居民两百四十四人，而今天，其人口总数已达五十五万。它拥有七百万棵葡萄树，年产葡萄酒十二万加仑[1]。平原上，奔跑着一万三千匹马，辽阔的草原上，放养着六十七万五千两百七十二头牛。"

"还得有猪吧？"少校插言道。

"啊，对不起，少校，有七万九千六百二十五头猪。"

"羊有多少只呀，巴加内尔？"

"羊有七百一十一万五千九百四十三只，麦克那布斯。"

"包不包括我们现在吃的这一只呀？"

"当然不包括。这只羊都被我们吃掉四分之三了。"

"讲得太棒了，巴加内尔先生，"海伦夫人喝彩道，"必须承认，您的地理知识真的是太渊博了。麦克那布斯是难不住您的。"

"我干的就是这一行，夫人。这都是一位地理学家所必须知道的，而且，遇到适当机会，还得广为传播。你们相信我好了，在这儿可以看许多奇闻趣事的。"

"可是，直到目前为止，我们并没有……"麦克那布斯寸步不让，步步紧逼巴加内尔。

"您真是个急性子，少校，您就耐心地等着吧，"巴加内尔

1　加仑英美制容量单位。1美加仑等于8美品脱，即3.7853升，而英加仑则等于8英品脱，4.5460升。

回敬道，"别刚踏入一个地方的边缘就耐不住性子了。我告诉您吧，这儿是世界上最奇异的地方，我敢向您保证。无论其地理环境、物产、气候，还是它的未来，都会让世界上所有的学者感到惊讶的。要知道，朋友们，这片大陆最初形成时并非从内陆中心开始的，而是从其周边地区开始的。四周的海岸首先耸立起来，很可能像一个指环似的把一个内海包围起来，随后，内海和河流渐渐蒸发，干涸了，便形成了广袤的内陆。这儿的植被尤其特别，树木每年都得脱一层皮，可是却不落叶；树叶是侧面而非正面朝向阳光；树木长不高，可草却长得高。这儿的动物也同样很特别。四足兽却长着鸟的嘴巴，比如针鼹、鸭嘴兽什么的，使得生物学家们不得不为它们开出一个新的门类——单孔动物；袋鼠用其长短不一的腿蹦跳着；山羊长着个猪脑袋；狐狸能从一棵树飞到另一棵树上；天鹅满身的黑羽毛；老鼠会筑窝巢；抱窝鸟[1]会打开门来迎客——其他鸟类。鸟儿的叫声各有不同，有的像时钟报时，有的像马鞭作响，有的声似磨刀，有的像钟表嘀嗒；有的在日出时叫声似笑声，有的在傍晚日落时鸣叫声如同哭喊。这儿真可谓是个稀奇古怪的地方，一处不合自然规律、难以理解的地方。"

巴加内尔一口气发表了这番宏论，滔滔不绝，眉飞色舞，几乎刹不住车。他说得绘声绘色，手舞足蹈起来，手中的餐刀餐叉飞舞着，令左右邻桌躲着避着。当然，他最后的说话声被满意的听众们的喝彩声给淹没了。

关于澳洲大陆的离奇故事，大家听得心满意足，也就没再向

---

1 澳洲特产的一种椋鸟。

他问这问那了。可是，少校这时却来了一句："说完了，巴加内尔？"

"完了？还早着哪！"少校这么一逗，巴加内尔又来了精神。

"怎么，澳洲还有比这更稀奇的事？"海伦夫人也故意地逗了他一句。

"有啊，夫人。澳洲的气候就比它的物产还要怪。"

"那请您举个例子看看。"有人惊奇地大声说道。

"我先要说，澳洲大陆在卫生条件方面的优点不少。这里氧气丰富，氮气不多；这里也没有湿风，因为信风沿着海岸平行地吹过去了；很多疾病，比如伤寒、斑疹以及各种慢性病，这里都没有。"

"这就很好呀！"格里那凡爵士说道。

"当然很好，不过，我得说这儿的气候却有一个独特的地方，说出来你们可能都不会相信的。"

"有什么特点？"孟格尔忙问道。

"你们永远也不会相信我的。"

"我们相信，您快说。"有人忙不迭地催促道。

"我是说，它有……"

"有什么？"

"有净化的功效。"

"有净化的功效？"

"是呀，有净化的功效。在这里，金属在空气中不会生锈，人也不会'生锈'。这里的空气干燥而纯净，一切都能得到净化，保持洁白，从衣物到人的灵魂都一样。英国当初把囚犯弄到这儿来，就是看中了这儿气候的净化功效。"

"真的！真有这种功效？"海伦夫人说。

"是的，夫人，对人，对动物，都具有这种功效。"

"您该不是在说笑吧，巴加内尔先生？"

"绝对不是说笑。这里的牛、马、羊等都十分地温驯、驯服。你们会亲眼看到的。"

"这不可能！"

"确实是真有其事呀！而且，但凡干了坏事的人，一旦被送到这里，在这种充满活力、符合卫生条件的空气的净化之下，几年工夫便改邪归正了。这种净化人的灵魂的功效，慈善家们早就知道。在澳洲，人类的天性都在往好里变。"

"那么，您呢，巴加内尔先生？"海伦夫人说道，"您已经很优秀了，在这块得天独厚的土地上，您将净化成什么样呢？"

"更加优秀，夫人，这一点是毫无疑问的。"巴加内尔信心十足地回答道。

图书在版编目（CIP）数据

格兰特船长的儿女 / (法) 儒勒·凡尔纳著；陈筱
卿译. -- 南京：江苏凤凰文艺出版社，2018.9（2022.7重印）
（凡尔纳科幻经典）
ISBN 978-7-5594-2512-6

Ⅰ.①格… Ⅱ.①儒… ②陈… Ⅲ.①科学幻想小说
－法国－近代 Ⅳ.①I565.44

中国版本图书馆CIP数据核字（2018）第152451号

格兰特船长的儿女

［法］儒勒·凡尔纳 著　　陈筱卿 译

责任编辑	丁小卉　　姚 丽	
特约编辑	闻 芳　　周量航	
装帧设计	读客文化　021-33608311	
责任印制	刘 巍　　江伟明	
出版发行	江苏凤凰文艺出版社	
	南京市中央路165号，邮编：210009	
网 址	http://www.jswenyi.com	
印 刷	河北鹏润印刷有限公司	
开 本	890 毫米 × 1270 毫米 1/32	
印 张	20.75	
字 数	446 千字	
版 次	2018 年 9 月第 1 版	
印 次	2022 年 7 月第 2 次印刷	
书 号	ISBN 978-7-5594-2512-6	
定 价	338.00元（全9册）	

江苏凤凰文艺版图书凡印刷、装订错误，可向出版社调换，联系电话：010-87681002。